カササギ殺人事件 上

アンソニー・ホロヴィッツ

JN211390

1955年7月、サマセット州にあるパイ屋敷の家政婦の葬儀が、しめやかに執りおこなわれた。鍵のかかった屋敷の階段の下で倒れていた彼女は、掃除機のコードに足を引っかけて転落したのか、あるいは……。その死は、小さな村の人間関係に少しずつひびを入れていく。燃やされた肖像画、屋敷への空巣《あきす》、謎の訪問者、そして第二の無惨な死。病を得て、余命幾許《いくばく》もない名探偵アティカス・ピュントの推理は――。現代ミステリのトップ・ランナーによる、巨匠クリスティへの愛に満ちた完璧なるオマージュ・ミステリ！

カササギ殺人事件　上

アンソニー・ホロヴィッツ
山　田　　蘭　訳

創元推理文庫

MAGPIE MURDERS

by

Anthony Horowitz

カササギ殺人事件　上

ロンドン、クラウチ・エンド

ワインのボトル。ナチョ・チーズ味トルティーヤ・チップスの大袋と、ホット・サルサ・ディップの壜。手もとにはタバコをひと箱（はいはい、言いたいことはわかります）。窓に叩きつける雨。そして本。

これって、最高の組み合わせじゃない？

『カササギ殺人事件』は世界各国で愛され、ベストセラーとなった名探偵アティカス・ピュントのシリーズ第九作だ。八月の雨の夜、わたしが読みはじめたこの作品は、このときはまだ原稿のプリントアウトにすぎない。これを出版するために編集するのが、わたしの仕事だ。まずは楽しんで読もうと、心に決めた。この夜、帰宅したわたしはまずまっすぐにキッチンへ向かい、冷蔵庫からめぼしいものをいくつか取り出して、すべてトレイに並べた。それから、着ていたものを脱ぎ捨てる。どうせうちじゅう散らかっているのだから、服も床に放ったらかしてかまわない。シャワーを浴び、水気を拭うと、ボローニャのブックフェアで誰かにもらった巨大なメイシー・マウスのTシャツを着こむ。ベッドに入るにはまだ早い時間だけれど、今朝抜け出したままの皺《しわ》くちゃのシーツの上に寝ころがり、この作品を読むことにしよう。わたしだって、いつもこんなにだらしないわけではない。ただ、いまは彼氏が六週間ほど留守にしているので、その間ははめを外し、ひとりの時間を満喫しているというだけのことだ。こんなふうに散らかすと、不思議におちついた気分になれる。とりわけ、誰も文句を言う人がいないとなると。

実のところ、わたしはこの言葉が嫌いだ。彼氏。二度の離婚歴のある、五十二歳の男性にはどうにも似合わない。ただ、だからといって、英語にはほかに適当な言葉が見つからないのも確かだ。アンドレアスを連れあいとは呼べない。そんなにしょっちゅう会っているわけではないのだから。だったら、恋人？　それとも、わが半身？　どちらの呼びかたも、別の理由から、つい顔をしかめてしまう。アンドレアスはクレタ島の出身だ。ウエストミンスター校で古代ギリシャ語を教え、ここからさほど遠くないメイダ・ヴェールで賃貸のアパートメントに住んでいる。いっしょに住もうかと話しあったこともあるけれど、かえって関係がぎくしゃくしてしまうのが怖かったのだ。そんなわけで、うちの収納にはあの人の服がどっさり入ってはいるものの、肝心の本人がここに来ないことも多い。たとえば、いまがそうだ。学校が休暇に入ると、アンドレアスは家族とすごすために実家へ帰る。両親、寡婦《かふ》となった祖母、十代の息子がふたり、そして前妻の弟が同じ一軒の家に暮らすという、ギリシャ人でなくてはくつろげない複雑な環境の家に。こちらに帰ってくるのは、新学期の始まる前日の火曜日だから、わたしと会うのはその週末になるだろう。

そんなわけで、わたしはここクラウチ・エンドのアパートメントに住んでいた。ハイゲイトの地下鉄の駅から歩いて十五分、クリフトン・ロードに面したヴィクトリア朝の家の地下と一階にまたがる間取りだ。このアパートメントは、わたしがこれまで買ったもののうちで、ただひとつ分別のある選択だった気がする。ここでの暮らしが、わたしは気に入っていた。静かで居心地がよく、二階を借りてはいるがめったに帰ってこない振付師と共有の庭もあるのだ。とんでもない量の本を溜めこんでいるのは、言うまでもない。棚には、隙間なくぎっしりと本が詰まっている。並べた本の上に、さらに積み重なる本。棚自体が本の重みで歪《ゆが》みかけているほどだ。もうひとつの寝室は書斎にしているものの、わたしはできるだけ家に仕事を持ちこまないようにしているので、アンドレアスが使うことのほうが多い——帰省していないときには。

ワインのボトルを開ける。サルサの壜の蓋を外す。タバコに火を点《つ》けると、わたしはこの作品を読みはじめた。さて、読者であるあなたも、これからこの作品を読むことになる。でも、その前にひとつだけ、あなたに忠告をしておこう。

この本は、わたしの人生を変えた。

そんな惹句《じゃっく》は、あなたもさんざん見たことがあるはずだ。こんなことをうちあけるのは恥ずかしいけれど、わたし自身、初めて担当した本の表紙を、でかでかとその惹句で飾りたてた憶えがある。実際には、第二次世界大戦を舞台にした、ごく平凡なスリラーだったのに。誰の言葉だっただろう、本が誰かの人生を変えるとしたら、それは頭の上に落ちてきたときだけだ、というのは。それは本当だろうか？　まだ幼い少女だったころ、ブロンテ姉妹の本に読みふけり、その世界に恋をしていた自分を、わたしはいまでもまざまざと思い出せる。劇的な展開、荒々しい風景、暗い影を感じさせる恋愛。まさに『ジェーン・エア』がわたしを出版の世界へ駆りたてたといっても過言ではない。その結果どうなったかを思えば、いささか皮肉でもあるけれど。数多くの本が、わたしの心を深く揺り動かしてきた。カズオ・イシグロの『わたしを離さないで』、イアン・マキューアンの『贖罪《しょくざい》』。ハリー・ポッター現象のおかげで、おそろしく大勢の子どもたちが、気がついたら寄宿学校に入学していたという話も聞いたことがある。歴史をさかのぼれば、さまざまな本がわたしたちの生きかたを根底から変えてきた。たとえば『チャタレイ夫人の恋人』、あるいは『一九八四年』。もっとも、何を読んだかでそんな決定的なちがいが生まれるかどうか、わたしはあやしいものだと思っている。わたしたちの人生は、もともと決められた直線上を進んでいくだけなのだ。そんなわたしたちに、小説は別の可能性をちらりと垣間見せてくれるにすぎない。わたしたちが小説を楽しむのは、それが理由のひとつではないだろうか。

とはいえ、『カササギ殺人事件』は、まさにわたしの人生のすべてを変えてしまった。わたしはもはやクラウチ・エンドに住んではいない。編集の仕事からも離れた。多くの友人を失うはめにもなった。この夜、こうして原稿のプリントアウトに手を伸ばし、最初のページをめくったときには、そのためにまさかこんな運命をたどることになるなどと、夢にも思っていなかったのに。正直なところ、できるものなら引きかえしたい。すべては、アラン・コンウェイというろくでなしのせいなのだ。最初に出会ったその日から、虫の好かない男だと思ってはいた。でも、奇妙なことに、アランの書く本はどれも愛さずにいられない。わたしにとって、良質のミステリはすべてに勝《まさ》るのだ。二転三転する物語、手がかりや目くらまし《レッド・ヘリング》、そして、最後にすべてをすっきりと説明してくれて、どうして最初から気がつかなかったのだろうと地団駄を踏まずにはいられない、満足のいく種明かし。

そう、そんな喜びを期待して、わたしはこれを読みはじめたのだ。でも、『カササギ殺人事件』はけっしてそんな作品ではなかった。そう、まったく。

これ以上の説明はいらないだろう。わたしとちがって、あなたはちゃんと警告を受けたことは忘れないように。

名探偵アティカス・ピュントシリーズ

カササギ殺人事件

アラン・コンウェイ

作者について

アラン・コンウェイはイプスウィッチに生まれ、ウッドブリッジ校からリーズ大学へ進み、英文学の学士号を優等で取得した。後に成人学生としてイースト・アングリア大学に入学し、創作を学ぶ。教師として六年間の勤務の後、2004年に『アティカス・ピュント登場』で一躍脚光を浴びる。同書は《サンデー・タイムズ》紙のベストセラー・リストに、28週にわたってランクインし、英国推理作家協会から最優秀長編作品としてゴールド・ダガーを受賞。以後、〈アティカス・ピュント〉シリーズは世界で累計1800万冊の売上を記録し、35ヵ国語に翻訳されている。2012年には文学における功績を認められ、大英帝国勲章《MBE》を授与された。前妻との間に一子あり。現在はサフォーク州フラムリンガム在住。

〈アティカス・ピュント〉シリーズ既刊

本シリーズに寄せられた絶賛の声

英国ミステリに望むもののすべてがここにある。端正で知的、そして意表をつく結末。

——《インデペンデント》紙

気をつけろ、エルキュール・ポワロよ！　頭の切れる小柄な外国人がやってきた——そして、きみのお株を奪おうとしている。

——《デイリー・メイル》紙

わたしはアティカス・ピュントが大好きだ。われわれを探偵小説の黄金時代へ連れもどし、そもそもの始まりがどんなだったかを思い出させてくれる存在だから。

——イアン・ランキン

シャーロック・ホームズ、ピーター・ウィムジイ卿、ブラウン神父、フィリップ・マーロウ、ポワロ……真に偉大な探偵を数えあげても、おそらく片手でこと足りる。いや、アティカス・ピュントが現れたいま、六本めの指が必要かもしれない！

――《アイリッシュ・インデペンデント》紙

偉大な探偵小説には、偉大な探偵が不可欠だ。アティカス・ピュントは、まさにその仲間入りをするにふさわしい。

――《ヨークシャー・ポスト》紙

ドイツに新たな親善大使が生まれ、犯罪はもっとも偉大なる探偵を迎える。

――《デル・ターゲスシュピーゲル》紙

アラン・コンウェイにはアガサ・クリスティの魂が憑依《ひょうい》しているにちがいない。この作家に幸いあれ！　心から堪能した。

――ロバート・ハリス

ギリシャ人の血が五十パーセント、ドイツ人の血が五十パーセント、しかしその判断はつねに百パーセント正しい。その人物の名は？　そう、ピュント――アティカス・ピュントだ。

――《デイリー・エクスプレス》紙

BBC1にて連続テレビドラマ制作決定！

登場人物

アティカス・ピュント……………………名探偵
ジェイムズ・フレイザー…………………アティカスの助手兼個人秘書
サー・マグナス・パイ……………………准男爵《じゅんだんしゃく》
レディ・フランシス・パイ………………マグナスの妻
フレデリック（フレディ）・パイ………マグナスとフランシスの息子
クラリッサ・パイ…………………………マグナスの双子の妹
メアリ・エリザベス・ブラキストン……パイ屋敷の家政婦
マシュー・ブラキストン…………………メアリのかつての夫
ロバート（ロブ）・ブラキストン………メアリの長男。自動車修理工場勤務
トム・ブラキストン………………………メアリの次男。故人
ネヴィル・ジェイ・ブレント……………パイ屋敷の庭園管理人
ロビン・オズボーン………………………牧師
ヘンリエッタ（ヘン）・オズボーン……ロビンの妻

エミリア・レッドウィング……………………医師
アーサー・レッドウィング…………………エミリアの夫。画家
エドガー・レナード…………………………エミリアの父
ジョージー（ジョイ）・サンダーリング……ロバートの婚約者。エミリアの診療所に勤務
ジェフ・ウィーヴァー………………………墓掘り
ダイアナ・ウィーヴァー……………………ジェフの息子アダムの妻
ジョニー・ホワイトヘッド…………………骨董屋《こっとうや》
ジェマ・ホワイトヘッド……………………ジョニーの妻
ジャック・ダートフォード…………………フランシスの愛人
レイモンド・チャブ…………………………バース警察刑事課の警部補

第一部　悲しみ

1

一九五五年七月二十三日

その日は、葬儀が行われることになっていた。

ふたりの墓掘り、ジェフ・ウィーヴァーじいさんと息子のアダムは、曙光《しょこう》とともに家を出て、すべての準備を終えていた。墓穴《はかあな》は正しい寸法に掘られ、土はかたわらに手際よく積みあげられている。サクスビー・オン・エイヴォンの聖ボトルフ教会は、ステンドグラスが朝の陽光にきらめいて、このうえなく美しく見えた。この教会の歴史は十二世紀にまでさかのぼるが、今日《こんにち》にいたるまでには当然ながら何度も建てなおされている。掘られたばかりの新しい墓は教会の東側、古い礼拝堂の廃墟の祭壇があったあたりに近く、周囲の草は伸び放題で、壊れたアーチの周囲にはヒナギクやタンポポが生い茂っている。

村はまだ静まりかえっていて、通りには人影もない。牛乳配達人はすでに仕事を終え、ワゴン車に積んだ壜をがたがたと揺らしながら走り去っていった。新聞配達の少年も、すでに配りおえている。その日は土曜だったから、誰も仕事に出かける人間はいないし、戸建ての住人が週末ならではの家の手入れを始めるには、まだ時間が早い。九時には、村の店が開く。オーブンから取り出した焼きたてのパンの香りが、すでに隣のパン屋からただよいはじめていた。最初の客が、そろそろやってくるだろう。朝食の終わる時間になれば、芝刈り機の音がいっせいにあちらこちらであがりはじめるはずだ。七月というのは、ちょうど一ヵ月後に収穫祭をひかえ、サクスビー・オン・エイヴォンの熱心な園芸愛好家たちにとって一年でもっとも忙しい季節である。バラの剪定《せんてい》はすでに始まっているし、ナタウリの大きさも慎重に計測しなくてはならない。一時半には、村の緑地でクリケットの試合が開催される予定だ。アイスクリームの販売車がやってきて、子どもたちがはしゃぎまわり、観客はそれぞれ駐めた自分の車の前で昼食をとる。客足を見こんで軽食堂も開くだろう。英国の夏の、完璧な見本のような午後。

だが、それはまだ後のことだ。いまはまだ、村じゅうがしめやかに息をひそめ、バースからそろそろこちらに向けて出発しようとしている柩の到着を待っている。いまや柩は霊柩車に運びこまれ、沈痛なおももちの付き添い人たちに囲まれていた——男が五人、女がひとり、誰もがどこに視線を向けたらいいのかわからずにいるのだろうか、お互い目を合わせないようにしている。男のうち四人は、評判の葬儀社《ラナー&クレイン》の社員だ。この会社の創業はヴィクトリア朝で、そのころは主として木工と建築に携わっていた。当時、棺の製造や葬祭業は付け足しの副業にすぎなかったのだが、結果としては皮肉にも、現代に生き残ったのは葬祭部門だけだったというわけだ。《ラナー&クレイン》社は、今日《こんにち》ではもう家を建てることはないが、その名はいまや尊厳ある人生の締めくくりの代名詞として語られている。きょうの葬儀は、ごく費用を抑えた形式で執りおこなわれることとなっていた。柩は旧型のものを使う。黒い馬や大げさな花輪は用意しない。柩そのものも、小奇麗に仕上げはしてあるものの、使われているのは当然ながら安価な木材だ。純銀ではなく銀メッキの銘板《めいばん》には、死者の名、そしてふたつの重要な日付が刻まれていた。

メアリ・エリザベス・ブラキストン
一八九七年四月五日――一九五五年七月十五日

この女性の生涯は、一見した印象ほどには長くない。ふたつの世紀をまたいではいるものの、思いがけず途中でばっさりと打ち切られてしまったのだ。自分の葬儀のためにメアリが積み立てていた保険にも、まだ必要なだけの額は貯まっていなかったが――保険会社が差額を支払う契約になっていたので、何も困ることはなかった――すべてが望みどおりに手配されるのを見たら、メアリもきっと満足したことだろう。

霊柩車は定刻きっかりの九時半に出発し、十三キロの道程《みちのり》を村に向かって走りはじめた。粛《しゅく》粛《しゅく》とした速度を守ると、教会に到着するのはちょうど十時となる。《ラナー&クレイン》社に社訓というものがあるとしたら、それは〝時間を守る〟ということだ。柩に付き添うふたりの会葬者は気づいていなかったかもしれないが、低い石垣の向こうに広がる草地が、ずっと道沿いを走るエイヴォン川に向かってゆるやかに下っていく景色は、きょうはこのうえなく美しく見えた。

聖ボトルフ教会の墓地では、ふたりの墓掘りが自分たちの掘りあげた穴を検分していた。葬儀に際しては、みながさまざまな言葉を口にするものだが——深遠な、あるいは自らを省《かえり》みる、あるいは哲学的なひとことを——ジェフ・ウィーヴァーがシャベルに寄りかかり、ずんぐりした指の間でタバコを転がしながら息子をふりかえって口にした言葉こそ、まさに的を射ていた。

「どうせ死ぬなら、これ以上の日はないな」

2

牧師館の台所のテーブルに向かい、ロビン・オズボーン牧師は説教の原稿に最後の修正を加えていた。目の前のテーブルに広げられた原稿は六枚。タイプで打ってあるものの、すでに牧師のくねくねした字でぎっしりと書きこみがしてある。これでは長すぎるだろうか？　オズボーン牧師は話を引っぱりすぎると、近ごろ会衆の中から不満が出ている。聖霊降臨祭で式辞を述べたときには、主教でさえもいささか苛立《いらだ》っていたのは確かだ。だが、今回はまた話が別だろう。ブラキストン夫人は、長年この村に暮らしてきた、誰もがよく知る人物だったのだ。そんな夫人に別れを告げるためなら、三十分くらいは——いや、四十分だって——費やしたところで文句を言う人間はいまい。

牧師館の台所は広くて居心地がよく、つねに火を絶やさないアーガのオーブンのおかげで、いつもほんのりと暖かい。壁には鍋やフライパンが掛けられ、オズボーン夫妻が自分たちで採集した新鮮な香草や干しキノコの壜がずらりと並んでいる。二階には、ふたつの寝室。毛足の長い絨毯《じゅうたん》や手刺繡《てししゅう》の枕カバーがそろえられ、教会にさんざんおうかがいを立てた後にとりつけた天窓も真新しく、どちらの部屋もこざっぱりとして快適だ。だが、この牧師館の最大の魅力は立地だろう。村の端に位置し、誰もが〝渓谷の森《ディングル・デル》〟と呼ぶ一帯を見晴らすことができるのだ。そこには春夏に花の咲きみだれる自然の草地があり、その先にはナラやニレなどの林が広がって、パイ屋敷の地所——湖、芝生、そして屋敷そのもの——の目隠しとなっている。毎朝、ロビン・オズボーンは目をさますたび、飽きることなくこの眺めに見とれていた。お伽噺《とぎばなし》の中に入りこんでしまったのだろうかと、そんな錯覚さえ起こす景色だ。

この牧師館も、ずっとこんなふうだったわけではない。夫妻がこの牧師館——と教区——を老齢のモンタギュー牧師から引き継いだとき、ここはじめじめして人好きのしない、いかにも年老いた男のものらしい住まいにすぎなかった。だが、妻のヘンリエッタが、そこに魔法をかけたのだ。みっともなかったり、使いにくかったりする家具を思いきりよく処分し、ウィルトシャーやエイヴォンの中古家具の店を駆けまわって、非の打ちどころない代わりの品を見つけてくるという手腕を発揮して。妻の行動力に、ロビンはいつも目を見はらずにはいられない。そもそもの最初、教区牧師の妻となることを承知してくれたこと自体が驚きだったのに、それからは妻としての務めに熱心に取り組み、この教区に赴任した日から信徒たちに愛される存在となっている。ここサクスビー・オン・エイヴォンという地に住んで、夫妻はこれ以上ないほどの幸せを味わっていた。教会の建物には、何かと手がかかることは確かだ。暖房はひっきりなしに点《つ》いたり消えたりする。屋根はまたしても雨漏りしはじめた。だが、信徒の数は主教も満足するほどの規模だし、その多くはいまや夫妻にとって友人と呼べる人々だ。どこか他の地へ移りたいなどと、夫妻は夢にも思うことはない。

〝メアリは、この村の一部ともいえる存在でした。本日、わたしたちは故人を悼《いた》むためにここに集まったわけですが、故人が何を残していったか、それを忘れてはなりません。メアリ・ブラキストンはサクスビー・オン・エイヴォンの人々のため、この村をよりよい場所にしようと、こつこつと努力を重ねていました。毎週日曜にはこの教会に花を活《い》け、この村、あるいはアシュトン・ハウスの高齢者を訪ねてもいました。王立鳥類保護協会のために寄付を集めていましたし、パイ屋敷を訪れる人々を温かく迎えてもいたのです。メアリの手作りのケーキは、村の行事でいつもてはやされていました。教区会のときなどは、わたしはいつもメアリのアーモンド・クッキーや、ジャムをはさんだスポンジ・ケーキなどのおいしさに驚かされていたものでした〟

人生の大半をパイ屋敷の家政婦として働いてきた女性の姿を、オズボーン牧師は目に浮かべようとした。小柄な身体に黒っぽい髪、意志の強そうな顔をして、まるでひとり聖戦に挑んででもいるかのように、いつもしゃにむに先を急いでいる女性。記憶に残るブラキストン夫人の姿は、どれもいくらか距離がある。実のところ、牧師は夫人とさほど同じ部屋ですごしたことはないのだ。せいぜい一度か二度、村や教会の集まりで同席したくらいだろうか。サクスビー・オン・エイヴォンの村人たちは、けっしてさほど気どっているわけではない。だが、実のところ、つねに階級を意識していることも確かだ。そんな村人たちにとって、どんな社交的な集まりにも、牧師なら喜んで招きたいものの、とどのつまりは屋敷の掃除をして生計を立てているような女性というと、また話は別となる。おそらく、ブラキストン夫人自身も、そのことには気づいていただろう。教会でも、夫人はいつも最後列の席にいることが多かった。まるで村人たちに何か借りでもあるかのように、いつだってどこかへりくだった態度で、何か役に立てることはないかと申し出ていたのを憶えている。

だが、もしかしたらもっと単純なことなのかもしれない。いまブラキストン夫人を思いうかべ、自分の書いた文章を読みなおしてみると、ひとつの言葉が浮かびあがってくる。

お節介焼き。故人にこんなことを思うべきではないし、けっして口に出してはならないことではあるが、そこにはたしかに幾分かの真実があることを、オズボーン牧師は認めないわけにいかなかった。夫人はどんなことにでもしゃしゃり出る、よくある言いまわしの〝すべてのパイに指を突っこむ〟たぐいの人間だったのだ（そう、アップル・パイにも、ブラックベリー・パイにも）。村人の誰にかかわることであっても、夫人はつねに首を突っこんできた。自分が必要とされる場面には、夫人はどうやってか必ず居あわせたものだ。やっかいなのは、必要とされていない場面にも居あわせることだったが。

ほんの二週間ほど前、なぜかこの台所に入りこんでいた夫人に出くわしたときのことを、オズボーン牧師は憶えていた。あのときは、まったく自分で自分にうんざりしたものだ。こういうこともありうると、わかっていてもよかったのに。牧師館は単に教会に付属する施設であって、まるでふたりが暮らす家ではないかのように、いつも玄関のドアを開けっぱなしにしてあると、ヘンリエッタはいつも夫に文句を言っていたものだ。妻の言うことに、きちんと耳を傾けておくべきだった。ブラキストン夫人はちょうどそこに立ち、まるで中世の悪魔祓《ばら》いのお守りをかざすかのように、緑の液体の入った壜を掲げていた。「おはようございます、牧師さま！　スズメバチにお困りと聞きましてね。ほら、ペパーミント油をお持ちしたんですよ。これで撃退できることまちがいなしって、母はいつもそう言ってました」そう、たしかにそうだった。牧師館にはしょっちゅうスズメバチが飛びこんできて――だが、どうして夫人がそれを知っているのだろう？　オズボーン牧師はそのことをヘンリエッタ以外に話した憶えはないし、妻がよそでそんなことを持ち出すはずはない。もちろん、サクスビー・オン・エイヴォンのような村では、こんなことはしょっちゅうだ。どんなふうに、どんな経路で伝わったかはわからないが、とにかく誰のことでも、他の誰かが何もかも知っているのだ。うっかり風呂でくしゃみをすると、必ず誰かがティッシュを手に現れると、みながよく冗談を飛ばすほどに。

この部屋にいるブラキストン夫人を見て、感謝すべきか腹を立てるべきか、あのときはとっさに反応できなかった。口の中でもごもご感謝の言葉をつぶやきながらも、思わずちらりとテーブルの上に目をやったのを憶えている。そう、さまざまな書類の真ん中に、あれもたしかに出しっぱなしになっていた。いったい、夫人はいつからここにいたのだろう？　あれを見ただろうか？　夫人は何も言わなかったし、もちろん、こちらから尋ねる勇気などあるはずもない。できるだけさっさと台所から追い出して、それが夫人を見た最後だった。夫人が亡くなったとき、牧師はヘンリエッタと休暇をとって旅行に出かけていたのだ。ようやく帰ってきたのは、ぎりぎり葬儀にまにあう日のことだった。

足音を聞きつけて顔をあげると、ヘンリエッタが台所に入ってきたところだった。風呂から上がったばかりで、まだバスローブに身を包んでいる。四十代後半に入っても、妻はいまだにこのうえなく魅力的な女性だった。ふさふさと広がる栗色の髪、服のカタログなら〝豊満〟と表現するであろう身体。そもそも、千エーカーもの地所《じしょ》を持つウエスト・サセックスの裕福な農場主の末娘として生まれたヘンリエッタは、こうした生活とはまったく無縁の世界で育ってきた。だが、ロンドンで出会ったふたりは――ウィグモア・ホールで行われた講演でのことだった――すぐさまお互い魂に響きあうものを感じた。ヘンリエッタの両親に賛成されないまま結婚したふたりだが、いまなお仲むつまじく暮らしている。ただひとつ、子どもに恵まれなかったことだけは残念だったものの、いまはふたりとも、それも神のご意思だと受けとめられるようになっていた。お互いのそばにいるだけで、ふたりは幸せでいられるのだ。

「もう書きあげたと思っていたわ」食品収納庫からバターとハチミツを取り出したヘンリエッタは、自分のためにパンを一枚切り分けた。

「間際になって思いついたことを、いくつかつけくわえていただけだよ」

「うーん、わたしだったら、あまり話が長くなりすぎないように気をつけるわね、ロビン。なんといっても、きょうは土曜日なのよ。誰だって、さっさと終わらせたいに決まってるでしょ」

「式が終わったら、みな《女王の腕》亭に集まることになっている。十一時からね」

「よかった」ヘンリエッタは自分の朝食を載せた皿をテーブルに運んでくると、どすんと腰をおろした。「サー・マグナスはあなたの手紙に返事をよこした？」

「いや。だが、きっと出席するはずだよ」

「ずいぶん後回しにされてるわよね」身を乗り出し、夫の原稿に目を走らせる。「ねえ、こんなこと言っちゃだめよ」

「何のことだ？」

「〝メアリが参加するだけで、どんな会もにぎやかになりました〟だなんて」

「どうしていけない？」

「だって、そんなの嘘だもの。あの人、いつもきっちりと襟《えり》もとまでボタンを留めて、押し黙っていたじゃないの、遠慮なしに言ってしまえばね。話しかけやすい相手じゃなかったわ」

「だが、去年のクリスマスにここに来たときには、かなり陽気にすごしていたじゃないか」

「たしかに、いっしょにクリスマス・キャロルを歌いはしたわよね、そういうことを言いたいんなら。でも、何を考えているのか、さっぱりわからない人だった。正直なところ、わたしはあんまり好きじゃなかったわ」

「そんなことを言ってはいけないよ、ヘン。せめて、きょうだけはね」

「どうしていけないのか、わたしにはさっぱりわからないわ。お葬式って、そこがいや。どうしてそう善人ぶるのかと思うわ。故人はどんなにすばらしい人で、どんなに親切で、どんなに寛大だったか、みんな口をそろえて褒めたたえるでしょ、心の奥底では、そんなの嘘だってわかってるくせに。わたしはメアリ・ブラキストンが好きじゃなかったし、あの人が階段から転がり落ちて首を折ったからといって、急に褒め言葉を並べるつもりはないの」

「それは、さすがにちょっと冷たいんじゃないかな」

「嘘は言いたくないだけよ、ロビー。あなただって、本当は同じ気持ちだってこともわかってる——いくら、そうじゃなかったと自分で自分をごまかそうとしてもね。でも、心配しないで！　お葬式の場であなたに恥をかかせるようなことはしないから」大げさな表情を作ってみせる。「ほら！　これくらい悲しい顔をすればだいじょうぶでしょ？」

「きみは、そろそろ支度をしたほうがいいんじゃないかな？」

「必要なものは、みんな二階に出してあるの。黒のドレス、黒の帽子、黒真珠」ヘンリエッタはため息をついた。「わたしが死んだときには、黒い服なんて着たくはないわね。あまりに気が滅入りそう。ね、約束して。わたしにはピンクの服を着せて、手にいっぱいのベゴニアを持たせて」

「きみは死なないさ。まだ当分はね。さあ、二階へ上がって着替えておいで」

「わかった、わかったわ。もう、意地悪なんだから！」

ヘンリエッタがこちらに身を乗り出すと、その温かい乳房が首に柔らかく押しつけられる。

夫の頬にキスをして、食べかけの朝食はテーブルに残したまま、ヘンリエッタはぱたぱたと台所を出ていった。オズボーン牧師は思わずほほえむと、説教の原稿に目を戻した。そう、妻の言うとおりかもしれない。あと一枚か二枚、削ったほうがよさそうだ。もう一度、自分の書いた原稿に目を走らせる。

〝メアリ・ブラキストンの人生は、けっして平坦なものではありませんでした。故人の家庭を悲劇が襲ったのは、サクスビー・オン・エイヴォンに移り住んでまもなくのことだったのです。悲しみに押しつぶされてしまっても不思議はないほどのできごとでしたが、メアリは敢然《かんぜん》と不幸に立ちむかいました。両手を広げて人生を受けとめながらも、けっして打ち負かされることのない女性だったといえるでしょう。いま、われわれはその亡骸《なきがら》を、故人が愛してやまなかった、そして、あんなにも不幸な形で失うこととなった愛息のかたわらに葬ることとなりました。あんなふうに引き裂かれた母と息子が、ついにふたたび寄りそうことができると思えば、そこに幾許《いくばく》かの慰めをおぼえることもできるでしょう〟

このくだりを、オズボーン牧師は二度にわたって読みかえした。この台所のすぐそこ、テーブルの隣に立っていたブラキストン夫人の姿が、またしても脳裏によみがえる。

「スズメバチにお困りと聞きましてね」

夫人はあれを見ただろうか？　あのことを知っていた？

雲が太陽を隠したのか、ふいに牧師の顔を影がよぎる。牧師は手を伸ばすと、このページを引き裂き、くずかごに放りこんだ。

3

エミリア・レッドウィング医師は、その朝早く目がさめた。それから一時間ほどベッドに横たわったまま、まだ眠れるかもしれないと自分に言いきかせてはみたものの、やがて諦めて起き出すと、ガウンを羽織ってお茶をいれる。それからずっと、医師はキッチンの椅子にかけたまま、陽が昇って陽光の射しこむ庭と、その向こうにそびえるサクスビー城の廃墟をじっと眺めていた。この城は十三世紀に建てられたもので、ここを訪れる数多くの歴史愛好家たちを楽しませている。もっとも、午後になるとこの廃墟が陽光をさえぎるおかげで、医師の家はすっかり暗くなってしまうのだが。いまは、八時半をわずかにすぎたところだ。朝刊も、とっくに来ていることだろう。目の前に患者のカルテを何枚か並べ、忙しく目を走らせているのは、きょうこれからのことを考えまいとしているせいもある。診療所は、いつもは土曜の午前中は開けておくのだが、きょうは葬儀のために休診というわけだ。まあ、たまっている書類を片づけるのにはいい機会だったとしておこう。

サクスビー・オン・エイヴォンのような村では、さほど深刻な容態の患者を診察することはない。村の住人が亡くなるとすれば、その原因はまず老齢で、医師にはどうすることもできはしないのだ。カルテをめくりながら、ここの診療所を訪れた患者たちの症状を、疲れた目で追っていく。村の雑貨店の手伝いをしているミス・ドットレルは麻疹《はしか》で一週間も寝ついてしまい、ようやく回復したところだ。九歳のビリー・ウィーヴァーは重い百日咳にかかっていたが、いまはもう治りかけている。その祖父のジェフ・ウィーヴァーはもう何年も関節炎を患っているが、病状はずっと横ばいというところだ。ジョニー・ホワイトヘッドは手に切り傷をこしらえた。牧師の妻、ヘンリエッタ・オズボーンはどうしたわけか怖ろしい毒草——アトローパ・ベラドンナの藪に踏みこんでしまい、足首から先がくまなくかぶれてしまった。患者への指示は、一週間の安静と、水をたくさん飲むこと。それらの症例をのぞけば、夏になって気候が暖かくなったおかげで、みなが元気に暮らしているようだ。

いや、みなではなかった。生命を落とした人物もいたのだから。

エミリアはカルテをまとめて脇に押しやり、コンロに歩みよると、自分と夫のための朝食を作りはじめた。二階からはさっきからアーサーのたてる音が聞こえていたし、ここの風呂を使うときお定まりの、きしんだりがたついたりする音も響いている。この家の配管は少なくとも五十年以上は経っていて、働かされるたびに声高に文句を叫ぶのだが、いまのところどうにか役目ははたしてくれているのだ。エミリアはトーストにするパンを切り、鍋に水を張って火にかけてから、牛乳とコーンフレークを取り出し、テーブルに並べた。

アーサーとエミリアのレッドウィング夫妻は、結婚して三十年になる。幸せな結婚生活で、うまくいってはいるが、思いどおりにならなかったこともいくつかあった。その筆頭が、夫妻のひとり息子、いまは二十四歳になり、当世ふうの反抗的な友人たちとロンドンに住むセバスチャンだ。いったいどうして、あの子はこんなにも両親の期待にそむいてしまったのだろう。両親に反抗するようになったきっかけは、いったい何だったのだろうか。父親にも、母親にも、もう何ヵ月も連絡をよこさずにいる。息子がはたして生きているのかどうか、それさえもわからない始末だ。さらに、アーサー自身の問題もある。夫は建築家として出発した――しかも、才能に恵まれて。美術学校の生徒だったころの設計で、王立英国建築家協会からスローン・メダルを授与されたこともある。戦後、競うように建ちはじめた新しいビルのいくつかの設計にも携わった。だが、アーサーが真に愛していたのは絵――主として油彩の肖像画――を描くことだったのだ。十年前、夫はついに建築家を辞め、画業に専念しはじめた。エミリアの支えがあってこその選択だった。

　台所の壁、食器戸棚の隣に掛けられた夫の絵に、ちらりと目をやる。十年前、ほかならぬエミリアを描いてくれたものだ。この絵を見るたび、野の花に囲まれて坐り、ポーズをとっていたときの、いつまでも続くかに思われる沈黙を思い出して笑みがこぼれる。絵を描いているとき、夫はけっして口をきかないのだ。ある長く暑い夏、エミリアは十数回にわたってモデルを務めた。そして、あの暑さ、陽がいくらか傾いてきたころの空気の揺らぎ、青々とした草の匂いまで、アーサーはどうやってか一枚の絵に封じこめてのけたのだ。エミリアは長いドレスに麦わら帽子という恰好で――女性版ゴッホみたいでしょ、と笑ったのを憶えている――豊かな色使いやぐいぐいと激しい筆致にも、どこかゴッホの作風に似たところがあるといってもいいかもしれない。エミリアはけっして美しい女性ではなかった。自分でも、それはわかっている。

顔つきはけわしく、がっしりした肩と黒っぽい髪はあまりに雄々《おお》しすぎた。学校の教師や、住みこみの女家庭教師を思わせる雰囲気が、どこかにただよっているのだろう。堅苦しい人物だと、相手に印象づけてしまう容姿なのだ。だが、そんなエミリアに、アーサーは美を見出してくれた。もしもこの絵がロンドンの画廊に飾られていたら、前を通ったものはみな、つい足をとめずにはいられまい。

だが、そうはならなかった。この絵はずっと、ここの台所に飾られている。ロンドンの画廊はどこも、アーサーという画家、あるいはその作品に、まったく興味がないようだ。エミリアにはどうにも理解できなかった。夫とともに、王立芸術院の夏の展覧会に出かけ、サー・ハーバート・ジェイムズ・ガンやサー・アルフレッド・マニングスの作品を鑑賞したこともある。世間に論争を呼んだ、サイモン・エルウェスによる女王の肖像画も展示されていた。だが、夫の作品に比べたら、どれも平凡で大胆さに欠けているように思えてならなかったものだ。アーサー・レッドウィングはまちがいなく天才なのに、いったいどうして誰もそのことに気づいてくれないのだろう?

エミリアは卵を三つ取り出し、そっと鍋に入れた——ふたつはアーサーのため、ひとつは自分のため。沸騰する湯に落ちた衝撃で卵のひとつにひびが入り、それを見た瞬間、階段から落ちて頭蓋骨が割れてしまったメアリ・ブラキストンのことが頭に浮かぶ。考えまいとしても、逃れようがなかった。自分が目にした光景を思うと、いまでも身ぶるいせずにはいられない——どうしてだろうと、エミリアは不思議でならなかった。初めて死体を見たというわけでもないのに。ロンドン大空襲がいちばん激しかったころは、兵士やひどい怪我人の治療にさんざん携わってきたものだ。いったい、今回は何がそんなに特別だったというのか？

きっと、それはふたりが親しい間柄だったからだろう。医師と家政婦に、さして共通点などないはずなのに、なぜかふたりの間には、思いがけなくも友情が生まれていたのだ。そもそものきっかけは、ブラキストン夫人が患者として診療所を訪れたことだった。夫人は帯状疱疹《たいじょうほうしん》に苦しんでおり、全治までに一ヵ月を要した。治療にあたったレッドウィング医師は、夫人の良識と冷静さに感銘を受けずにはいられなかったものだ。それからというもの、エミリアはしだいにメアリを相談相手として信頼するようになっていった。話す内容には気をつけなくてはならない。患者の秘密を漏らすわけにはいかないからだ。とはいえ、何か心にかかることがあると、エミリアはいつもすばらしい聞き手であるメアリを頼り、分別のある忠告をもらうようになっていた。

だが、そんなつきあいは、ある日いきなり終わりを告げた。ほんの一週間かそこら前、何の変哲もない朝のこと、ブレントが――パイ屋敷の庭園管理人だ――ふいに電話をかけてきたのだ。

「ちょっと来てもらえませんかね、レッドウィング先生？　ブラキストン夫人なんですがね、お屋敷の階段の下にいるんですよ。そこに倒れちまってるんです。どうも、階段から落ちたんじゃねえかと思うんですが」

「身体を動かしている様子はある？」

「いや、動いてるふうには見えませんね」

「あなたはいま、夫人のそばにいるの？」

「屋敷には入れねえんですよ。扉はみな、鍵がかかってってね」

ブレントはしわだらけの顔をした三十代の男で、爪には土が入りこみ、目にはむっつりとした無関心な色が浮かんでいる。芝生や花壇の手入れ、ときにまぎれこんできた不法侵入者を追いはらうといった仕事をしていて、かつて管理人だった父親の職をそのまま受け継いだ。パイ屋敷の庭の奥には湖が広がっていて、夏には子どもたちが泳ぎにくるが、それもブレントの目を盗んでのことだ。人づきあいを好まず、独身のまま、両親のものだった家でひとり暮らしをしている。どこか信用ならない人物と思われて、村人たちにはあまり好かれていない。実のところ、ブレントは充分な教育を受けておらず、ひょっとしたらいささか自閉傾向があるのかもしれないが、こうした村社会の人間は、とかくお定まりの結論に飛びつきたがるものなのだ。屋敷の正面玄関前で待っていてほしいとレッドウィング医師はブレントに告げ、救急処置に必要なものを手早くまとめると、診療所の看護婦兼受付係――ジョイ――に新たな患者は受けつけないよう指示して、自分の車に急いだ。

パイ屋敷はディングル・デルの向こう側にあり、歩いても十五分程度、車なら五分もかからない。この村自体と同じくらい古い屋敷で、いまやいろんな建築様式がごた混ぜになってはいるが、この地域でもっとも豪壮な建物であることはまちがいなかった。もともとは修道院として建てられたが、十六世紀に改造されて個人の屋敷となり、それから百年に一度はどこかしら改築している。当初から残っているのは、片側にだけ延びた翼棟と、その端にそそり立つ八角の塔――かなり後年に増築されたもの――だけだ。窓のほとんどは、細長く縦仕切りのあるエリザベス朝様式だが、ジョージ朝やヴィクトリア朝の窓も交じっており、節操のなさを恥じ入るかのように、その上をびっしりとツタが覆っている。屋敷の裏手には、中庭とかつての歩廊らしきものの名残《なごり》。離れたところに建つ厩舎《きゆうしや》は、いまはガレージとして使われていた。

だが、何よりもすばらしいのはその立地だ。二体のグリフィンの石像に飾られた門を通りぬけ、砂利の敷きつめられた私道を走って、メアリ・ブラキストンの住んでいる使用人小屋の前を通りすぎる。やがて、私道は優美な白鳥の首のような曲線をたどり、芝生の間を通りぬけて、ゴシック様式のアーチのある正面玄関前に出るのだ。まるで画家のパレットのような色とりどりの花壇は美しく整えられた生垣に縁《ふち》どられ、百以上もの品種をそろえた――と噂の――バラ園もある。芝生はその向こうに広がる湖とディングル・デルまで、途切れることなく続く。その周囲には長い歴史を経た木々が生い茂り、春にはホタルブクロの咲きみだれる森が広がって、現代社会から隔絶された空間を作りあげているのだ。

タイヤが砂利を踏む音を聞きながら、エミリアは車を停めた。ブレントは両手に握りしめた帽子をくるくると回しながら、おちつかない様子で医師の到着を待っている。車を降り、救急かばんを手にとると、エミリアは管理人に歩みよった。

「生きている徴候はある？」

「いや、見てねえんですよ」ブレントは口の中でもごもごと答えた。エミリアはぎょっとせずにいられなかった。気の毒な女性を、この男は助けようともしなかったというのだろうか？医師の表情を読みとったのか、ブレントはつけくわえた。「さっきも言いましたがね。中に入れねえんで」

「玄関には鍵がかかっているのね？」

「ええ、そうなんですよ。厨房の裏口もね」

「あなたは、鍵は預かっていないの？」

「ええ。おれは中に入らねえことになってるんですよ」

エミリアは苛立《いらだ》ち、頭を振った。医師が到着するのを待つ間、ブレントにも何かしらできることがあっただろうに。たとえば梯子《はしご》を運んできて、二階の窓が開かないか試してみるとか。

「中に入れないのなら、わたしのところにはどうやって電話をかけてきたの？」たいしたことではないが、ふと心に引っかかった疑問だった。

「厩舎に電話があるんでね」

「まあ、とにかく、夫人がどこに倒れているのか教えてちょうだい」

「あそこの窓から見えますよ……」

それは屋敷の端に位置する、後から増設された新しい窓のひとつだった。玄関ホールと、そこから二階へ上っていく幅の広い階段を横から見わたすことができる。そう、たしかに階段の足もとにはメアリ・ブラキストンが、絨毯《じゅうたん》に四肢を広げるようにして倒れていた。前に伸ばした片腕に隠れ、頭はほんの一部分しか見えない。メアリがすでに死んでいることを、エミリアはひと目で見てとっていた。階段から落ちたはずみに、首が折れてしまったのだろう。当然ながら、その身体はぴくりとも動かない。それだけではなく、倒れている姿勢があまりに不自然だった。医学書でよく目にする、壊れた人形のような姿にそっくりなのだ。

それが、エミリアの第一印象だった。だが、印象はまちがっていることもある。

「とにかく、中に入らなくてはね。厨房の裏口にも、正面玄関にも鍵がかかっているとしても、ほかにどこか入れるところがあるはずよ」

「下足室はどうですかね」

「それ、どこにあるの?」

「この先に……」

ブレントは先に立ち、裏手にある別の扉にエミリアを案内した。その扉にはガラスがはまっていて、やはり鍵はかかっているものの、内側の鍵穴から鍵の束がぶらさがっているのが見える。「あの鍵は誰のもの?」

「まちがいねえ、ブラキストン夫人のです」

エミリアは心を決めた。「このガラスを割るしかないわね」

「サー・マグナスは嫌がりなさると思いますがね」ブレントはうなった。

「何か言いたいことがあるようなら、サー・マグナスにわたしのところへ来てもらってかまわないわ。さあ、ガラスを割ってちょうだい。それとも、わたしが割りましょうか?」

管理人はいかにもしぶしぶといった様子で手ごろな石を探し、それでガラス板のうち一枚を割った。そこから手を差し入れて、内側から鍵を開ける。扉が開き、ふたりは中に足を踏み入れた。

卵が茹であがるのを待ちながら、エミリアはそのとき目にした光景を脳裏によみがえらせていた。まるで、写真のように心に印画されてしまっている光景を。

下足室を通りぬけ、その先の廊下をたどると、二階の回廊へ続く階段のある正面の玄関ホールに出る。周囲の壁は、暗い色の羽目板張りだ。壁面には油絵や狩猟の戦利品――ガラスのケースに収められた野鳥、鹿の頭、巨大な魚――がずらりと飾られている。居間に通じる扉のかたわらには、剣と盾《たて》を手にしたひと揃いの鎧《よろい》。玄関ホールは細長い造りで、玄関の扉と、その真向かいにある階段は、ホールのちょうど中央に位置していた。中央に立つと、片側には歩いたまま入っていけそうな、巨大な石の暖炉がある。もう片方の側には、革張りの椅子が二脚、そして電話機を載せた骨董品《こっとうひん》のテーブルが据えられていた。床は板石張りで、一ヵ所にペルシャ絨毯が敷いてある。階段も石張りで、中央にワイン色の敷物が伸びていた。メアリがつまずき、上の踊り場から転落したのだとしたら、生命を落としたとしても不思議はない。衝撃を和らげてくれるものなど、ほとんど存在しないのだから。

ブレントは入口でそわそわと待たせておいて、エミリアはメアリの様子を調べにかかった。身体はまだ冷たくなってはいないが、脈は感じられない。顔にかかった黒い髪を払うと、暖炉をじっと見つめている茶色の目が現れる。エミリアはそっと、その目を閉じてやった。メアリは、いつだって先を急いでいるように見えた。こんなことになってしまったいま、こう思ってしまうのも仕方がない。メアリ・ブラキストンは文字どおり階段の天辺《てっぺん》から身を投げ、自らの死へ先を急いだのだ。

「警察に連絡しなきゃいけないわね」

「ええっ?」ブレントは驚いたようだった。「誰かにやられたってことですか?」

「まさか。もちろん、ちがうわよ。これは事故。それでも、通報はしないとね」

これは事故。刑事に捜査してもらうまでもない。家政婦は掃除機をかけていたのだ。まるで玩具《おもちゃ》のように鮮やかな赤の掃除機は、いまだ階段の上で、手すりに引っかかっている。あのコードにたまたま足が引っかかってしまったのだろう、メアリはつまずき、真っ逆さまに階段を転がり落ちた。そのとき、屋敷にはほかに誰もいなかったのだ。扉はどこも鍵がかかっていた。ほかに、どんな説明がありうるというのだろうか?

一週間後のいま、思いをめぐらせていたエミリアは、ふいに扉が開いたのに気づいてわれに返った。夫が入ってきたのだ。鍋からそっと卵を引きあげ、ふたつの陶器の卵カップに入れる。台所に、夫が葬儀に備えた服装をしているのを見て、エミリアは安堵《あんど》していた。きっと忘れているにちがいないと思っていたのに。日曜のための黒いスーツ、ネクタイはなし――夫はけっしてネクタイを締めない。シャツに絵具の染《し》みがふたつ三つ飛んでいたが、それは別に驚くことではなかった。アーサーは、いつだってどこかに絵具の染みを飛ばしているのだ。

「ずいぶん早く起きたんだね」夫は口を開いた。

「ごめんなさい。起こしちゃったかしら?」

「いや、そうじゃない。ただ、きみが階段を下りていく音が聞こえたからね。眠れなかったのかい?」

「きっと、お葬式のことが気になっていたのね」

「きょうは絶好の日和《ひより》だな。願わくば、あの牧師がうんざりする説教をあまり長引かせないでくれるといいが。熱心な聖職者ってやつは、みんな同じさ。自分の声に酔いしれて止まらなくなるんだ」

ぴしっ!

アーサーはティースプーンを手にとると、それでひとつめの卵の殻《から》を割った。

ああしてブレントから屋敷に呼び出される二日前のこと、メアリ・ブラキストンと交わした会話を、エミリアは思い出していた。そのとき、エミリアは医師としてあることに気づいたところだった。これは深刻な事態だと判断し、アーサーを探して相談しようとしたとき、ふいに悪《あ》しき霊にでも招喚されたかのように、メアリが姿を現したのだ。そこで、本来は夫に相談しようと思っていたことを、エミリアはメアリにうちあけた。ある忙しい診療日のただ中に、一本の壜が診療所から消えたのだ。それを手にした人間の意図によっては、おそろしく危険なことになりかねない中身の入っている壜が。誰かが持ち去ったことは明らかだった。警察に通報すべきだろうか? できることなら、それはせずにおきたかった。こんなことが明らかになれば、あまりに間抜けで無責任な医師に見えてしまうではないか。いったい、どうして調剤室を無人のまま開けておいた? どうして薬棚に鍵をかけておかなかったのか? そもそも、なぜもっと早く気づかなかったのだろう?

「心配はいりませんよ、レッドウィング先生」メアリは請けあった。「この件は、一日二日あたしに預けておいてくださいな。実のところ、心当たりもひとつふたつありますしね……」

そう、あのとき、メアリはそう言った。そして、悪だくみというわけではないにしろ、すべて心得ているといわんばかりの表情を浮かべたのだ。まるで、すでに何かを目撃していて、この件で相談されるのをいまかいまかと待っていたかのような。

そして、あんなふうに死んでしまった。

もちろん、あれはただの事故だったのだ。毒薬が消えたことなど、誰にも話す時間はなかっただろう。いや、たとえ誰かに話したとしても、それを聞いた人物が何か手出しできたとは思えない。メアリはつまずいて、階段から落ちた。ただ、それだけのことだ。

だが、夫がトーストを裂き、半熟卵に浸すのを眺めながら、エミリア・レッドウィングは認めないわけにはいかなかった。自分がいま、ひどい不安に襲われていることを。

4

「いったい、どうしておれたちが葬式に行かなきゃならないんだ? 亡くなった女のことなんて、おれたちはほとんど知りもしないじゃないか」

ジョニー・ホワイトヘッドは、シャツのいちばん上のボタンに苦戦しているところだった。どんなにがんばってみても、ボタンがボタン穴に入ってくれない。実のところ、首が太すぎて襟《えり》の合わせが届かないのだ。ジョニーにしてみると、近ごろはどの服も急に縮みはじめているように思えた。もう何年も愛用しているはずの上着は、どれもふいに肩周りが窮屈になってきたし、それを言うならズボンも同じだ。苦心の末、諦めてどすんと朝食の席に腰をおろす。妻のジェマが、朝食の皿をこちらに滑らせてよこした。卵がふたつ、ベーコン、ソーセージ、トマトに揚げ焼きしたパン――ジョニーの好みそのままの、完璧な英国の朝食《イングリッシュ・ブレックファスト》だ。

「だって、村のみんなが参列するのよ」ジェマは答えた。

「だからって、おれたちが行かなきゃいけない理由にはならないだろう」

「行かなかったら、噂になるわよ。それに、これはうちの商売にとってもいい機会だと思うの。母親を亡くしたロバートは、きっと遺品を整理して、母親の住んでいた家を空《あ》けることになるでしょうし。どんな掘り出しものが見つかるかわからないじゃない」

「どうせ、がらくたが山ほど出てくるだけだろうよ」ジョニーはナイフとフォークを手にとり、朝食を頰ばりはじめた。「だが、まあ、おまえの言うとおりだな。顔を出しておいて損はないさ」

サクスビー・オン・エイヴォンには、数えるほどしか店がない。もちろん、およそ村人が必要としそうなものをあらかた並べた雑貨店はある――モップやバケツ、カスタードの粉末、ジャムだって六種類そろっているのだ。あんなにもさまざまな品目が、あれだけの狭い空間に納まっているとは、とうてい奇跡としか思えない。その裏手には、ターンストーン氏の営む肉屋――雑貨店とは入口が別になっていて、ハエが入らないようビニール紐のすだれが掛けてある。さらに、毎週火曜には魚を売るワゴン車も来る。だが、何かちょっとでも風変わりなもの、たとえばオリーブ・オイルや、料理研究家エリザベス・デイヴィッドの本に登場するような地中海料理の材料がほしいとなれば、バースまで買いに出るしかない。村の広場の反対側には総合電器店と銘打った店があるが、ここに来る客が買うのは、せいぜい電球やヒューズの替えくらいのものだ。ウィンドウに飾られた商品のほとんどは、すっかりほこりをかぶって時代遅れに見える。それから本屋にパン屋、夏にしか開かない喫茶店。広場を出てすぐ、消防署の前には自動車修理工場があって、車用品がひととおりそろっているが、実際に買いたくなるようなものは見あたらない。この村の店といったらこれくらいのもので、村人たちが憶えているかぎり、ここはずっとこんなふうだったのだ。

そこへ、ジョニーとジェマのホワイトヘッド夫妻がロンドンからやってきた。長いこと空家《あきや》になっていた古い郵便局を買いとると、そこを骨董品屋《こっとうひんや》に改装し、自分たちの名を冠した店名を昔ふうの書体で記した看板を、窓の上に掲げたのだ。どうせ、店に並ぶのは骨董品というよりがらくただろうと、村人たちは口々に決めつけてはいたものの、いったん店が開いてみると、客足は上々だった。古い時計、老人をかたどったビールのジョッキ、そろいのカトラリー、古銭、メダル、古い絵、人形、万年筆、そのほかたまたま陳列されている商品の数々を、誰もが楽しげに見て歩く。実際に買うかどうかは、また別の話ではあったが。ともかく、ホワイトへッド夫妻がこの店を開き、店の二階に住居をかまえてから、すでに六年が経っていた。

背は低いながらがっちりした体格、禿頭《はげあたま》のジョニーは、自分では気づいていないのだろうか、最近はどんどん体重が増えつつあった。いつもはけばけばしい、いささか着古した三つ揃いのスーツに、鮮やかな色合いのネクタイを締めるのがお気に入りの恰好だが、葬儀に参列するとなるとそうもいかない。もっと地味な、しなやかで軽い織りのグレーの上着とズボンをしぶしぶながら引っぱり出して着たものの、シャツと同じく、こちらもジョニーの身体にはいかにも窮屈そうだ。小柄で華奢《きゃしゃ》、夫の三分の一ほどしかなさそうな体格のジェマのほうは、黒い服を着ていた。料理は口にせず、一杯の紅茶と三角に切ったトースト一枚で朝食をすますつもりらしい。

「サー・マグナスとレディ・パイは来ないようだけどな」しばらくして、ジョニーはそうつけくわえた。

「どこへ？」

「葬式へさ。今夜までは帰ってこないらしい」

「誰から聞いたの？」

「誰だったかな。酒場でみんなが話してたんだ。南フランスかどこかへ旅行に出かけてるんだとさ。まったく、いいご身分だよな！　とにかく、いろんな伝手《つて》から連絡をとろうとがんばってるらしいんだが、いまのところはつかまらないんだと」ジョニーは言葉を切り、フォークに刺したソーセージを掲げてみせた。いまの話しぶりを聞けば、その人生のほとんどをロンドンのイーストエンドですごしてきたことがうかがい知れる。接客のときには、がらりとあらたまった口調になるのだが。「葬儀にまにあわないとなると、サー・マグナスはあまり嬉しくはないだろうな。ブラキストン夫人は、あの旦那のお気に入りだったんだから。あのふたりときたら、まったく親密だったからな！」

「それ、どういうこと？　あのふたりの間に、何かあったって言いたいの？」〝何か〟が意味することを思いうかべ、ジェマは鼻にしわを寄せた。

「いやいや、そういうことじゃないさ。あの旦那にそんな度胸はないし――奥方だって同じ屋敷にいるんだぜ――そもそも、あの家政婦のほうだって、これといってそそる女じゃなかったしな。だが、そうはいっても、ブラキストン夫人はあの旦那を崇《あが》めたてまつってたじゃないか。旦那さまのあそこから後光が射してるとでもいわんばかりにさ！　もうはるか昔から、家政婦としてあの屋敷で仕えてるって話だしな。鍵も一手に預かってたんだぜ！　サー・マグナスのために料理をし、掃除をし、ただひたすら人生を捧げてきたんだ。あの旦那のほうも、せめて送るときには立ち会いたいだろうさ」

「じゃ、お帰りになるのを待てばよかったのにね」

「夫人の息子が、早く終わらせたがったんだとさ。まあ、その気持ちはわかるよ。今回のできごとには、ひどく打ちのめされてるんだろうしな」

しばし沈黙があり、ジョニーは黙々と朝食を平らげた。妻はこちらを食い入るように見つめている。ジェマはよく、こういう目つきをするのだ。まるで、いつもはおちつきはらっている夫の外面の裏を見とおし、隠していることを探り出そうとするかのように。「あの人、ここで何をしていたの?」ふいに、ジェマは切り出した。「メアリ・ブラキストンのことよ」

「いつの話だ?」

「あの人が亡くなる前の月曜日。あの人、ここにいたでしょ」

「いや、来ていないよ」ジョニーはナイフとフォークを置いた。すばらしい速さで平らげてしまった皿を、パンできれいに拭きにかかる。

「嘘はやめて、ジョニー。あたし、あの人が店から出てくるのを見たのよ」

「ああ! 店のほうか!」ジョニーはおちつきのない笑みを浮かべた。「おれはまた、こっちの二階に連れこんだって話かと思ったよ。昔はよくそんな喧嘩をしたもんな」言葉を切り、妻が話題を変えてくれないものかと様子をうかがう。だが、そんな気配はなかったので、慎重に言葉を選びながら、ジョニーは先を続けた。「ああ……そう、ブラキストン夫人は店を見にきたんだよ。そうか、あの事故があったのと同じ週のことだったんだな。何を探しにきたのかは憶えてないんだ、正直なところ。たしか、誰かへの贈りものを探してると言ってた気もするんだが、結局は何も買わなかったしな。どっちにしても、店もほんの一、二分のぞいただけだったし」

夫が嘘をつくと、ジェマ・ホワイトヘッドは必ず気づいてしまう。あのときは、店から出てきたブラキストン夫人を見かけ、何かがおかしいとぴんときて、そのことがずっと心に引っかかっていたのだ。だが、おかしいとは思いつつも、すぐには指摘せずにきたし、いまも無理やり追及するつもりはなかった。夫と口論などしたくはない。これから連れ立って葬儀に出かけるときとなれば、なおさらだ。

ジョニー・ホワイトヘッドのほうは、妻にはそう答えたものの、最後にブラキストン夫人と顔を合わせたときのことは、すべてはっきりと記憶に刻みこまれていた。あの日、たしかに夫人はこの店にやってきて、ジョニーの罪を責めたてた。何よりもまずいのは、夫人が確たる証拠を手にしていたことだ。いったい、どうしてあんなものを見つけたのだろう？　そもそも、誰がそんなことを夫人に密告した？　もちろん、夫人はそんなことを明かしはしなかったが、こちらに対する要求はきっぱりと告げていったものだ。くそっ、あの女。

妻には絶対にうちあけるつもりはないが、実のところ、ブラキストン夫人が死んでくれて、ジョニーにとってこんなに嬉しいことはなかった。

5

頭からつま先まで、すっかり黒に身を包んだクラリッサ・パイは、廊下の突きあたりの鏡で自分の姿を確認した。襞《ひだ》を寄せたヴェールと三本の羽根のついたこの帽子は、いささか飾りが多すぎはしないだろうか。心のうちでそう自問自答するのは、けっしてこれが初めてではない。フランス人が言う〝やりすぎ《ド・トゥロウ》〟というやつだ。この帽子はバースの古着屋で見つけ、つい衝動買いしてしまったものの、次の瞬間には後悔したしろものだ。葬儀には、できるかぎり立派な装《よそお》いで参列したい。村じゅうが集まるだろうし、埋葬が終わったら、《女王の腕》亭で飲みものがふるまわれる会にも、自分は招かれているのだから。帽子をかぶるべきか、それとも帽子なしで行くべきか？　クラリッサは慎重な手つきで帽子を脱ぐと、廊下のテーブルに置いた。

この髪は、あまりに黒すぎる。きょうのために特別に髪を切り、美容師のルネはいつもどおりすばらしい腕を振るってくれたのに、新しく雇われた髪染めの担当者が、すべてをだいなしにしてしまったのだ。これでは、主婦向け雑誌の表紙からそのまま抜け出してきたかのように、馬鹿げて見えてしまう。これは、やはり帽子をかぶるしかない。口紅を取り出すと、丁寧に唇に塗る。これで、だいぶましになった。このひと手間が大切なのだ。

葬儀が始まるまで、まだ四十分ほどある。教会に、最初に到着してしまうのはいやだった。何をして時間をつぶそうか？　台所に行くと、まだ洗っていない朝食の食器が置きっぱなしになっていたものの、一張羅《いっちょうら》の礼服を着ているのに、水仕事などしたくはない。テーブルには、読みかけの本が伏せてあった。このジェーン・オースティンの本は、もう何度読んだかわからないほどだ――大好きなジェーン――とはいえ、いまはどうも気が進まない。エマ・ウッドハウスのめぐらす策略を楽しむのは、きょうの午後のお楽しみにとっておこう。だったら、ラジオでも聞こうか？　それとも、もう一杯お茶を飲みながら、《テレグラフ》紙のクロスワードを一行でも解いていく？　そう、それがいい。

クラリッサは現代ふうの家に住んでいた。サクスビー・オン・エイヴォンには、バース産の石材を使って堅牢に組みあげられたジョージ王朝様式の建物が多い。屋根の張り出した美しい玄関、一段高くなった庭。ジェーン・オースティンの本など、わざわざ読むまでもない。一歩外に出たら、そこにはオースティンの世界が広がっているのだ。村の広場に面した家に住むことができたら、どんなによかっただろう。あるいは、教会の裏を走るレクトリー・レーン沿いの家。あのへんには優美で手入れのゆきとどいた、こぢんまりとして素敵な家がいくつもある。だが、ウィンズリー・テラス四番地のここは、お手軽に建てられた建物だ。一階と二階にふた部屋ずつ、モルタルに小石を埋めこんだ外壁に、手をかける価値もない四角い庭という、どこにでもある家にすぎない。前の持ち主が作り、いまは年をとった金魚のつがいが棲んでいる小さな池をのぞけば、周囲に建ちならぶ家と見分けがつかないほどだ。サクスビー・オン・エイヴォンにおける、上層と下層。自分は、いてはいけないほうの側にいるのだ。

ここが、クラリッサに買えるせいいっぱいの家だった。メッシュのカーテンが掛かった小さな四角形の台所に、ぐるりと目を走らせる。赤紫色の壁、窓辺に置いたハランの鉢植え、毎朝すぐ目に入るよう、食器戸棚に掛けられた木製の十字架。テーブルに広げたままの朝食の食器は、皿がたった一枚、ナイフが一本、スプーンが一本、そして半分残っているマーマレードの壜。もう何年にもわたって心の中で煮えたぎっている、それでも全力で抑えつけておかなくてはならない感情が、クラリッサの全身を駆けめぐった。なんと孤独な人生だろう。こんなところへ来なければよかった。そもそも、自分の人生など、最初から滑稽《こっけい》な二番煎《せん》じにすぎないのだ。

それも、すべてはたった十二分間のために。

十二分間！

やかんを手にとると、がしゃんとコンロに載せ、乱暴につまみをひねって点火する。こんな不公平なことがあるだろうか。ただこの世に生まれ出た瞬間のほんのわずかな後先によって、ひとりの人間の運命が根底から変えられてしまうだなんて。パイ屋敷に暮らしていた子どものころ、自分はまだ、そのことがよく理解できていなかった。双子として生まれた、クラリッサとマグナス。ふたりは対等な存在であり、持って生まれた富と特権に守られて幸せに毎日をすごしていたのだ。そんな生活が死ぬまで続くはずだった。クラリッサはずっとそう信じていたのだ。いったい、どうしてこんな仕打ちを受けなくてはならなかったのだろう？

いまなら、その答えを知っている。最初に告げられたのは、マグナス自身の口からだった。何世紀もの昔から続いている、限嗣《げんし》相続という制度のこと。つまり、屋敷も、この地所《じしょ》も、すべては先に生まれたマグナスひとりが受け継ぐというわけだ。もちろん、爵位《しゃくい》も男であるマグナスのものとなり、これは誰にも、どうすることもできはしない。最初のうち、クラリッサはてっきり、これはすべてマグナスの意地悪な嘘にちがいないと思っていたものだ。だが、真実はすぐに明らかとなった。両親が自動車事故で亡くなった二十代のなかばごろからは、クラリッサはもうじわじわと追いつめられていくばかりだったのだ。屋敷は正式にマグナスの名義となり、その瞬間から、クラリッサの立場は変わってしまった。自分の育った屋敷に住んではいても、その身分は客人であり、しかも主《あるじ》から歓迎されずに居すわっているというわけだ。寝室

も、これまでより狭い部屋に移された。やがて、マグナスがフランシスと出会い、結婚すると
――戦争が始まる二年前のことだった――この屋敷を出ていってほしいと、言葉は柔らかいながら説きふせられてしまうこととなる。
　それから一年間は、ロンドンのベイズウォーターに借りた小さなアパートメントで、貯えがみるみる減っていくのを見まもりながら、みじめな日々をすごしたものだ。やがて、ついにクラリッサは、住みこみの家庭教師となる道を選ぶこととなる。まあまあのフランス語を話し、ピアノが弾け、有名どころの詩人の作品はひととおり暗誦できるものの、ほかにこれといった技術を持たない独身女に、いったい何ができるというのだろう？　冒険心に駆られ、クラリッサは米国に渡った。最初はボストン、次にワシントン。どちらの地で仕えた家族もひどい連中ばかりで、どんな分野でもクラリッサのほうが経験豊富で（けっして自分からそんなことは口にしないが）洗練されているというのに、まったくとるに足りない人間あつかいをされつづけた。それに、あの子どもたちときたら！　こうしてみると、米国の子どもというのはまったく礼儀をわきまえず、しつけも悪く、理解力もほとんど持ちあわせていない、世界で最悪の部類といっていい。とはいえ、給料はよかった。稼いだ金は一ペニー残らず——一セントというべきか——貯えて、やがて充分な額が貯まり、こんな勤めにはもう耐えられなくなったのを機に、十年後、クラリッサは故郷に戻ってきたのだ。
　故郷、つまり、このサクスビー・オン・エイヴォンに。ある意味では、世界じゅうでもっとも足を向けたくない場所ではあったが、それでもここは、クラリッサが生まれ育った土地なの

だ。ここのほかに、いったいどこへ行ったらいいというのだろう。これから先、死ぬまでベイズウォーターのひと間しかないアパートメントで暮らす人生を、はたして自分は望んでいるのだろうか？　幸い、地元の学校で教師の職がひとつ空《あ》き、これまでの貯えをすべて注ぎこめば、住宅ローンを組むことができた。当然ながら、マグナスは何ひとつ援助してはくれなかった。クラリッサのほうも、助けを求める気など毛頭なかったが。最初のうちは、兄が車を乗りまわし、かつてはいっしょに育った広大な屋敷から出かけ、また帰っていくのを見るたびに、胸に怒りがこみあげてきたものだ。屋敷の鍵は、いまだ隠し持っている――かつて使っていた、正面玄関の鍵を！　屋敷を出るときには返さなかったし、これからも返すつもりはない。この鍵は、クラリッサが失ったすべてのものの象徴であり、本来ならそこにいる権利が自分にもあったのだということを、あらためて思い出させてくれるのだから。自分がこの村に住んでいるために、兄はまちがいなく気まずい思いをしているにちがいない。それを考えると、いくらか心が慰められた。

　自分が買った家の台所に立ち、こんな恨みと怒りに身を震わせているうちに、やがてやかんの湯が沸き、蒸気の音がしだいに高まっていく。頭が切れるのはいつだってクラリッサのほうで、マグナスではなかった。兄はいつもクラスの底辺でひどい成績ばかりとり、教師たちはみなクラリッサだけをちやほやしていたというのに。兄が怠けていたのは、そうしていてもかまわないと知っていたからだ。怠けていても、何も心配することはないと。屋敷を出て、どんな職でもかまわないから仕事を見つけ、日々の糧《かて》を自分の手で稼ぎ出さなくてはいけない、そんな立場にいたのはクラリッサのほうだった。マグナスは何もかも手にしており、いっぽう——さらに悪いことに——この自分は兄に対して、何の力も持っていない。そもそも、こんな葬儀に、どうしてクラリッサが行かなくてはならないのだろう？　マグナスは妹の自分より、メアリ・ブラキストンとのほうが親しかったという事実にふと思いあたり、愕然《がくぜん》とする。あんな女、たかが家政婦のくせに！

　頭をめぐらせ、十字架に視線を向けると、木に打ちつけられた小さな像に思いを馳《は》せる。聖書には、あんなにも明確に記されているではないか。〝汝《なんじ》その隣人の家をむさぼるなかれ、また汝の隣人の妻、およびその僕《しもべ》、婢《はしため》、牛、驢馬《ろば》、並びにすべて汝の隣人の所有をむさぼるなかれ〟この出エジプト記第二十章第十七節の文言を、クラリッサは懸命に自分の人生に当てはめようとしてみた。いろいろな言葉を並べるうちに、もう少しで納得できそうな気さえしてくる。もちろん、もっとお金があればとは思う。冬にはしっかり部屋を暖めたいし、請求書の心配などしたくはない。とはいえ、それはごく普通の人間らしい望みにすぎないではないか。教会に行けば、クラリッサはいつも自分にこう言いきかせている。こんなことになったのは、けっしてマグナスが悪かったからではない。たとえ、マグナスがけっして思いやりのある、親切な兄ではなかったとしても——まあ、たしかに思いやりや親切心などかけらもないが——こちらからは兄を許すよう努力しなければならない、と。〝汝らもし人の過《あやま》ちを許さば、汝らの天の父もまた汝らを許したまわん〟と、聖書にもあるではないか。

　いや、やっぱり納得などできない。

兄は時おり、クラリッサを晩餐《ばんさん》に招くことがある。最近ではちょうど一ヵ月前、一族の肖像画が飾られ、楽団が演奏するための室内バルコニーまで設《もう》けられている大広間で、十数人の客に交じり、美しい食器に盛られた料理やクリスタルのグラスに注がれたワインを味わった。ある思いつきが頭の中に忍びこんできたのは、そのときだ。それからずっと、その思いは頭の中に棲みついている。そう、いまも。ずっと無視しようとはしてきた。こんな考えが消えてしまうよう、祈りも捧げた。それでも、結局のところは認めざるをえないようだ。貪欲《どんよく》よりもはるかに怖ろしい罪を、自分が心の中に温めていること、さらに深刻なのは、それを実行するための第一歩を、すでに踏み出してしまっていることを。これはもう、狂気の域だ。そうすまいと思っているのに、クラリッサはつい二階に目を向け、浴室の棚に隠してあるもののことを考えてしまった。

汝、殺すなかれ。

その言葉をつぶやこうとしても、唇から音が出てこない。背後では、やかんがいまや悲鳴をあげはじめている。取っ手が熱くなっているだろうことも忘れ、手を伸ばしてやかんを引っつかんだクラリッサは、小さな苦痛の叫びをあげて、乱暴にコンロに置きなおした。目に涙を浮かべながら、冷たい水の流れる蛇口の下で手を洗う。いったいどうして、自分はこんな目に遭わなくてはならないのだろう。

お茶を飲むつもりだったことも忘れ、数分の後、クラリッサはテーブルから帽子をとると、葬儀に参列するために家を出た。

6

霊柩車は、いまやサクスビー・オン・エイヴォンの村に入ろうとしていた。当然ながら、車はグリフィンの石像の建つパイ屋敷の入口と、いまは無人となった使用人小屋の前を通りすぎる。バースとこの村を結ぶ広い道路はここしかなく、別の方向から入ろうとすると、あまりに面倒な回り道となってしまうのだ。それに、亡くなった女性の柩を載せて、その女性が住んでいた家の前を通ったからといって、いったい何の不都合があるというのだろう？　誰かがそう尋ねたとしたら、葬儀社社員のジェフリー・ラナーとマーティン・クレイン（どちらも創業者の子孫だ）は、いえいえ、何もありませんとも、と口をそろえたにちがいない。それどころか、これこそは偶然に訪れた、まさに締めくくりを意味するしるしというべきでしょう、と。メアリ・ブラキストンの遺体が、かくして本来あるべき場所へ帰ってきた、というような。

後部座席に坐っていたロバート・ブラキストンは、背後に母親の柩があるという、胸が悪くなるような空虚な気分を味わいながら、自分がかつて住んでいた家に、まるで新たなものを見るような視線を走らせた。だが、車がその前を通りすぎてしまうと、さらに頭をめぐらせて見送ることはしなかった。あの家のことなど、あらためて考える気にもなれない。母親がかつて住んでいた家。いまや母親は死に、自分の後ろに横たわっている。ロバートは二十八歳、血色が悪く痩せた若者で、黒い髪は額に沿って短くまっすぐに切りそろえ、両耳の周りもきれいに刈られている。いかにもスーツの着心地が悪そうなのは、自分の服ではないのだから仕方ない。これは、葬儀のための借りものだ。ロバートもスーツを持っていたのだが、それではあまりに見栄えがしないと、婚約者のジョイは言いはった。そして、自分の父親から新しいスーツを借りてこようと提案して口論になり、さらにそのスーツを持ってきたところでふたたび口論になったあげく、ようやくロバートが着るにいたったものだ。

ジョイも霊柩車に乗りこみ、ロバートの隣に坐っていた。バースを出発してからというもの、ふたりはほとんど口をきいていない。どちらもただ、ひたすら考えに沈んでいたのだ。心に、それぞれの悩みを抱えて。

ロバートにとっては、生まれてきたその日から、ただただ母親から逃げ出そうとしてきたような気さえすることがある。あの使用人小屋で母親と鼻を突きあわせ、それぞれ別の意味で相手に依存しながら、ロバートは大人になったのだ。母親がいなければ、自分はやっていけなかった。母親もまた、自分という息子がいなければやっていけなかったにちがいない。地元の学校に通っていたころ、ロバートはなかなか聡明な子だと評価されていた。もう少し真面目に勉強する気さえあれば、悪くない成績を収められるだろうに、と。友だちはほとんどいなかった。みながにぎやかに叫び交わす校庭で、ほかの少年たちに無視され、ひとりたたずむ姿を見て、教師たちはよく心を痛めていたものだ。だが、それも仕方あるまいと思わせる理由もあった。ロバートは、とてつもない悲劇に見舞われた少年だったからだ。弟は怖ろしい事故で亡くなり、それからまもなく、父は自責の念に耐えられずに家を出ていった。その悲しみはつねにロバートにまとわりついており、ほかの少年たちは、まるで感染を怖れているかのように、その近くに寄ろうとはしなかったのだ。

学校の成績は、けっして芳《かんば》しくはなかった。素行が悪かろうと、進歩が見られなかろうと、こうした家庭環境を斟酌《しんしゃく》して大目に見ようとしてきた教師たちも、ロバートが十六歳になり、学校を卒業したときには、ひそかに安堵《あんど》したものだ。それは一九四三年、ロバートにとっては自分が兵士となって参加するには若すぎたものの、あまりに長い期間にわたって父親から引き離される原因となっていた戦争も、もうすぐ終わりを告げようというころだった。当時の少年少女たちには、充分な教育が受けられなかったものも多い。そういう意味では、ロバートもまた戦争被害者と言ってもいいだろう。大学へ進むことなど、とうてい考えられはしなかった。だが、そんな時代背景を差し引いても、学校を出た次の年は、あまりに不毛なままにすぎていってしまった。母親の家にそのまま暮らし、村のそこここで時おり頼まれるとるに足らない作業をこなしていくだけの日々。ロバートなら、もう少しは気の利いた仕事に就けるはずだと、誰もが思わずにいられなかった。いろいろな不運に見舞われてはいても、これだけ聡明な青年がそんな人生を送るのはもったいなさすぎる、と。

結局のところ、ついに動いたのはサー・マグナス・パイだった——メアリ・ブラキストンの雇い主であり、ここ七年にわたって父親代わりを務めていた人物が、もっとちゃんとした仕事に就きなさいと、ロバートを説きふせたのだ。兵役から戻ってくると、サー・マグナスの口利きにより、ブリストルにある《フォード》直轄の自動車工場で整備士見習いとして雇ってもらえることとなる。だが、意外と言うべきだろうか、母親はこの計らいに、まったく感謝してはいなかった。サー・マグナスにメアリ・ブラキストンが盾突《たてつ》いたのは、後にも先にもこのときだけだろう。母親は、ロバートのことが心配でならなかったのだ。息子が自分のもとを離れ、遠い都会で暮らすことなど望んではいなかった。それなのに、サー・マグナスは母親である自分に相談もしなかったばかりか、隠れてこそこそと立ちまわりさえしたと、メアリは感じていたらしい。

結果として、それはたいした問題にはならなかった。見習い整備士としての生活は、長くは続かなかったからだ。家を出て三ヵ月後、ロバートはブリスリントンの《青蛇》亭という酒場に飲みにいき、そこでひどい喧嘩に巻きこまれた。駆けつけた警察に逮捕されたロバートは、立件こそされなかったものの、雇用主に悪い印象を与えてしまい、そこで見習い期間を打ち切られることとなる。不本意ながら、ロバートは故郷に戻った。母親は、さながら自分の正しさが証明されたかのようにふるまっていたものだ。もう二度とここを出ていってはいけない、もしも最初から母さんの言うことを聞いてさえいれば、おまえも母さんもこんなたいへんな思いをせずにすんだのに、と。ふたりを知るものはみな、この親子はもう二度と仲むつまじくやってはいけまいと予感していた。

とはいえ、少なくともこの一件は、ロバートが自分に向いた職と出会うきっかけとなったことは確かだ。車は好きだし、修理の腕もある。ちょうどそのころ、村の自動車修理工場で、常勤の整備士の席にひとつ空《あ》きができた。ロバートの経験はけっして充分とはいえなかったが、試しにひとつやらせてみようと、経営者が断を下してくれたのだ。給料はけっして高くはなかったものの、修理工場の二階の小さな部屋に住みこみで雇ってもらえるという。ロバートにとっては、願ってもない申し出だった。もう二度と母親とのふたり暮らしに戻りたくはなかったし、あの使用人小屋での生活はどうにも息が詰まってやりきれない。さっそく修理工場の二階に引っ越すと、それ以来ずっとそこに住んでいる。

　ロバート・ブラキストンは、もともとたいした野心家ではなかった。さほど好奇心の強い性格でもない。何もなければ、そこそこ役に立つ整備士として——それ以上でも、以下でもなく——そんな生活をずっと続けていたにちがいない。だが、ある日、すんでのところで右手を失ってしまうほどの事故に遭い、ひどい怪我を負ったのをきっかけに、すべてが一変する。事故自体はありふれた、気をつけてさえいれば避けられたはずのものだった。作業中にジャッキが外れ、ほんの数センチのところに車体が落ちてきたのだ。跳ねとんだジャッキが、右手を直撃する。ロバートは右腕を抱え、作業着に血がだらだら流れるのもかまわず、よろめきながらレッドウィング医師の診療所に駆けこむこととなった。そこにいたのは、看護婦兼受付として働きはじめたばかりのジョイ・サンダーリングだ。苦痛に苛《さいな》まれながらも、ロバートはその娘に目をとめずにはいられなかった——砂色の髪に縁《ふち》どられ、そばかすの散った、はっとするほど美しい顔立ちに。レッドウィング医師から折れた骨の応急処置を受け、バースのロイヤル・ユナイテッド病院に運びこまれる救急車の中でも、その面影はけっして脳裏を離れなかった。右手の怪我はとっくに癒《い》え、ロバートはその事故を思い出すたび、自分とジョイを引きあわせてくれた運命に感謝せずにはいられなかった。

ジョイはロウワー・ウエストウッドに、両親とともに住んでいる。父親は消防士で、かつてはサクスビー・オン・エイヴォン消防署の実動部隊に所属していたが、いまは管理部門で働いていた。母親のほうは家にいて、つねに介護の必要な上の息子に付き添っている。ロバートと同じように、ジョイも十六歳で学校を出たきり、サマセット州の外の世界はほとんど見たことがない。だが、ロバートとちがうのは、ジョイは知らない世界をこの目で見たいと、つねに好奇心を燃やしていることだった。フランスやイタリアについての本を読み、クラリッサ・パイからフランス語の個人レッスンを受けてもいるほどだ。レッドウィング医師の下で働きはじめてからは、もう一年半になる。分割払いで手に入れた明るいピンクのスクーターにまたがり、毎朝この村に通ってくるのだ。

ロバートは教会の庭で結婚を申しこみ、ジョイはそれを受け入れた。来年の春、聖ボトルフ教会で結婚式を挙げることになっている。それまではがんばって貯蓄に励み、新婚旅行でヴェネチアを訪れようという予定だ。ヴェネチアに着いたら、まず初日にゴンドラに乗せてあげると、ロバートはジョイに約束していた。そして、シャンパンを飲みながら水路を揺られ、《ため息橋》をくぐるのだ。ふたりはもう、すべてを計画しつくしていた。

こうしてジョイの隣に坐っているのは、どうも奇妙な気がしてならない。後ろには母親がいて、あいかわらずふたりの間に割って入ろうとしている――これまでとは、まったく異なる意味ではあるが。母親の住む使用人小屋へ、初めてジョイを連れてお茶の時間に訪れたときのことを、ロバートは思い出していた。感情に鋼鉄の蓋をかぶせて抑えこみ、どこまでも冷淡な丁重さで応対することによって、相手をきっぱりと拒絶する母親のやりかたは、これまでもいやになるほど見てきたものだ。あら、よくいらっしゃいました。ロウワー・ウエストウッドにお住まい？　ええ、あのあたりはよく知ってます。お父さまは消防士？　すばらしいお仕事ね。まるで、ロボットのような――あるいは、大根役者の演技のような――受け答え。ジョイは文句も言わず、いつもの温かい態度のままだったが、この娘を二度とこんな目に遭わせまいと、ロバートは心に誓った。そしてその夜、親子でさんざん口論してからというもの、ロバートと母親はついにふたたびうちとけることなく終わってしまったのだった。

　とはいえ、もっとも険悪な口論は、母親が亡くなるほんの数日前のことだった。牧師夫妻が休暇で旅行に出かけ、その間はメアリ・ブラキストンが教会の管理をしていたのだ。ロバートと母親は、村の酒場の前でばったりと顔を合わせた。《女王の腕》亭は、聖ボトルフ教会のすぐ隣にある。ロバートは外の席に腰をおろし、夕方の陽射しを浴びながら、仕事が終わった後の一杯を楽しんでいるところだった。ふと目をあげると、母親が墓地を突っ切って歩いてくる。おそらく、今度の礼拝に隣の教区からやってくる代理の牧師のため、花を活《い》けているところなのだろう。息子に気がつくと、母親はまっすぐこちらに近づいてきた。

「おまえ、台所の明かりを直してくれるって言ってたじゃないの」

　ああ、ああ、そうだった。コンロの上の明かりだ。電球を替えるだけのことなのだが、手の届きにくい位置にある。直すと約束したのは、もう一週間も前のことだった。何か困ったことがあると聞けば、普段からこまめに使用人小屋に立ち寄るようにはしている。だが、あんなにも些細なことから、どうしてあそこまで愚かしい口喧嘩に発展してしまったのだろう。どなりあうとまではいかないにしても、外の席で飲んでいた誰もが耳をそばだてるほど声を荒らげて。

「いいかげん、おれを放っておいてくれよ！　おふくろなんか、どうかしてぽっくり死んでくれたらありがたいのにな。そうなってくれたら、おれもようやくひと息つけるってもんさ」

「へえ、そうかい。おまえはそんなふうに思ってるんだね！」

「ああ、そうさ！　おれの本心だね」

自分は、本当にこんな言葉を口走ってしまったのだろうか――しかも、みなが聞いている前で。ロバートは後ろをふりむき、白いユリの花輪が載せてある、のっぺりとした木の柩の蓋を見やった。それから一週間も経たない、ほんの二、三日後のこと、母親はパイ屋敷の階段の下で倒れているところを発見されたのだ。修理工場までロバートを呼びにきてくれたのは、屋敷の庭の管理をしているブレントだったが、そんな知らせを告げながらも、どこか奇妙な目つきでこちらを見ていたのを憶えている。あの夕方、ブレントも酒場にいたのだろうか？　そして、ロバートの言葉を耳にしていた？

「もうすぐよ」ジョイが声をかけてきた。

ロバートはふりむいた。たしかに、目の前にはみるみる教会が近づき、参列者でいっぱいの墓地が見える。少なくとも五十人は集まっていることだろう。ロバートは驚かずにいられなかった。母親にこんなにも多くの友人がいたなんて、考えてみたこともなかったのだ。

車はしだいに速度を落とし、やがて停まった。誰かがドアを開けてくれる。

「いやだ、おれには無理だよ」ロバートは手を伸ばし、まるで子どものようにジョイにしがみついた。

「だいじょうぶよ、ロブ。あたしがついてる。すぐに終わるから」

ジョイがほほえむのを見た瞬間、ふいに苦しさがふっと和らぐ。ジョイがいなかったら、自分はどうしてやっていけるだろう？　この娘が、自分の人生を変えてくれた。この娘こそが、ロバートのすべてなのだ。

ふたりは車を降り、教会に向かって歩きはじめた。

7

コート・ダジュールのサン＝ジャン＝カップ＝フェラに建つ《オテル・ジェヌヴィエーヴ》の四階の寝室からは、庭園や高台がぐるりと見晴らせる。青く透きとおった空には、すでに太陽がぎらぎらと輝いていた。なんとすばらしい一週間だったことだろう。完璧な料理、美味なワイン、地中海沿岸に集まるいつもの顔なじみたちとのつきあい。だが、サー・マグナス・パイはむっつりと不機嫌に荷造りを終えようとしていた。三日前に届いた手紙に、せっかくの休暇をだいなしにされてしまったのだ。あのいまいましい牧師が、こんな知らせをよこさずにおいてくれたらどんなによかったか。教会の連中というのは、いつも決まって他人の楽しみをぶち壊そうとする。

妻はものうげにタバコをくゆらせ、バルコニーからこちらを見ていた。「列車に遅れるわよ」

「列車が出るのは三時間後だ。まだ、たっぷり時間はあるさ」

フランシス・パイはタバコを消すと、部屋に戻ってきた。妻は肌の浅黒い、傲然《ごうぜん》とした雰囲気の女性で、夫よりもいくらか背が高く、はるかに目を惹く。夫のほうは短軀《たんく》で太りぎみ、血色のいい頬に生やした黒っぽいあごひげは、いかにもひょろひょろとして覇気《はき》がない。五十三歳となったいま、マグナスは自身の年齢と地位を印象づけるような服装をしようと心がけていた。いま身につけているのは、テイラー・メイドの高価なスーツで、ベストもついた三つ揃いだ。この夫婦は、いかにもそぐわない組み合わせに見えた。たとえば、田舎の名士とハリウッド女優といったところだろうか。あるいはサンチョ・パンサと、ドン・キホーテの思い人であるドルシネア姫。爵位《しゃくい》を持っているのはマグナスではあるが、実のところ、より爵位が似合うのはフランシスのほうだった。「知らせを受けとって、すぐに発《た》つべきだったのに」

「そんなことがあるものか」マグナスは不機嫌にうなり、なんとかしてスーツケースの蓋を閉めようと格闘していた。「しょせん、ただの家政婦じゃないか」

「でも、同じ屋根の下で暮らしていた人じゃない」

「あれが住んでいたのは使用人小屋だ。いっしょにするな」

「きっと、警察があなたの話を聞きたがっているわよ」

「わたしが戻ったら、いくらでも聞けばいいさ。まあ、とくに話しておきたいこともないがね。牧師によると、あれは電源コードに足を引っかけて、階段を転がり落ちたそうじゃないか。まさか警察だって、わたしが殺したなどとは言うまいよ」

「あなたならやりかねないけれどね、マグナス」

「ふん、できるはずがなかろう。わたしはずっと、おまえといっしょにいたのだからな」

夫がスーツケースに苦戦しているところを、フランシス・パイはじっと眺めていた。手を貸す気はないようだ。「わたし、あの人はあなたのお気に入りだと思っていたのに」

「たしかに、あれは料理がうまかったし、掃除もゆきとどいていたさ。だが、正直なところ、わたしはもう、あれが視界に入るのはうんざりだった——あれも、あれの息子もな。以前から、あの女にはどこかあつかいにくいところがあると思っていたんだ。そそくさと動きまわりながら、目に浮かべているあの表情……まるで、こちらの知らないことを自分は知っているといわんばかりにな」

「それでも、葬儀には参列すべきだったと思うわ」

「どうしてだ?」

「だって、あなたがいないことに村じゅうが気づくじゃない。村の人たちはきっと、あなたのことをよくは思わないでしょうよ」

「どちらにしろ、村の連中はわたしのことをよくは思っていないさ。ディングル・デルの件をけると、マグナスはこの重労働にいささか息を切らせながら、どっかりと腰をおろした。どうせ、大半の連中はろくな末路をたどらないんだ」ようやくスーツケースの鍵をかちりと掛誰もが噂ばかりに興じて。まあ、わたしのことはどうとでも、好きなように思っていればいい。好感度調査で一位になりたいなどとは思っていないんだ。田舎暮らしのやっかいなのはそこさ。聞いたら、さらに評判は落ちるいっぽうだろうよ。ふん、かまうものか。わたしはもともと、

そんな夫に、フランシスは何かめずらしいものでも見るような視線を向けた。その目には、軽蔑とも嫌悪ともつかない色が浮かんでいる。夫婦の間に、いまや愛情など残ってはいなかった。ふたりとも、そのことはよくわかっている。結婚生活を続けているのは、そのほうが都合がいいからにすぎない。このコート・ダジュールの暑さに包まれていてさえ、部屋には冷ややかな空気がただよっていた。「わたし、ポーターを呼ぶわね」フランシスが口を開く。「もう、タクシーは来ているはずだから」電話に歩みよろうとして、ふとテーブルに置かれた絵はがきに気づく。宛先にはヘイスティングスの住所と、フレデリック・パイの名。「ちょっと、マグナス、これはどういうことなの？」フランシスは詰問《きつもん》した。「あなた、フレディへの絵はがきを出してくれていなかったのね。出すって約束してくれてから、もう一週間もここに置きっぱなしだったなんて」言葉を切り、ため息をつく。「あの子、これを受けとる前に、屋敷に帰ってきてしまうわね」

「どうせ、滞在先の家族が転送してくれるさ。そう大騒ぎするほどのことじゃない。わたしもおまえも、さしておもしろいことを書いたわけじゃないしな」

「絵はがきなんて、別におもしろくなくていいのよ。わたしが言いたいのは、そういうことじゃないの」

フランシスは受話器をとり、フロントを呼び出した。その声を聞きながら、マグナスは何かを思い出そうとしていた。いまの絵はがきの話、妻の言葉で記憶がよみがえりかけたのだ。さて、何だったかな？　きょう行われているはずの、参列できない葬儀に何か関係があったのだが。ああ、そうだ！　やれやれ、なんと奇妙な話だろう。けっして忘れまいと、マグナスは心に刻みこんだ。あの件を片づけておかなくてはならない。屋敷に戻ったら、できるだけ早く。

8

「メアリ・ブラキストンはサクスビー・オン・エイヴォンの人々のため、この村をよりよい場所にしようと、こつこつと努力を重ねていました。毎週日曜にはこの教会に花を活《い》け、この村、あるいはアシュトン・ハウスの高齢者を訪ねてもいました。王立鳥類保護協会のために寄付を集めていましたし、パイ屋敷を訪れる人々を温かく迎えてもいたのです。メアリの手作りのケーキは、村の行事でいつもてはやされていました。教区会のときなどは、わたしはいつもメアリのアーモンド・クッキーや、ジャムをはさんだスポンジ・ケーキなどのおいしさに驚かされていたものでした」

葬儀はいかにも葬儀らしく進んでいった——粛々《しゅくしゅく》と、穏やかに、抗《あらが》えない静かな流れに身をまかせるようにして。ジェフリー・ウィーヴァーは、これまでも多くの葬儀に参列してきた。故人を悼《いた》むためにやってきて、また帰っていく人々、さらには帰らずにとどまっている人々を、片隅にたたずんで真剣に観察してきたのだ。いつか、そう遠くない日に自分もまた葬られる側になるなど、夢にも思ったことはない。年老いたといっても七十三歳だし、父親は百歳まで生きた。自分には、まだたっぷりと時間が残されているはずだ。

人間観察にかけては一日《いちじつ》の長《ちょう》があると、ジェフリーは自負していた。自分が掘った墓穴《はかあな》の周囲に集まる人々に、まるで画家のような視線を注いでいく。どの人物に対しても、ジェフリーには自分なりの見解があった。こんなふうに、あらためてそれぞれの人となりを観察するとしたら、葬儀よりうってつけの場面があるだろうか?

まずは、のっぺりとした墓石のような顔に、長い、いささか乱れた髪の牧師本人からだ。年をとるにつれておかしなふるまいが増え、説教で同じ文章を何度もくりかえしたり、夕べの祈りの途中で眠りこんでしまったりするようになっていたモンタギュー牧師の後任として、初めてオズボーン牧師がこの村にやってきたときのことはよく憶えている。いくらか風変わりな夫婦には見えたものの、村人たちは諸手《もろて》を挙げて歓迎したものだ。夫人のほうは牧師よりはるかに背が低く、いかにもふっくらとした身体つきで、喧嘩っぱやい。思ったことは口に出さずにはいられない気性らしく、ジェフリーはそこがなかなか気に入っていた——まあ、牧師の妻としては、いささか問題がなくもないだろうが。いまも夫人は牧師の後ろに立って、夫の言葉に同意できるときはうんうんとうなずき、同意できないときは顔をしかめている。仲むつまじい夫婦なのだろう。それはまちがいない。だが、あの牧師夫妻には、ひとつならず奇妙に思える点があった。たとえば、なぜあの夫妻は、パイ屋敷に興味を持っているのだろうか？　そう、実のところ、牧師館の庭とサー・マグナスの地所《じしょ》とを隔てるあの森に、夫妻がこそこそと出入りしているのを、ジェフリーは何度か見かけたことがあった。屋敷への近道として、ディングル・デルを通る人々はけっして少なくない。はるばるバース・ロードに出て、そこから正門をくぐるのはかなり遠回りとなるからだ。だが、ほかの村人たちは、真夜中に森に忍びこむことはない。いったい、あの夫妻は何をたくらんでいるのだろうか？

ホワイトヘッド夫妻については、わざわざ人間観察に時間を使う気はないし、そもそも、これまでまともに話をしたこともない。ジェフリーにしてみれば、あの夫婦はしょせんロンドン育ちであり、サクスビー・オン・エイヴォンにいるべき人種ではないのだ。この村に骨董屋《こっとうや》など必要ない。場所の無駄というものだ。古い鏡やら古い時計やらをかき集め、馬鹿げた値段をつけて骨董品と呼ぶのは連中の勝手だが、そう呼んだからといってがらくたはがらくたであり、それがわからないのは愚かしいにもほどがある。結局のところ、ジェフリーは夫妻のどちらも信用してはいなかった。ふたりとも本来の姿を隠し、別人の仮面をかぶっているような気がしてならないのだ――まるで、自分たちが売っている商品のように。いったい、どうしてあの夫妻は葬儀にやってきたのだろう？　メアリ・ブラキストンのことなど、たいして知りもしなかったくせに。メアリのほうもあの夫妻について、けっして褒めたことなどなかったはずだ。

それに引きかえ、レッドウィング医師とその夫は、まさにこの場に立ち会うべき人物だった。なにしろ、メアリの死体を発見したのは、あの医師だったのだから——いっしょにいたという庭園管理人のブレントも、いまは作業帽を手に握りしめ、巻き毛が額に落ちかかったまま参列している。エミリア・レッドウィングは、この村で生まれ育った。父親のレナード医師が守ってきた診療所を引き継いだのだ。きょうの葬儀に、レナード医師は顔を見せていないが、それは驚くにはあたらない。いまはバース峡谷の老人施設に入所していて、噂によると、もはやあまり長くはあるまいというのだから。ジェフリーはこれまで、さして大病にかかったことはないが、老医師にも、娘のほうにも診察してもらったことはある。息子が生まれたとき、とりあげてくれたのはほかならぬ老レナード医師だった——男性医師だろうと産婆《ミッドワイフ》役もこなしていた時代だったのだ。では、夫であるアーサー・レッドウィングの人となりは？　そちらに目をやると、アーサーは牧師の説教に耳を傾けながら、苛立《いらだ》ちとも退屈ともつかない表情を浮かべている。顔立ちは、すばらしく男前だ。それは、誰が見てもまちがいない。画家だというが、それで金を稼げているわけではないようだ。とはいえ、しばらく前には屋敷でレディ・パイの肖像画を描いていたというではないか？　とにかく、この夫婦は信頼できる人種だ。ホワイトヘッド夫妻とはわけがちがう。レッドウィング夫妻がいない村など、とうてい想像できないほどだ。

クラリッサ・パイについても、同じことが言える。きょうは葬儀のためにずいぶんめかしこんでいて、三本の羽根飾りつきの帽子はいささか滑稽《こっけい》に見えなくもない。いったい、これを何の集まりだと思っているのだろうか？　カクテル・パーティか何かとでも？　だが、そうはいっても、ジェフリーはクラリッサが気の毒でならなかった。兄が領主顔でふんぞりかえっている村で暮らすのは、どんなにつらかろう。サー・マグナスのほうは、村の学校で教師勤めをしている妹を尻目に、悠々とジャガーを乗りまわして平然としているが。誰に聞いても、クラリッサは教師としてかなり優秀だという。もっとも、生徒たちにはさほど好かれていない。おそらく、この先生は幸せではないのだと、子どもたちが感じとってしまっているからだろう。何もかも、自分の力で切り開いていかなくてはならない人生。この年齢まで、結婚もせずにきた。日々の暮らしでは、暇さえあれば教会に入りびたっているように見える。教会を訪れ、また出ていくクラリッサの姿を、どれだけ見てきたことだろう。けっしてお高くとまっているわけではなく、そのついでに足を止め、ジェフリーとおしゃべりをしていくこともしょっちゅうある。だが、それはつまり、自分から歩みよらなくては話し相手さえいないということなのだ。容貌は兄のサー・マグナスといささか似ているが、これも、けっしてクラリッサにとってありがたいことではなかろう。少なくとも、ちゃんと葬儀に出席するだけのたしなみは、兄とちがって身につけているというのに。

　誰かがくしゃみをした。ブレントだ。屋敷の庭園管理人が袖で鼻を拭い、ちらちらと左右の様子をうかがうのを、ジェフリーはじっと観察した。みなが集まっている場でどうふるまうべきか、そういった常識があの男には備わっていないのだが、それはさほど意外なことではない。これまでの生涯のほとんどを、他人と交わらずにすごしてきたのだから。クラリッサとちがうのは、ブレントが自ら進んでそんな暮らしを選んでいることだ。屋敷の庭で長時間にわたって働き、それが終わると、《渡し守》亭で一杯やったり、夕食をとったりする姿を見かけることもある。そんなとき、ブレントはいつも自分の指定席となっている、本通りに面した窓ぎわのテーブルにひとり向かっているのだ。だが、他人とつきあうこともなければ、おしゃべりを交わすこともない。いったい、あの頭の中で何を考えているのだろうと、ジェフリーはときに思いめぐらすこともあった。

ほかの参列者は放っておいて、霊柩車とともに到着した青年、ロバート・ブラキストンに視線を向ける。この青年についても、ジェフリーは気の毒に思っていた。なにしろ、これから母親が埋葬されようというのだ——たとえ、すさまじい喧嘩をした親子だとはいっても。あの親子がうまくいっていなかったことは、村じゅうの人間が知っている。事故が起きるほんの数日前の夕方、《女王の腕》亭の前でロバートが言いはなった言葉は、ジェフリー自身もその場で耳にしていた。「おふくろなんか、どうかしてぽっくり死んでくれたらありがたいのにな。そうなってくれたら、おれもようやくひと息つけるってもんさ」そう、こんなことを口走ったからといって、あの息子を責めるわけにはいくまい。人は後になって悔やむようなことを、ときとして口にしてしまうものなのだ。この先どんなことが起きるかなど、誰にもわかりはしないのだから。いま、ロバートはいかにもみじめな様子でその場に立ちつくし、そのかたわらには、診療所で働いている、きちんとして可愛らしい娘が付き添っている。あのふたりがつきあっているいることは、村じゅうの誰もが知っていて、お似合いの組み合わせだと思っていた。いまだって、あの娘はいかにもロバートのことを心配しているように見える。顔に浮かんだ表情からも、その腕にしっかりとしがみついている様子からも。

「メアリは、この村の一部ともいえる存在でした。本日、わたしたちは故人を悼むためにここに集まったわけですが、故人が何を残していったか、それを忘れてはなりません……」

牧師の説教も、そろそろ締めくくりに近づいてきたようだ。手にした原稿の、最後のページに入ったのが見える。ジェフリーがふりむくと、ちょうどアダムが奥の小径《こみち》から墓地に入ってくるところだった。頼りになる息子だ。いつだって、ちょうどいい瞬間に姿を見せてくれるから、こちらは安心していられる。

そのとき、いささか奇妙なことが起きた。参列者のひとりが、まだ牧師の説教が終わっていないというのに、もう墓地を出ていこうとしているのだ。参列者の後ろのほうに立っていたその人物に、ジェフリーはそれまで目をとめていなかった。中年の男で、黒っぽいコートに黒の帽子をかぶっている。フェルト地の中折れ帽だ。顔はちらりとしか見えなかったが、どことなく見おぼえがあった。こけた頬に、大きなかぎ鼻。どこで見かけた顔だろう？　だが、思い出そうとしてももう遅い。男はもう墓地の門を抜け、村の広場のほうへ歩き去っていた。

何かに気づき、ジェフリーははっと目をあげた。その男が墓地の外れに立つ大きなニレの木の脇を通りすぎたとき、枝にとまっている何かが動いたのだ。カササギ。それも、けっして一羽ではない。目をこらすと、その木の枝にはびっしりとカササギが並んでいるではないか。いったい、何羽いるのだろう？　分厚く茂った葉に邪魔されてはっきりとは見えないが、七羽まで数えたとき、ふと子どものころに教わった古いカササギの数え唄が脳裏によみがえる。

一羽なら悲しみ、
二羽なら喜び。
三羽なら娘、
四羽なら息子。
五羽なら銀で、
六羽なら金。
七羽ならそれは、
明かされたことのない秘密。

そう、奇妙といえば、こんな奇妙なこともあるまい。まるで葬儀に参列しにきたかのように、あの一本の木にカササギの群れが集まっているとは。だが、そこへアダムがやってきて、牧師が説教を終え、参列者たちはばらばらと墓地を出ていく。次にジェフリーがニレの木に目をやると、カササギたちはもう姿を消していた。

第二部　喜《ジョイ》び

1

　医師が口を開くのを待つまでもなかった。その表情、部屋に広がる沈黙、医師の机に広げられたX線写真がすべてを物語っていたからだ。ハーレー街の奥の、とある小奇麗に整えられた一室で向かいあったふたりの男は、これまで何度も演じられてきた劇の終幕に、自分たちがたどりついたことを悟っていた。六週間前は、まだお互いを知らなかったふたり。だが、いまはこのうえなく親密な結びつきといっていい。ひとりは、知らせを告げる側。もうひとりは、知らせを受けとる側。どちらも、できるかぎり感情を顔に表すまいとしている。これは手続き上どこかで踏むべき過程にすぎず、お互い感情は隠しておこうというのが、紳士どうしの合意なのだ。

「うかがいますが、ベンスン先生、わたしにはあとどれくらいの時間が残されているのですか?」アティカス・ピュントは尋ねた。

「そうはっきりと確定できるものでもないんですよ」医師は答えた。「残念ながら、腫瘍《しゅよう》はかなり進行してしまっています。もっと早く発見できてさえいれば、手術で切除できる可能性もわずかながらあったのですが。こうなってしまうと……」言葉を切り、頭を振る。「お気の毒です」

「気の毒に思っていただく必要はありませんよ」ピュントはいかにも教養のある外国人が学んで身につけたものらしい、完璧な英語を話す。ドイツ語訛《なま》りが残っているのを詫《わ》びるかのように、一音ずつ明晰《めいせき》に発音しながら。「わたしはもう六十五歳です。長い人生を送ってきたし、いろいろな意味でいい生涯だったと思っていますよ。ここにいたるまで、死んで当然の状況は何度もありました。言ってみれば、死はずっとわたしの道連れであり、つねにわたしの二歩ほど後ろを歩いてきたのです。どうやら、ついに追いつかれるときがきたようですな」両手を広げ、どうにか笑みを浮かべてみせる。「そんなわけで、わが道連れとは古いつきあいですし、何も怖がる理由などありません。ただ、そうなると、わたしにも整理しておかなくてはならない事柄がいくつかありましてね。だからこそ、だいたいのところを知っておきたいのです……残された時間は数週間なのか、それとも数ヵ月なのかということを」

「そう、残念ながら、ここから体調は悪くなっていくばかりです。いまの頭痛は、さらにひどくなるでしょう。発作が起きることもあるかもしれません。よかったら、この病についての文献をお送りしますよ。それを読めば、これから先の展開がおおよそつかめるでしょうから。強い痛み止めも処方しておきましょう。そのうち、緩和ケア施設を考えてみてもいいかもしれませんね。マリー・キュリー記念基金が運営している、実にすばらしいお勧めの施設がハムステッドにあるんですよ。さらに病気が進行すると、二十四時間態勢での看護が必要となってきますからね」

言葉は先細りになり、やがて消えていく。ひとかたならず当惑した目で、ベンスン医師は患者をじっと観察した。アティカス・ピュントという名は、もちろんよく知っている。新聞記事でもよく見かける名だからだ——ヒトラーの強制収容所のひとつで一年間を耐え抜き、どうにか先の大戦を生きのびて、ドイツからの難民としてこの国に渡ってきた人物。拘束されるまでは、ベルリン——いや、ウィーンだったか——で、警察官として働いていたという。英国に移り住んでからは私立探偵として、数えきれないほどの事件で警察に力を貸してきた。外見は、まったく私立探偵には見えない。いかにも几帳面《きちようめん》そうな小柄な男で、両手を身体の前で組み合わせている。黒っぽいスーツに白いシャツ、細い黒のネクタイという恰好だ。靴はぴかぴかに磨きあげられていた。もしも何の予備知識もなかったら、おそらくは会計士、それも一族経営の企業に雇われた、すばらしく頼りになるたぐいの人物ではないかと、医師は推測していたことだろう。とはいえ、医師の目にとまっていたのは、それだけではない。この知らせを告げる前、最初に診察室に入ってきたときのピュントは、どこか奇妙にぴりぴりしていた。丸い銀縁《ぎんぶち》眼鏡の奥の目はけっして警戒を解くことはなかったし、口を開こうとするたび、いつも何かためらっているようなそぶりが見えたものだ。奇妙なことに、いったん告知してしまってからのほうが、ピュントはずっと気が楽になったように思える。まるで、これまでずっと予期していた知らせを受けとり、そのことにただただ感謝しているかのように。

「あと二、三ヵ月というところでしょう」ベンスン医師は締めくくった。「さらに延びる望みもありますが、それ以降はあなたの思考力が衰えていってしまうのではないかと思われます」

「本当にありがとうございました、先生。すばらしい処置をしていただいたと思っています。これから先、連絡をいただくときは封筒に〝親展〟と明記しておいていただけますか？　わたしには個人秘書がいるのですが、このことはまだ知らせずにおきたいのです」

「もちろんですとも」

「では、先生とお目にかかるのも、これで最後でしょうか？」

「二週間後に、また診察させてください。取り決めなくてはならないこともありますしね。ハムステッドの施設を、ぜひ見学されることをお勧めしますよ」

「そうします」ピュントは立ちあがった。奇妙なことに、坐っていたときとさほど身長が変わらないように感じられる。立った姿勢だと、まるで黒っぽい羽目板張りの壁や高い天井に圧倒され、縮こまっているかのように見えてしまうのだ。「あらためて、ありがとうございました、ベンスン先生」

紫檀《したん》材に銅の持ち手のついた、十八世紀に作られた杖を手にとる。これはザルツブルク製で、ロンドンに駐在しているドイツ大使から贈られた品だ。これが手ごろな武器となって活躍してくれたことも、けっして一度や二度ではない。受付とドアマンの前を通りすぎながら、それぞれ礼儀正しい会釈《えしゃく》をして、ピュントは通りに出た。まばゆい陽射しを浴びてしばしたたずみ、周囲の景色を見わたす。五感がいつになく研ぎすまされているとしても、けっして驚くにはあたらない。建物の輪郭は、まるで数学の図形のようにくっきりと浮きあがって見える。通りを行き交う車の雑然とした騒音から、一台一台の音が鮮明に聞き分けられる。陽射しが、肌にほんのりと温かい。つまり、これは自分が衝撃を受けているからなのだろう。こうして六十五歳まで年齢を重ねながらも、どうやら六十六歳に届くことはないと知ったのだ。この事実に慣れるには、いささか時間がかかるのは仕方ない。

　とはいえ、リージェント・パークに向かってハーレー街を歩くうち、ピュントはいつしかきっちりと心の整理をつけていた。結局のところ、自分はまたここでサイコロを振ってみたということなのだろう。これまでの人生、ピュントは何度となくサイコロを振り、いつも少ない確率の目を出しては生きのびつづけてきた。そもそも、自分がこの世に生まれてきたことそのものが、歴史の偶然にすぎなかったのだ。バイエルンの王子だったオソン一世が、一八三二年にギリシャ王となったとき、多くのギリシャの学生たちが選抜され、ドイツに移住した。ピュントの曾祖父もそのひとりで、それから五十八年後、州警察《ランデスポリツァイ》の事務官として働いていたドイツ人女性と、そこの制服警官との間に、アティカスが生まれることとなる。半分はギリシャ人、半分はドイツ人だって？　そんな組み合わせは、たとえ存在するにしても、少数派に決まっている。そこへ、言うまでもなくナチズム擡頭《たいとう》の時代がやってきた。ピュント家の人々は、ギリシャ系というだけではなく、ユダヤ系でもあったのだ。この壮大な賭けがしだいに進行するうち、そんな人々が生きのびる可能性は、とてつもなく向こう見ずな勝負師以外、誰もが諦めるであろうほど絶望的になりつつあった。そして、結果はその見こみどおりとなった——父も、母も、兄弟たちも、友人たちも、みな生命を奪われたのだから。めったに起こらない事務手続きの誤りが幸いして、アティカス自身は千にひとつの賭けに勝ち、ベルゼンの収容所で終戦を迎えることができた。そこで解放されたおかげで、さらに十年もの人生を歩むこととなったのだ。いま、ふたたびサイコロが投げられ、自分に不利な目が出たからといって、どうしていまさら文句を並べることができるだろう？　アティカス・ピュントはもともとすばらしく度量の広い人間であり、ユーストン・ロードに出るころには、すっかり平静な心をとりもどしていた。何もかも、なるようになるだけだ。それに対して、不平を申し立てることはすまい。

そこから自宅までは、タクシーを使う。ピュントは地下鉄を使ったことがない。大勢の人々と狭いところに押しこめられ、さまざまな夢、恐怖、恨みをいっしょくたに揺さぶられながら闇の中を走るのが苦手なのだ。いまにも押しつぶされてしまいそうな感覚。黒タクシーのほうがはるかに無感覚な乗りものであり、繭《まゆ》となって現実世界から隔ててくれる。日中のこの時間には、交通量もほとんどなく、ファリンドンのチャーターハウス・スクエアまで、さほど時間はかからなかった。ピュントが住むアパートメントのある優美な区画、タナー・コートの入口にタクシーを停めさせる。チップをはずんで料金を支払うと、ピュントはタナー・コートに足を踏み入れた。

ここのアパートメントは、ルーデンドルフ・ダイヤモンド事件(1)で得た収入で購入したものだ。寝室がふたつ、広場を見晴らす明るくゆったりとした居間、そして何より重要なのは、広い玄関、そして依頼人と面会するための執務室だ。エレベーターで八階に上りながら、いまは何の事件も引き受けていないことを心のうちで思いかえす。結局のところ、これでよかったということなのだろう。

「おかえりなさい！」ピュントがまだ玄関のドアを閉めるより早く、執務室から声がした。次の瞬間、手紙の束をわしづかみにしたジェイムズ・フレイザーが、勢いよく執務室から飛び出してくる。年のころは二十代後半、金髪のこの青年こそ、ベンスン医師との会話でピュントが触れた、助手にして個人秘書だった。オックスフォード大学を卒業し、俳優を志したものの金がなく、仕事の口も長いこと見つからなかったフレイザーは、ひょっとして数ヵ月でも働けないものかと、《スペクテーター》誌の求人広告を見て応募してきたのだ。それから六年、この青年はいまだここにいる。「どうでした？」

「何がだね？」ピュントは問いかえした。どこへ行っていたのか、フレイザーはもちろん知らないはずだ。

「さあ、知りませんけど。何にしろ、あなたの用事はどうだったのかなと思って」にっこりと、まるで学生のような笑みを浮かべる。「それはそうと、ロンドン警視庁のスペンス警部補から電話がありましたよ。お帰りになったら、折り返し電話がほしいとのことでした。《タイムズ》紙の記者から、インタビューの申しこみも来ましたよ。そうそう、忘れないでくださいね、十二時半には依頼人が訪ねてくることになってますから」

「依頼人？」

（1）『愚行の代償』を参照のこと

「ええ」手にした手紙の束をより分けながら、フレイザーは答えた。「ジョイ・サンダーリングという女性です。昨日、電話をかけてきたんですよ」

「ジョイ・サンダーリングなどという女性と、電話で話した憶えはないが」

「あなたは話してません。ぼくが話したんですよ。バースかどこか、あのへんからかけてきたと言っていたな。なんだか、ずいぶん動揺した口ぶりでしたよ」

「いったい、なぜわたしに話さなかった？」

「まずかったですか？」フレイザーはしょんぼりした顔になった。「本当にすみません。いまのところ、うちでは何の事件も引き受けてなかったから、新しい依頼が来たら、きっとあなたは喜ぶと思ったんですよ」

ピュントはため息をついた。その表情は、いつだっていささか傷つきながらも、甘んじて相手の言うとおりにしたがっているように見える——そういう造りの顔なのだ——だが、今回ばかりは時期が悪すぎた。とはいえ、こんなときでも、ピュントはけっして声を荒らげない。何があろうと、理性を失うことはないのだ。「申しわけないが、ジェイムズ、いまは依頼人と面会はできないよ」

「でも、もうこちらに向かってるんですよ」

「だとしたら、無駄足をさせてしまったと、きみから本人に伝えるしかないな」

ピュントは助手の脇を通りすぎ、自室に足を踏み入れた。そして、扉をきっちりと閉める。

2

「でも、会っていただけるってお話だったのに」

「わかってます。本当に申しわけありません。ただ、きょうはどうしても、ピュント氏の手が空《あ》かないんですよ」

「でも、あたしはきょう、仕事を休んで出かけてきたんですよ。バースから、はるばる列車に乗って。こんなあつかいをされるなんて、ひどすぎるわ」

「ええ、まったく、おっしゃるとおりです。でも、ピュント氏のせいじゃないんですよ。ぼくが、ちゃんと予定表を見てなかったんです。よかったら、列車の運賃はここの小口現金からお支払いしますよ」

「運賃だけの問題じゃないの。あたしの人生がかかってるんです。どうしても、ピュント氏に会っていただかないと。助けてもらえそうなかたは、ほかに誰もいないのよ」

居間にいたピュントの耳にも、その会話は両開きの扉越しに届いていた。安楽椅子に身体を埋め、お気に入りのソブラニーのタバコ——黒い紙で巻かれ、吸い口の部分が金色のもの——をくゆらせながら。それまで、ピュントは自分の本のことを考えているところだった。畢生《ひっせい》の大作のつもりで、これまで四百ページを書きあげたものの、いまだ終わりが見えてこない本。

題名は『犯罪捜査の風景』という。フレイザーがタイプで清書してくれたばかりの最新の章の原稿を、ピュントは手もとに引きよせた――〝第二十六章――質問と解釈〟。しかし、いま読む気にはとうていなれない。この本を完成させるには、あと一年はかかると思ってきた。だが、その一年が、いまはもう残されていないのだ。

この娘は、なかなかいい声をしている。まだ若い。さらに、いまにも泣き出してしまいそうなのをこらえていることは、木製の扉を隔てていてもはっきりと伝わってきた。宣告された病名が、ちらりと頭をよぎる。頭蓋内腫瘍《とうがいないしゅよう》。医師の見立てによると、残された時間は三ヵ月だという。自分はこれから、こんなふうにひとりで部屋にこもり、もはや不可能になってしまったあれこれについて、未練がましく思いかえしながら残された時間をすごすのだろうか？　そんな想像にうんざりし、ピュントは手ぎわよくタバコを揉み消すと、立ちあがって扉を開いた。

ジョイ・サンダーリングは廊下に立って、フレイザーと話しているところだった。小柄ながらどこから見ても魅力的な娘で、明るい色の髪に縁《ふち》どられた顔ははっとするほど美しく、子どものように青い目を輝かせている。ピュントに会うために、服装にも気を遣っているようだ。腰にベルトを締めた淡い色のレインコートは、きょうの天気には必要ないものの、ジョイにはよく似合っている。仕事のできる女性に見せたくて、あえて着てきたのかもしれない。ジョイは視線をフレイザーからこちらに移した。「ミスター・ピュントでいらっしゃいます?」

「ええ」ピュントはゆっくりとうなずいた。

「お騒がせして申しわけありません。あなたが忙しいのは、よくわかっているんです。でも

——お願い——どうか、五分だけでも、あたしの話を聞いていただけませんか？　それくらいなら、たいしたことじゃないはずよ」

五分か。ジョイは知るよしもないが、どちらにとっても、それはいまやたいした意味を持つ時間となってしまっていた。

「いいでしょう」ピュントがそう答えるのを聞いて、ジョイの後ろでフレイザーが渋い顔をしている。まるで、ピュントの指示をうまくこなせなかったのを恥じているような。だが、ピュントのほうは、ジョイの声が漏れ聞こえてきた瞬間に心を決めていたのだ。あの声が、あまりに途方に暮れているようだったから。きょうはもう、これ以上の悲しみを味わいたくはない。

居心地のいい、いささか質素な執務室にジョイを通す。デスクがひとつ、椅子が三脚、金縁《きんぶち》の古い鏡が一枚、どれも十九世紀ウィーンのビーダーマイヤー様式で、実用的なものばかりだ。フレイザーもふたりの後に続き、部屋の側面に置かれた椅子にかけると、足を組み、膝にメモ帳を載せた。もっとも、メモをとる必要があるわけではない。いったん耳にしたことなら、どんな詳細な点であれ、ピュントはけっして忘れないのだから。

「では、続きをどうぞ、ミス・サンダーリング」

「あら、どうか、ジョイと呼んでくださいな」娘は答えた。「本当は、あたしのファースト・ネームはジョージーなんです。でも、みんながジョイと呼ぶの」

「はるばるバースからいらっしゃったんでしたね」

「あなたにお会いするためなら、もっと遠くからだってうかがいますわ。お名前は、よく新聞でお見かけしています。現代に生きる最高の探偵で、できないことなど何もない、って」

アティカス・ピュントは目をしばたたいた。この種の賛辞を聞くと、どうにもいたたまれなくなってしまう。どこかそわそわとした身ぶりで眼鏡を直すと、ピュントはかすかな笑みを浮かべた。「それはそれは、光栄です。だが、わたしたちはいささか先走ってしまっているようですね、ミス・サンダーリング。どうかお許しください。ひどく失礼なことをしてしまいました。まだ、コーヒーもお出ししていないし」

「コーヒーなんていりません。お気持ちは嬉しいけれど、あたし、あなたの時間をできるだけ無駄にしたくないんです。それでも、どうにか助けていただきたくて」

「だったら、ここにいらした理由をお話しいただけますか？」

「ええ、もちろん」娘は背筋を伸ばした。ジェイムズ・フレイザーはペンを手に待ちかまえている。「あたしの名前はお話ししましたね。ロウワー・ウエストウッドというところに住んでいて、両親と、ポールという兄と同居しています。兄はダウン症に生まれついて、自分の面倒を見ることもできないんですけど、それでも、あたしたち家族はとっても仲がいいんです。実のところ、あたしは兄が大好きなんですよ」言葉を切り、やがて先を続ける。「家はバースの郊外なんですが、勤め先はサクスビー・オン・エイヴォンという村にあるんです。そこの診療所で、レッドウィング先生のお手伝いをしています。先生は、とってもいいかたなんですよ。そこで働きはじめて、もう二年になるんですけど、あたし、本当に幸せでした」

ピュントはうなずいた。気がつくと、すでにもうこの娘を好きになりはじめている。この自信、臆することなく言うべきことを語れる明晰《めいせき》さが好ましい。

「一年前、あたしはある男性と出会いました」ジョイは続けた。「その人は、ひどい事故で怪我をして、うちの診療所にやってきたんです。修理していた車が落ちてきて、もう少しでつぶされるところだったんですよ。跳ねとばされたジャッキが手に当たり、何本か骨が折れてしまって。ロバート・ブラキストンという名の青年です。あたしたち、すごく気が合って、いっしょに出かけるようになりました。そして、愛しあうようになったんです。いまは婚約もしています」

「それはそれは、お祝いを申しあげなくてはいけませんね」

「それが、そんなに簡単な話じゃないんです。あたしたち、もう結婚できるかどうかもわからなくて」ティッシュを引っぱり出し、目もとを押さえる。だが、それは感情的というよりも、むしろ淡々とした手つきだった。「二週間前、あの人のお母さんが亡くなりました。先週末にお葬式があって、あたしはロバートといっしょに参列したんです。言うまでもなく、それはもう、本当につらいできごとでした。でも、さらにひどいのは、村の人たちがあの人を見る目つきなんです……そして、あれから、みんながいろんなことを噂してて。聞いてください、ミスター・ピュント、みんなはあの人がやったと思ってるんです！」

「それは、つまり……ロバートが母親を殺したと？」

「ええ」こみあげる感情を押し殺すのに、数秒かかる。やがて、ジョイはその先を続けた。

「ロバートはお母さんと、ずっとあまりうまくいってなかったんです。お母さんはメアリという名で、家政婦をしてました。村には大きなお屋敷があって――マナー・ハウスとかいうんですよね――パイ屋敷と呼ばれてます。サー・マグナス・パイの持ちもので、もう何百年もその一族が住んできた屋敷なんですよ。とにかく、メアリはそのお屋敷で、料理や掃除、買いもの、そんな用事をまとめて引き受けてました――そして、門を入ったところの使用人小屋に住んでたんです。ロバートも、そこで育ったんですよ」

「父親の話が出てこないようですね」

「お父さんはいなかったんです。戦時中に、家を出ていってしまって。すごくこみいった事情で、ロバートも自分の口からは話そうとしないんですよ。つまり、あの人の一家を悲劇が襲った、というのかしら。パイ屋敷の庭には大きな湖があって、すごく深いそうなんです。ロバートにはトムという弟がいて、ふたりはその湖のそばで遊んでたんですって。ロバートが十四歳、トムは十二歳でした。それで、トムが湖の足のつかないところにはまり、溺れてしまったんです。ロバートは弟を助けようとしたけれど、まにあわなかったんですよ」

「そのとき、父親はどこに?」

「英国空軍の整備兵として、ボスクーム・ダウンで働いてたんです。村からそんなには遠くないし、しょっちゅう家には帰ってたんですって。でも、その事故が起きたときには、ちょうど留守にしてたんですよ。で、トムの事故を知って――そうね、これについてはロバートから聞いていただくしかないんじゃないかしら、あの人もあまり憶えていないでしょうけれど。とにかく、あの人の両親は、その事件をきっかけに別居してしまったんですって。お父さんのほうは、息子たちをちゃんと見ていなかったと妻を責め、お母さんのほうは、あなたが留守にしていたからだと夫を責めて。あたしから詳しいお話ができないのは、ロバートがこの件については、まったく話そうとしないからなんです。いまのはみな、村の噂話を小耳にはさんだだけなの。結局のところ、それでお父さんは使用人小屋を出ていって、後にはお母さんとロバートだけが残されたんです。しばらくして、ふたりは離婚したんですって。お父さんのほうは、あたしは一度も会ってないんですよ。お葬式にも来ていなかったし——来ていたとしても、あたしは見ていません。マシュー・ブラキストンという名前しか、あたしは知らないんです。

それからは、ロバートはお母さんと暮らしていたけれど、ふたりはけっして幸せじゃなかったんです。本当に、どうして引っ越さなかったのかと思うわ。あんな怖ろしいことのあった場所の近くに、ずっと住みつづけるなんて。自分の息子が溺れ死んだ湖のほとりを歩き、毎日その風景を目にしなくちゃいけないなんて、どうしてそんなことに耐えられたのかしら。あたしはそれが、ロバートのお母さんの心を蝕《むしば》んでいったんじゃないかと思うんです……だって、そこを見るたびに、失ってしまった息子のことを思い出すわけでしょ。それに、心の中にはロバートを責める気持ちもあったと思うんです、事件が起きたとき、あの人は弟の近くにはいなかったけれど、そんなこととは関係なく。人間ってそういうものでしょ、ミスター・ピュント。とうてい正気とは思えないけれど……」

ピュントはうなずいた。「何かを失ってしまったとき、どうやってその悲しみを乗りこえようとするかは、人によってさまざまな形がありますからね。それに、悲しみはけっして理性で押しとどめられないものですから」

「あたし、メアリ・ブラキストンとは二、三回しか会っていないんです。もちろん、村で見かけることはしょっちゅうでしたけど。うちの診療所にも、よく来ていましたし。別に、病気だったわけじゃないんです。メアリとレッドウィング先生は、とても仲がよかったんですよ。ロバートとあたしが婚約したときには、使用人小屋へお茶に招いてもらいましたけど——あれは、本当にひどい思い出だわ。メアリはけっして意地悪だったわけじゃないけれど、とにかく冷たくて。まるで、就職の面接みたいな質問をいくつもされました。あたしたちは居間でお茶を飲んだんです。隅の椅子にかけて、カップとソーサーを手にしているメアリの姿が、いまでも目に浮かぶわ。まるで、巣を張りめぐらせたクモみたいだった。こんなこと、言っちゃいけないのはわかってるんです。でも、そんなふうにあたしは感じてしまったの。可哀相なロバートは、すっかりお母さんの陰に霞《かす》んでしまってました。お母さんといるときのロバートは、いつものあの人じゃないんです。とにかく無口で、引っこみ思案になってしまって。あのときは、結局ひとこともしゃべらなかったんじゃないかしら。まるで何か悪いことをしてしまって、叱られるのがわかってるみたいに、じっとうつむいて絨毯《じゅうたん》を見つめていたんです。ロバートがお母さんにどんなあつかいを受けていたか、本当にお見せしたかったくらい！　何ひとつ褒めてあげようとはしないんですよ。あたしたちの結婚に、メアリは断固反対だったんです。あからさまに、それを隠そうともしていなかったわ。とにかく、時計の音だけがずっとカチコチ響いてたのを憶えてます。あの部屋には大きな振り子時計があって、あたしはずっと、早く鳴ってくれないかしら、そうしたらここから帰れるのに、とじりじりしていたの」

「あなたの婚約者は、もう母親とは暮らしていなかったんですね？　母親が亡くなったときには、ということですが」

「ええ。同じ村の中なんですけど、勤め先の修理工場の二階に引っ越したんです。お母さんのもとを離れられるから、というのも、いまの仕事に就いた理由のひとつなんじゃないかしら」

ジョイはティッシュを畳み、そっと袖口に押しこんだ。「ロバートとあたしは愛しあっているんです。メアリ・ブラキストンは、自分の息子にあたしがふさわしくないと思ってて、それを隠そうともしてませんでした。でも、もしメアリが死ななかったとしても、別に何も変わりはしないわ。どっちにしろ、あたしたちは結婚するつもりなんですから。あたしたち、いっしょに幸せになるんです」

「もし話すのがつらくなければ、ミス・サンダーリング、ブラキストン夫人が亡くなったときのことについて、もう少し詳しく聞かせてもらえませんか」

「かまいません。さっきもお話ししたとおり、二週間前の金曜日のことでした。メアリはパイ屋敷の掃除をしに出かけたんですが――サー・マグナスも、レディ・パイも、そのときは留守だったんですよ――掃除機をかけていたときに、なぜかつまずいて、階段を転がり落ちてしまったんです。庭の管理をしているブレントが、階段の下にメアリが倒れているのに気づいて、医師を呼んだんですけど、そのときはもう手遅れだったの。首の骨が折れていたんです」

「警察には通報しましたか？」

「ええ。バース警察の刑事課から警部補が来ました。あたしは話していないんですけど、ずいぶん念入りに調べていったみたいです。階段の天辺《てっぺん》で、掃除機のコードが輪になっていたんですって。屋敷には、ほかに誰もいなかったし、扉にはすべて鍵がかかっていたそうです。どう見ても、ただの事故なのに」

「しかし、それなのにロバート・ブラキストンは母親を殺したと責められているんですね」

「ただの村の噂なんですけど、だからこそ、あなたにお力を貸していただきたいんです、ミスター・ピュント」ジョイは大きく息を吸いこんだ。「ロバートは、お母さんと口喧嘩をしたんです。あのふたりは、しょっちゅう口喧嘩をしていたんですよ。ずっと昔に起きた不幸なできごとから逃れられないまま、お互い傷つけあっていたんじゃないかと思うわ。そう、そのときは酒場の外で、本当にひどいことを言いあってしまったんです。大勢の人が、それを聞いていたの。きっかけは、メアリがロバートに、使用人小屋の何かを修理してほしいと頼んだことからでした。メアリはいつも息子にあれこれと頼みごとをしていたけれど、ロバートはけっして断ったりしたことはなかったんです。でも、そのときはあまり気が進まなかったんでしょうね。口論はひどいののしりあいになり、ロバートはつい、心にもないことを口走ってしまったの。それをみんなに聞かれてしまって、本気だったかどうかなんて、もう誰も気にしてはくれないのよ。『おふくろなんか、どうかしてぽっくり死んでくれたらありがたいのにな』って」ジョイはまた、さっきのティッシュを引っぱり出した。「あの人は、そんなことを口走ってしまったんです。そして三日後、メアリは本当にそうなってしまったの」

ジョイは黙りこんだ。アティカス・ピュントはデスクの後ろで、両手をきっちりと組んだまま重々しい顔つきを崩さない。ジェイムズ・フレイザーは、せっせとメモをとっていた。何か文章を書きおえたところで、その中の単語のひとつに、何度か下線を引く。窓からは陽光が射しこんできていた。外のチャーターハウス・スクエアでは、新鮮な空気を吸いながら昼食をとろうと、サンドウィッチを手にした勤め人たちが、ぞろぞろと建物から出てくるころだ。

「可能性としては否定できません」ピュントはつぶやいた。「あなたの婚約者に、母親を殺すそれなりの理由があったということはね。わたしはその青年に会ったことはないし、あなたに意地悪なことを言うつもりもないが、少なくともその可能性を考えてみないわけにはいかないでしょう。あなたがたふたりは、結婚したいと望んでいた。そして、母親はその前途に立ちはだかっていたわけですから」

「立ちはだかられてなんかいません！」ジョイ・サンダーリングは敢然《かんぜん》と言いかえした。「あの人のお母さんの許可をもらわなくても、あたしたちは結婚できるんですから。別に、お母さんのお金を当てにしているとか、そんなこともなかったし。とにかく、この事故に、ロバートは何ひとつかかわっていないんです」

「いったい、どうしてそんなに確信が持てるんですか？」

ジョイは深く息を吸いこんだ。どうやら何か秘密にしておきたい事情があったようだが、もうそんなことは言っていられないと、ついに覚悟を決めたらしい。「警察によると、メアリが亡くなったのは朝の九時ごろだということでした。ブレントは十時前にレッドウィング先生に電話をして、先生が屋敷に着いたときには、メアリの身体はまだ温かかったんです」言葉を切り、やがてまた先を続ける。「修理工場は九時に店を開けます――うちの診療所も同じで――あたし、それまでロバートといっしょにいたんです。ロバートの部屋を、いっしょに出たの。これを知ったら、うちの両親はきっと死んでしまうわ、ミスター・ピュント、いくらあたしたちが婚約してるとはいっても。うちの父は消防士で、いまはそこの組合で働いています。とっても生真面目で、おそろしく昔気質《かたぎ》なんです。それに、兄のポールからつねに目が離せないせいか、両親とも、あたしに対してすごく過保護で。両親には、バースにお芝居を観にいって、女友だちのところに泊まると言ってあったんです。でも、本当はロバートの部屋に泊まってて、朝九時に部屋を出てきたの。だからこそ、あの人が何もしていないのは確かなのよ」

「ひとつお訊きしますが、その修理工場からパイ屋敷まではどれくらい離れているんですか?」

「あたしのスクーターで、三、四分というところかしら。歩くとしたら、ディングル・デルを突っ切っても十五分かかります。村はずれの森のことを、あたしたち、そう呼んでるの」ジョイは眉をしかめた。「あなたが何を考えているかはわかります、ミスター・ピュント。でも、あたし、その朝のロバートを見てるんですよ。朝食の席で、あたしとおしゃべりもしたんです。もしも誰かを殺そうなんて考えていたら、ね、そんなことができるはずないでしょ?」

アティカス・ピュントは答えなかった。長年の経験から、殺人者というものは、にっこりとほほえんで楽しい会話を交わしながら、次の瞬間、怖ろしい攻撃に転じることもあるのだということはわかっている。戦時中には〝殺人の制度化〟とでも呼ぶしかないものをたっぷりと目にしてきた。形式と手続きの整った殺人が日常となり、これは絶対に必要なことだと思いこんでさえしまえば、最終的にそれは殺人でさえなくなっていくのだ。

「わたしに何をお望みですか?」ピュントは尋ねた。

「あたし、あまりお金を持っていないんです。あなたにちゃんとしたお支払いはできません。そもそも、ここへ押しかけてきたりしちゃいけなかったのね、それはわかっているんです。でも、こんなのってないわ。あんまりひどすぎる。あなたには、ぜひサクスビー・オン・エイヴォンへ来ていただきたくて――たった一日でいいんです。それだけで充分なのよ。もしもあなたが村に来て、あそこの人たちに、あれはただの事故だった、何も怖ろしいことなど起きていないと話してくだされば、それですべてが納まるんです。あなたのことは、誰もが知っているんですもの。誰だって、あなたの言葉なら耳を傾けるわ」

短い沈黙があった。ピュントは眼鏡を外し、ハンカチで磨きはじめた。それが何を意味するか、フレイザーは知っていた。長年にわたって助手を務めてきたおかげで、ピュントの癖はわかっている。これから悪い知らせを告げなくてはならないとき、この探偵はいつだって眼鏡を磨くのだ。

「申しわけありません、ミス・サンダーリング。わたしにできることは何もないようです」片手を挙げ、口を開こうとしたジョイをさえぎる。「わたしは私立探偵です。たしかに、警察からはよく助力を求められ、問い合わせを受けることもありますが、この国において、わたしは公的な力を何も持ってはいないのです。この件については、そこが問題でしてね。今回のお話のように、いかなる意味でも犯罪がかかわっていない件について、わたしが無理やり介入しようとするのはきわめて困難なのです。いったいどんな理由をつけたら、わたしはパイ屋敷に入ることができるのか、まずそこから考えなくてはなりませんからね。

さらに、あなたにはもうひとつ、根本的なところで考えなおしてみていただかなくてはなりません。ブラキストン夫人は殺されたのではなく、事故によって死んだのだと、あなたはおっしゃった。警察も、明らかに同じ意見のようですね。では、これが事故だったと仮定してみましょう。わたしにできることといったら、たまたま不用意な会話を漏れ聞き、そこから想像をふくらませた、サクスビー・オン・エイヴォンの一部の村人たちによる噂に立ちむかうことだけです。しかし、こうした噂というものは、真っ向から立ちむかうことなどできないのですよ。人々の噂、悪意のある流言とは、言ってみれば蔓草《つるくさ》のようなものです。たとえ真実という剣を振るっても、退治することなどできません。せめてもの慰めに、これだけはお伝えしておきましょう。時が経てば、そんな蔓草もやがて萎《しぼ》み、寿命が尽きて枯れていきますよ。これが、わたしの意見です。村がそんなに居心地の悪い場所となってしまったなら、あなたも、あなたの婚約者も、何も無理をしてそこにとどまる必要はないでしょう?」

「いったい、どうしてあたしたちが引っ越さなくてはならないんですか?」

「ごもっとも。では、わたしの忠告を聞き入れて村にとどまり、結婚しておふたりの生活を楽しみなさい。何よりも大切なのは、いっさい耳を貸さないことですよ……たしか、英語では〝口さがないおしゃべり〟というのでしたね、そういったものに。立ちむかえば、よけいに煽《あお》りたててしまうでしょう。放っておけば、噂はそのうち収まりますよ」

これ以上、つけくわえるべきことは何もなかった。それを強調するかのように、フレイザーがメモ帳を閉じる。ジョイ・サンダーリングは立ちあがった。「ありがとうございました、ミスター・ピュント。話を聞いていただけて、感謝しています」

「何もかもうまくいくように祈っていますよ、ミス・サンダーリング」ピュントは答えた――これは、心からの願いだった。この娘には、幸せになってほしい。こうして言葉を交わしている間じゅう、ピュントはいま自分が置かれている状況、きょう告げられた知らせをずっと忘れていることができたのだ。

フレイザーがジョイを玄関へ案内する。短い会話、そして玄関の扉が開き、また閉まる音。まもなく、フレイザーはまた執務室に戻ってきた。

「本当に、こんなことになってしまって申しわけありませんでした。ピュント氏はいま時間を割《さ》くことができないと、あの女性にはさんざん言ってきかせようとしたんですが」

「あの娘に会えて、わたしはよかったと思っているよ。ところで、聞かせてくれ、ジェイムズ。いまの話を聞いて、きみはいったい何の言葉に、あんなに何度も下線を引いていたのかね？」

「ええっ？」フレイザーは赤くなった。「ああ、あれですか。実のところ、別に重要な言葉というわけじゃありません。今回の件とも、あんまり関係ないかも。ぼくはただ、忙しそうに見せたかっただけなんです」

「わたしのほうは、ひとつ思いあたる言葉があったんだがね」

「へえ。何ですか?」

「いまのところ、ミス・サンダーリングは何も興味ぶかいことを話してはいない。だが、例のスクーターの話は別だ。何色でもかまわないが、もしもそのスクーターがピンクだとすると、これは重要な点となるかもしれないな」ピュントは笑みを浮かべた。「コーヒーを持ってきてもらえるかな、ジェイムズ? そして、その後はひとりにしておいてくれ」

ピュントはきびすを返し、自室へ戻っていった。

3

ジョイ・サンダーリングはスミスフィールド食肉市場の脇を通り、ファリンドンの地下鉄の駅に向かった。ロンドンは好きになれない。どうにも気持ちの滅入る街だ。いまはただ、早く帰りの列車に乗りたかった。

アティカス・ピュントとの面談があんな結果に終わり、がっかりしたことは確かだ。とはいえ、いまは自分でもわかっている。最初から、何かを期待していたわけではないのだ。この国でもっとも有名な探偵が、どうして自分の話などに興味を持ってくれるだろう? まともに料金を支払えるだけの用意さえないというのに。それに、ピュント氏の言っていたことにまちがいはない。解決すべき事件など、もともと存在しないのだ。ロバートは母親を殺してなどいないと、ジョイにはわかっている。あの日の朝は部屋をいっしょに出たのだし、もしもその前にロバートがこっそり抜け出したりしたなら、自分にはその音が聞こえていたはずだ。あの人は、たしかに短気なところがある。すぐにかっとして、やがて後悔するようなことを口走ってしまうのだ。とはいえ、これだけ長くつきあっていれば、ロバートが他人に乱暴なことをするような人間ではないのはわかる。パイ屋敷で起きたことは、事故以外の何ものでもない。世界じゅうのどんな探偵を連れてこようと、サクスビー・オン・エイヴォンのおしゃべりな舌にはたちうちできまい。

とはいえ、やはりここに来てみてよかった。自分たちふたりには、いっしょに幸せになる権利がある。とりわけ、ロバートには。ジョイと出会うまで、ロバートは本当に孤独な思いをしてきたのだ。ふたりの仲を邪魔立てするなど、誰であろうと許すものか。村を出ていくつもりもない。村の人々にどう思われようと、気にしなければいいのだ。むしろ、敢然《かんぜん》と立ちむかってやろう。

駅に着くと、売店の男から乗車券を買う。これからどうすべきか、すでに頭の中には具体的な計画が形をとりはじめていた。ジョイは慎ましい娘だ。ごく仲のいい、保守的な（父親の政治的信条は別として）家庭で生まれ育った。いま心に温めている計画は、自分でも怖気《おぞけ》を震ってしまうものの、いまはほかに打つ手がないのだ。ロバートを、どうしても守らなくては。そして、これから先のふたりの生活を。それより大切なものなど、何も存在しない。

地下鉄の車両がホームに滑りこんでくるより先に、これから自分がすべきことを、ジョイははっきりと悟っていた。

4

ロンドンの反対側のとあるレストランで、フランシス・パイはメニューにざっと視線を走らせ、サーディンのグリル、サラダ、白ワインのグラスを注文した。《カーロッタズ》は、ハロッズの裏にいくつも並ぶ、イタリア人が家族で経営しているレストランのひとつだ。支配人とシェフが夫婦で、ウェイターには息子と甥がいる。注文を終えると、メニューは下げられた。フランシスはタバコに火を点《つ》けると、椅子の背もたれに身体を預けた。

「あの男とは別れるべきだよ」昼食の相手が口を開いた。

ジャック・ダートフォードはフランシスより五歳下で、浅黒い肌の整った顔立ちに口ひげを生やし、のんきな笑みを浮かべた男だ。ダブルのブレザーを着こみ、首にスカーフを巻いている。その視線は、心配げにフランシスに注がれていた。きょうは出会った瞬間から、フランシスは妙に張りつめた空気をただよわせていたのだ。こうして坐っているときもどこかぴりぴりとして、まるで自分の身を守るかのように、片手でもう片方の腕をしきりに撫でている。そして、けっしてサングラスを外そうとはしない。目の周りが黒あざにでもなっているのだろうかと、ダートフォードは考えをめぐらせた。

「そんなことしたら、殺されちゃうわ」フランシスは奇妙な笑みを浮かべた。「実を言うと、あの人、本当にわたしを殺そうとしたのよ――いちばん最近の喧嘩の後でね」

「そんな、まさか!」

「心配しないで、ジャック。痛い目になんか遭っていないわ。ただの脅しよ。何か雲行きがあやしいって、あの人も感づいているのね。しょっちゅう電話がかかってきたり、日帰りでロンドンに出かけたり、手紙が何通も来たり……手紙はやめてって、あなたにはちゃんと言ったわよね」

「あの男に読まれたのか?」

「いいえ。でも、あの人もけっして馬鹿じゃないのよ。郵便配達人とも話をつけてあるみたい。手書きの手紙がロンドンからわたし宛てに届くと、たぶん知らせてもらうようになっているのね。そういったことが、ついに一昨日《おととい》、夕食のときに爆発しちゃったの。誰かと会っているんだろうって、さんざん問いつめられたわ」

「まさか、ぼくのことを話してはいないだろうね!」

「馬の鞭を振りかざして、追いかけてこられるのが怖い? そうね、あの人ならやりかねないわね。でも、だいじょうぶよ、ジャック、あなたのことは話してないから」

「きみに手をあげたのか?」

「いいえ」フランシスはサングラスを外した。疲れた顔はしているが、目の周りに殴られたらしき痕はない。「ただ、不愉快な思いをしただけよ。マグナスがからむと、いつだって不愉快な思いをさせられるんだから」

「どうしてって、さっさとあの男と別れない？」

「どうしてって、わたしにはお金がないからよ。忘れないで、マグナスの執念深さといったらマリアナ海溝並みなんだから。もし、わたしが屋敷を出ていこうとしたら、あの人は弁護士に囲まれて作戦を立てはじめるわよ。実際に出ていくときには、着の身着のままで追い出されることになるわね」

「金なら、ぼくが持っているさ」

「うーん、そうは思えないわね。必要な額には、とうてい足りそうにないわ」

たしかに、それは真実だった。ダートフォードは金融市場で働いていることになっているが、実のところ、とうてい仕事と呼べるようなものではない。お遊びのような取引をし、投資をすることもある。だが、このところは不運な流れが続いていて、いまは自分がどれほどすっからかんに近い状態か、どうかフランシス・パイが気づかずにいてくれるよう願うばかりだ。いま、この女性と結婚するだけの財力はない。手に手をとって逃げる財力も。いまの調子では、昼食をおごるのがせいいっぱいだ。

「南フランスはどうだった？」ダートフォードは話題を変えた。そもそも最初に出会ったのは、かの地でいっしょにテニスをしたときだったのだ。

「退屈だったわ。あなたがいてくれたら、さぞかし楽しかったでしょうにね」

「だろうな。テニスはできた？」

「いいえ、あんまり。正直なところ、帰ってこられて嬉しかったくらい。週の中ごろに、手紙が届いたのよ。パイ屋敷にいた女性がね、コードに足を引っかけて階段から転がり落ち、首の骨を折ってしまったの」

「なんてことだ！　フレディは屋敷にいたのかい？」

「いいえ。あの子はヘイスティングスのお友だちの家に滞在していたの。実を言うと、まだそこにいるのよ。こちらに帰ってきたくないみたい」

「無理もないよ。それで、その女性というのは何ものなんだ？」

「家政婦よ。メアリ・ブラキストンという名でね。うちでもう長年働いていて、とうてい替えのきかない人材だったのに。それだけじゃないのよ。先週の土曜日にやっと帰ってきたと思ったら、屋敷が空巣《あきす》に入られた後だったの」

「そんな！」

「本当よ。庭園管理人のせいでね――少なくとも、警察はそう思っているらしいわ。管理人が家の裏手のガラスを割ったのよ。まあ、お医者さんを入れるために、仕方なくやったのだけれど」

「医者を入れるって、どうしてまた？」

「ね、わたしの話をちゃんと聞いてちょうだい。亡くなった家政婦のためよ。管理人はブレントっていうんだけれど、その男が窓越しに家政婦が倒れているのを見つけたんですって。それで、すぐに電話でお医者さんを呼んで、どうにか助けられないかとふたりで屋敷に入ったの。

まあ、もう手遅れだったのだけれど。でもね、そこまではいいとしても、割れたガラスをそのままにしておいたのよ。板でふさぐ手間さえ惜しんだということね。そんなの、どうぞ入ってくださいと、泥棒に誘いをかけるようなものじゃない？　泥棒のほうも、喜んでその誘いに乗ったというわけ」

「かなりの被害があったのかい？」

「わたしのものは、たいしたことはないわ。マグナスの貴重品はみな金庫に入れてあって、それは開けられなかったのよ。ただ、屋敷はだいぶ荒らされてしまって。かなりひどいことになっていたわ。引き出しを端から引っぱり出して、中身をぶちまけて――そんな感じで、徹底的にね。片づけるのに、日曜と月曜まるまるかかったんだから」フランシスがタバコを持った手を突き出すと、ダートフォードは灰皿をそちらに押しやった。「わたしが枕もとに置いていた装身具は、ごっそり持っていかれてしまったわ。知らない人に寝室に入られたかと思うと、なんだかぞっとするわね」

「だろうね」

「マグナスは大切なお宝をまとめて盗まれてしまったの。そのことで、ずいぶんおかんむりよ」

「どんなお宝？」

「古代ローマの遺物で、主に銀製品ね。あの地所から発掘されて、何世代にもわたって受け継がれてきたものなの。古代の墓所だったところから見つかったのよ。指輪や腕輪、装飾を施《ほどこ》した箱、貨幣、そんなところかしら。うちでは、食堂にそれを陳列してあったの。ひと財産と呼べるほど価値のある品々だったのに、言うまでもなく、マグナスは保険もかけていなかったのよ。いまとなっては、悔やんでも遅すぎるけれど……」

「警察は頼りにならないのかい？」

「なるもんですか。バースの警察官が来たことは来たわよ。そのへんを嗅ぎまわって、指紋を採る粉を無駄にぱたぱた振って、失礼な質問ばかり並べておいて、さっさと帰っちゃったわ。何の役にも立ちやしない」

ウェイターが白ワインのグラスを運んできた。ダートフォードはすでにカンパリ・ソーダを飲んでいて、もう一杯、お代わりを注文する。「マグナスだったらよかったのにな」ウェイターが立ち去るのを待って、ダートフォードはそう漏らした。

「何のこと？」

「階段から落ちたという、その家政婦さ。マグナスでなくて残念だよ」

「ひどいことを言うのね」

「ぼくはただ、きみの心のうちを口に出しただけさ。きみのことはよくわかっているからね。マグナスさえぽっくり逝《い》ってくれたら、財産はいっさいきみが相続するんだろう」

フランシスはタバコの煙をふっと吐き出すと、おもしろがっているような目でダートフォードを見やった。「当然のことだけれど、屋敷と地所《じしょ》はすべてフレディが相続するのよ。限嗣《げんし》相続とかなんとかいう決まりがあって。あそこは、先祖代々そうやって受け継がれているんだから」

「だが、それでもきみにとってはありがたいじゃないか」

「ええ、まあね。それに、わたしはきっと、死ぬまであのパイ屋敷に心を奪われたままだわ。あそこを売ることだけは、絶対にできないでしょうね。でも、そんな心配をするまでもないわ。あの年齢にしては、マグナスはどこもかしこも健康そのものなんだから」

「そうだね、フランシス。だが、あんなに広大なお屋敷だからな。階段の上にコードが伸びていても不思議はないさ。何が起きるかわからないよ。ひょっとしたら、その泥棒の一味が戻ってきて、マグナスの息の根を止めてくれるかもしれないしな」

「なんてことを言うの！」

「ちょっとした思いつきだよ」

　フランシス・パイは黙りこんだ。こんな会話はすべきではない。とりわけ、こんなふうに混みあったレストランでは。それでも、ジャックの言うとおりだと、内心では認めないわけにはいかなかった。マグナスさえいなければ、人生はどれほど単純で、楽しみの尽きない日々となることか。残念ながら、雷は二度と同じ場所に落ちないというけれど。

　でも、逆に考えてみてもいいはず。落ちたってかまわないわよね？

5

エミリア・レッドウィング医師は、週に一度は父親の面会に行こうと心がけてはいたものの、そうはいかないときもあった。診療所が忙しかったり、患者の自宅や病院に往診に行かなくてはならなかったり、片づけなくてはならない書類が山積みになっていたりすると、もはや面会を延ばすしかないのだ。とはいえ、延ばす口実を見つけるのはやさしい。行かなくてすむ理由など、いつだってそのへんに転がっているのだから。

父の面会に出かけていっても、嬉しいことなどほとんどない。エドガー・レナード医師は八十歳のときに妻を亡くし、それからも、しばらくはキングズ・アボットの近くの自宅に暮らしてはいたものの、そのころはもう、以前の父ではなくなっていた。ほどなくして、近隣の住人からエミリアのもとへ、しょっちゅう電話がかかってくるようになる。街路を当てもなくさまよっているところを見つかったとか、ちゃんと食事をとっていないようだとか、どうも頭が混乱しているようだとか。最初のうち、それは妻を亡くしたことによる尾を引く悲しみや孤独のせいにちがいないと、エミリアは自分に言いきかせてきた。だが、しだいに症状がはっきり現れはじめるにつれ、もはや診断を確定するほかはなくなる。父は痴呆症なのだ。この先、回復する見こみはない。むしろ、予後は著しく不良である。サクスビー・オン・エイヴォンの自宅に父を引きとることも、いったんは考えてみた。しかし、それではアーサーにも負担がかかってしまうし、どちらにしろ、エミリア自身も老人の介護に二十四時間当たることなど不可能だった。バース峡谷には、戦後すぐに病院を老人介護施設に改造したアシュトン・ハウスがある。初めてそこへ父を連れていったときの罪悪感、挫折感を、エミリアはいまでもはっきりと憶えていた。いかにも奇妙な話ではあるが、父を納得させるより、自分自身を納得させるほうがはるかに難しかったものだ。

その日は、車を十五分ほど走らせてバースに出かけるには、あまり都合のいい日とはいえなかった。ジョイ・サンダーリングは何やら個人的な用件だとかで、誰かに会いにロンドンに出かけている。メアリ・ブラキストンの葬儀が五日前にあったばかりで、村にはいまだなんとも形容しがたい、おちつきのない空気が流れていた。こんなときには時間外の呼び出しが増えることを、エミリアは経験から知っている。不幸というものは、まるでインフルエンザのように人々の健康を蝕《むしば》むのだ。さらに、パイ屋敷の空巣《あきす》の件も、こうした見えない病となって村の空気を淀《よど》ませている。とはいえ、これ以上は面会を先延ばしするわけにはいかなかった。火曜日のこと、エドガー・レナードは施設で転倒したのだ。地元の医者に診てもらい、深刻な影響はないと請けあってはもらった。しかし、それでも父親はエミリアに来てほしがっているのだ。食事もとっていないという。そのあげく、アシュトン・ハウスの介護士長からエミリアのもとへ、ぜひ面会に来てあげてほしいと電話があった。

そんなわけで、エミリアはいま、父親のそばにいた。ベッドから起きあがらせてはもらったものの、いまのこの状態では、すぐ脇の窓ぎわの椅子にかけるのがせいいっぱいだ。痩せてしわだらけになったガウン姿の父親を見るうち、エミリアはいっそ声をあげて泣きたくなった。かつてはあんなにも頑丈でたくましかったのに。幼かったころ、父は世界をまるごと肩に背負っているようにさえ思えたものだ。だが、いまの父は、エミリアを娘だと気がつくにも五分かかる。自分たちに忍びよりつつあるものに、エミリアは気づいていた。父が死にかけている、というのは言いすぎかもしれない。だが、生きようという意欲をなくしてしまっているのは確かだ。

「あの女性《ひと》に知らせてやらないと……」父がつぶやく。かすれた声だ。その唇は、もうはっきりと言葉を形づくることができない。同じ言葉を二度くりかえしても、父はまだ、自分でもその意味がよくわかっていないように見えた。

「誰のことを言っているの、父さん？　何を知らせなくてはいけないの？」

「あの女性に知らせなくては……何があったのか……わしが何をしたのか」

「どういうこと？　何の話をしているの？　母さんのこと？」

「母さんはどこだ？　どこにいる？」

「いま、ここにはいないわ」エミリアは自分に苛立《いらだ》った。母さんの話など持ち出すべきではなかったのに。これでは、さらに父さんを混乱させてしまう。「わたしに何か話しておきたいことがあるんでしょ、父さん」柔らかい口調になって、エミリアは尋ねた。

「大切なことなんだ。わしはもう長くはない」

「おかしなことを言わないで。父さんはだいじょうぶ。とにかく、がんばって何か食べるようにしないと。介護士長さんにサンドウィッチを頼んであげましょうか。父さんが食べている間、わたしもここで付き添っていてあげるわよ」

「マグナス・パイ……」

ここでこんな名を父がつぶやくとは、いかにも唐突に思えた。もちろん、サクスビー・オン・エイヴォンで診療所を開いていたのだから、父もサー・マグナス・パイのことはよく知っている。パイ家の人々はみな、父の診察を受けたことがあるはずだ。とはいえ、どうしていま、そんな名前を？　父が何を言いたいのかはわからないけれど、その件に、サー・マグナスがかかわっているとでもいうのだろうか？　痴呆症がやっかいなのは、記憶に大きな欠落ができるということだけではなく、時系列までもめちゃくちゃになってしまうことだ。頭に思いうかべているのが、五年前に起きたことなのか、それとも五日前に起きたことなのかはわからない。父にとっては、どちらも同じなのだから。

「サー・マグナスがどうしたの？」

「誰だって？」

「サー・マグナス・パイよ。いま、父さんが名前を出したでしょ。わたしに話しておきたいことがあるとかで」

しかし、父の目はもう、ぽかんと虚《うつ》ろに宙を見つめるだけだった。父だけが住む世界に、またしても戻っていってしまったのだ。それから二十分間、エミリア・レッドウィングは父のそばに付き添っていたものの、父のほうは娘がいることにも気づいていないようだった。やがて、介護士長と手短に言葉を交わし、エミリアは施設を後にした。

ちくちくと不安に胸がうずくのを感じながら、家に向かって車を走らせる。とはいえ、自宅に車を駐めるころには、エミリアはもう父のことから頭を切りかえていた。夕食は、アーサーが作っておいてくれると言っていた。今夜はふたりでお気に入りのコメディ番組でも見て、早く寝ることにしよう。明日の診察予定表にはすでに目を通してある。どうやら、忙しい日となりそうだ。

玄関の扉を開けると、焦げくさい臭いがただよってくる。一瞬、不安が頭をよぎったが、あたりに煙の気配はない。臭いもごくかすかで、炎そのものというよりは、炎の記憶がふわりと立ちのぼる、といったところだろうか。台所に入っていくと、アーサーがテーブルに向かい――というより、テーブルにもたれかかって――ウイスキーを飲んでいる。夕食の調理を始めた様子もなく、何かがおかしいと、エミリアはすぐに気がついた。アーサーは落胆という感情をうまく乗りこえることができない。そんなつもりはないのだろうけれど、またしても思うようにならなかった自分を囃《はや》したてているようにさえ見える。それにしても、今回は何があったのだろうか？　アーサーの背後に視線をやると、壁に立てかけてある絵が目に飛びこんできた。枠の部分は焼け焦げ、キャンバスも大きく焼失してしまっている。女性の肖像画だ。アーサーの作品であるのはまちがいない――夫の画風は、ひと目でわかる。しかし、それが誰を描いたものなのか、見てとるのはしばらくかかった。

「レディ・パイだよ」尋ねるより早く、夫がその答えをつぶやいた。

「いったい、何があったの？　これ、どこで見つけたの？」

「バラ園のそばの焚火にくべてあったよ……パイ屋敷のね」

「そんなところで、あなたは何をしていたの？」

「ただ、散歩をしていただけさ。ディングル・デルを突っ切ったら、庭園には誰もいなかったから、あそこを通りぬけて本通りに出ようと思ったんだ。どうしてあんなほうへ歩いていってしまったのか、自分でもわからないよ。そういう運命だったのかもしれないな」アーサーはさらにウイスキーをあおった。とはいえ、本当に酔っているわけではない。ある種の小道具として、ウイスキーを使っているだけなのだ。「周囲にブレントは見あたらなかったよ。誰の気配もなかった。ただ、このいまいましい絵だけが、ほかのごみといっしょに投げ捨ててあったんだ」

「アーサー……」

「まあ、これはもう連中の持ちものだからな。代金もちゃんともらってる。だったら、持ち主が好きなようにする権利もあるというわけだ」

エミリアも憶えていた。サー・マグナスは妻の四十歳のお祝いに、肖像画を描いてほしいと依頼してきたのだ。それを聞いて、エミリアはどんなに嬉しかったことか。画料としてサー・マグナスの考えている額がひどく安いのを知っても、その喜びは薄れなかった。夫が画家として、制作の依頼を受けたのだ。おおいに自尊心をくすぐられたアーサーは、熱意を持ってこの仕事にとりかかった。庭園で——ディングル・デルを背景に——三回にわたってフランシス・パイを描く。けっして充分な制作期間はもらえなかったし、そもそもレディ・パイはあまり気乗りがしていない様子だった。とはいえ、そんなレディ・パイでさえ、仕上がった作品には感銘を受けていたものだ。モデルとなった人物の美しさのすべてが、そこにはみごとにとらえられていた。くつろいでうっすらと笑みを浮かべ、その場を支配している姿。アーサー自身も、口数は少ないものの出来映えには満足げだったし、サー・マグナスはその絵をさっそく玄関ホールに麗々《れいれい》しく掲げたのだった。

「何かのまちがいに決まっているわ」エミリアは言いはった。「だって、この絵を投げ捨てたりする理由なんか何もないでしょ？」

「火にくべられていたんだよ」アーサーは重い口調で答えた。そして、絵のほうを投げやりに手で示す。「その前に、切り刻まれてもいたけれどね」

「もう、どうにもならないの？　なんとかして復元できない？」

その答えは、エミリアにもわかっていた。モデルとなった女性の傲然《ごうぜん》とした目だけは、どうにか残っている――黒い流れるような髪も、片方の肩の一部分も。しかし、絵の大半は無惨に焼け焦げてしまっていた。切り刻まれ、火にくべられたキャンバス。これを家の中に置いておくことさえ、エミリアには耐えがたかった。

「すまない」と、アーサー。「夕食は用意できなかったんだ」

グラスを空《あ》けると、夫は部屋を出ていった。

6

「これを見たか?」

ロビン・オズボーン牧師は《週刊バース》紙を読んでいるところだった。夫がこんなにも激しい怒りにとらわれているところを、ヘンリエッタはこれまで見たことがない。襟《えり》に落ちかかった黒い髪、血の気の失せた白い顔、ぎらぎらと怒りに燃える目は、どこか旧約聖書の登場人物を思わせる。金の仔牛の偶像を作って神の言いつけを破った民衆たちを見たとき、モーゼはきっとこんな顔をしていたのではなかろうか。あるいは、エリコの城壁を攻めたときの預言者ヨシュアか。「連中は、ディングル・デルを更地《さらち》にしようとしているんだ!」

「いったい何のこと?」ヘンリエッタはちょうどお茶を二杯いれたところだった。カップを置き、夫のほうへ歩みよる。

「サー・マグナス・パイは、あの土地を開発業者に売ったんだよ。あそこに新しい道路を引いて、家を八軒建てるんだとさ」

「どこに?」

「そこにだよ!」牧師は窓のほうへ手を振ってみせた。「われわれの庭の鼻先にね! これからは、窓から見える風景も変わってしまうというわけさ——目の前には、いまふうの家が一列に並ぶんだ！　言うまでもなく、サー・マグナスのほうは、そんなものは見なくてすむ。パイ屋敷は湖の向こうだし、まちがいなく、自分の側には目隠しの木立《こだち》を残しておくだろうさ。だが、きみやわたしは……」

「まさかそんなこと、できるはずないでしょ？」ヘンリエッタは夫の後ろに回り、新聞の見出しを眺めた。〝サクスビー・オン・エイヴォンに住宅新設〟――このおそるべき蛮行を、よくもまあ口あたりよく表現したものではないか。新聞を持つ夫の手が、わなわなと震えているのがわかる。「だって、あの一帯は保護区域だったはずよ！」

「保護区域だろうとなかろうと、そんなことは関係ない。どうやら、開発の許可が下りたらしいからね。いまやこの国のそこかしこで、同じようなことが起きているんだ。記事によると、夏が終わる前に工事が始まるらしい。つまり、来月か再来月《さらいげつ》ということさ。われわれにできることは何もないんだ」

「主教さまに手紙を書いてみたらどうかしら」

「たとえ主教さまだって、どうにもならないさ。誰にも手出しはできない」

「でも、やってみる価値はあるわ」

「いや、ヘンリエッタ。もう遅すぎる」

陽が暮れ、いっしょに台所に立って夕食の支度をしながらも、夫は腹立ちが納まらない様子だった。

「なんとまあ下劣な、恥知らずな男なんだ。あのご大層なお屋敷に鎮座して、われわれみなを見下して——何ひとつ、自分の手で価値あることをなしとげたわけでもないのに。あの男はただ、父親や、そのまた父親から財産を受け継いだだけじゃないか。いまは一九五五年なんだぞ、考えてもみてくれ。中世じゃないんだ！　もちろん、いまだ政権を握っている保守党の馬鹿どもなど何の役にも立ちはしないが、それでも、たまたまそこに生まれついたというだけで富と権力を手にする人々がいた時代から、われわれは多少なりとも進歩したと思っていたんだがね。

そもそもサー・マグナスという人間が、これまでほかの誰かに手を差しのべたことがあったか？　われらが教会を見てくれ！　屋根は漏るし、新しい暖房装置を入れる余裕もないが、サー・マグナスは一シリングだって出そうとしないじゃないか。礼拝にもろくに来ようとしない、かつて自分が洗礼を受けた教会だというのにな。そうそう！　やつは墓地も区画をひとつ予約しているんだった。さっさとそっちに移ってくれれば、それに越したことはないんだが——言わせてもらえばね」

「あなたが本気じゃないのはわかってるわ、ロビン」

「きみの言うとおりだ、ヘン。こんなひどいことを口にしてしまって、わたしがまちがっていた」言葉を切り、牧師はひとつ息をついた。「わたしは何も、サクスビー・オン・エイヴォンに新しく住宅を建てることに反対しているわけじゃない。それどころか、若い世代を村にとどまらせるためにも、重要な対策だと思っているよ。だが、ここの開発は、それとはまったく話が別だ。その新しい住宅とやらは、このへんの人間にはとうてい手が出ない価格になるんじゃないかと、わたしは予測しているんだが。そして、これも予言しておくよ、この村の雰囲気にまったくそぐわない、下卑《げび》た今出来の家になるだろうことをね」

「時代が進むのを、立ちはだかって止めることはできないわ」

「これが〝進む〟といえるのか？　千年もの昔からここにある、美しい草地と森を消し去ってしまうことが？　実のところ、わたしは驚いているよ、よくもまあ、サー・マグナスはこんなことをやってのけたものだとね。ここに住むようになってずっと、われわれはディングル・デルを愛していた。あの地がわれわれふたりにとってどんなに大切なものかは、きみもわかっているはずだ。そう、あと一年もすれば、われわれは何の変哲もない郊外の通り沿いに暮らす身となるわけか」牧師は手にしていた野菜の皮むき器を置き、エプロンを外した。「教会へ行ってくるよ」唐突に、そう宣言する。

「夕食はどうするの？」

「腹が減っていないんだ」

「わたしにもいっしょに行ってほしい？」

「いや。そう言ってくれてありがとう。だが、わたしは自分を見つめなおす時間がほしいんだ」牧師は上着を羽織った。「神の赦《ゆる》しも乞わなくてはならない」

「あなた、何も悪いことはしていないじゃない」

「言ってはならないことを口にしてしまった。それに、けっして考えてはいけないことを、頭に浮かべてしまったからね。同胞のひとりに憎しみを抱いてしまうとは……怖ろしいことだ」

「憎まれて当然の人間もいるわ」

「たしかにね。だが、サー・マグナスもやはり、わたしたちと同じ人間にすぎないのだ。あの男がどうにかして気を変えてくれるよう、わたしは祈ることにするよ」

オズボーン牧師は部屋を出ていった。玄関の扉が開き、また閉まる音。それを聞き、やがてヘンリエッタは台所の掃除にとりかかった。夫のことが心配でならない。ディングル・デルを失うことが、ふたりにとってどんな意味を持つのかは、わかりすぎるほどよくわかっている。自分にも、何かできることはないだろうか？　いっそ、ひとりでパイ屋敷に出かけていって、サー・マグナスと話してみようか……

いっぽう、ロビン・オズボーンは自転車で本通りを教会へ向かっていた。牧師の自転車は、村の冗談の種となっている。おそろしくおんぼろな、がたがたとうるさいしろもので、車輪はぐらぐら揺れるし、金属の車体は一トンもありそうなほど重い。ハンドルにはかごがぶらさがっていて、いつもは祈禱《きとう》書や、牧師が自分で育て、教区の貧しい人々に配ることにしている新鮮な野菜などがぎっしりと詰まっている。だが、今夜、そのかごは空《から》っぽだった。

ペダルを漕いで村の広場に入った牧師は、腕を組んで歩いているジョニー・ホワイトヘッドとその妻の脇を通りすぎた。夫妻は《女王の腕》亭に向かっているところだった。実のところ、ホワイトヘッド夫妻はあまり教会に顔を出していない。本来なら、もっと足しげく通うべきなのに。とはいえ、夫妻にとっては、普段の生活でも心がけているように、そんな気まずさもけっして相手に気《け》どられないことが大切なのだ。そのため、ふたりそろって牧師に挨拶の声をかける。だが、牧師はそれを無視し、墓地の入口に自転車を駐めると、急ぎ足で教会の正面玄関をくぐっていった。

「いったい、どうしたっていうんだ?」ジョニーは口に出していぶかった。「えらく落ちこんだ様子だったじゃないか」

「たぶん、例のお葬式の件よ」ジェマ・ホワイトヘッドは答えた。「知っている人を埋葬するなんて、きっといやな気分のものだもの」

「そんなはずはないさ。牧師なんて、そんなことには慣れっこだからな。むしろ、楽しんでいるくらいだ。葬儀なんて、牧師にとっては重要人物の気分を味わういい機会なのさ」そう言いながら、道の先に視線を向ける。聖ボトルフ教会の隣では、ちょうど修理工場の明かりが消えたところだった。ロバート・ブラキストンが、前庭を横切っていく。きょうの営業が終わったのだろう。ジョニーは腕時計に目をやった。ちょうど六時だ。「酒場が開いたな。さあ、早く入るとしよう」

ジョニーは上機嫌だった。きょうは妻のお許しが出て、ロンドンまで出かけてきたところだったのだ——いかにジェマでも、夫を一生サクスビー・オン・エイヴォンに縛りつけておくことはできまい。かつての行きつけの店に顔を出し、古い友人たちと再会するのは楽しいものだ。それればかりではない、周囲を車が行き交い、ちりやほこりが舞う都会の空気が、こんなにも居心地のいいものだったとは。騒音も耳に快い。人々が急ぎ足で歩く光景も好きだ。田舎の生活にもなんとか慣れようとはしてきたが、この村での暮らしは、ジョニーにとってはいまだに何かとってつけたような、異質なものを詰めこまれたような感覚が拭えなかった。なつかしいデレクやコリンと旧交を温め、いっしょに何杯かビールをあおって、まるで本来の自分を再発見するかのように、ごみごみとして活気のあるブリック・レーンをさまよう。そして、みごとポケットに五十ポンドを詰めこんでご帰還というわけだ。よくもまあ、コリンはそんなに気前よく代金をはずんでくれたものだと、あらためて驚かずにはいられない。

「すばらしい品じゃないか、ジョニー。上質の銀で、しかも年代物だ。博物館かどこかから手に入れたのか？　なあ、もっとしょっちゅうこっちに出てこいよ！」

そう、今夜はみなに一杯おごってやろう。たとえ《女王の腕》亭が、隣の墓地と大差ないくらい陰気な場所だとしても。とはいえ、店にはすでに地元の客が何人か顔をそろえていた。ジューークボックスの前には顔見知りの常連、トニー・ベネットが立っている。ジョニーは妻に扉を開けてやり、いっしょに店内へ入っていった。

7

レッドウィング医師の診療所の、事務室としても使われている調剤室に、ジョイ・サンダーリングはひとりで足を踏み入れた。

使ったのは、自分の鍵だ。もともと、この建物のすべての鍵をジョイは預かっている。危険な薬品が入っている棚の鍵だけは渡されていないものの、レッドウィング医師が予備の鍵をしまってある場所は知っているのだから、開けようと思えばいつでも開けられるのだ。何をすべきか、心はすでに決まっている。考えるだけで心臓が早鐘《はやがね》のように打ちはじめるけれど、とにかくやりとげてしまうしかない。

引き出しから紙を一枚つまみとると、タイプライターにはさむ。ここで働きはじめたときにあてがわれたもので、オリンピアのSM2デラックス・モデルのポータブルだ。ジョイ自身は、本当はもう少しずっしりしたタイプライターのほうが打ちやすいと思っているが、もともとそんなことで文句を言う性格ではない。こちらにくるりと丸みを見せた白い紙を見つめながら、タナー・コートを訪ね、アティカス・ピュントと会ったときのことを思い出す。あの高名な探偵との面談はがっかりする結果に終わったものの、まったく悪い印象は残っていない。ピュント自身、ひどく体調が悪そうだったのに、親切にもジョイのために時間をとってくれたではないか。仕事柄、体調の悪い人は見慣れている。診療所で働くうち、患者をひと目見るだけで予感が働くようにもなってきた。何か深刻な病気を抱えている人は、医師にかかる前から見分けることができる。ピュントに助けが必要なことは、すぐに見てとれた。とはいえ、これは自分が心配すべきことではないけれど。実のところ、たしかにピュントの言うとおりだった。あらためて考えるにつけ、村に流れる悪意ある噂をせき止めるなどとうてい不可能だと、ジョイも悟っていたのだ。ピュントに来てもらったところで、何もできはしなかっただろう。

しかし、ジョイ自身にできることはある。

言葉を慎重に選びながら、ジョイはタイプを打ちはじめた。さほど時間はかからない。三、四行の文章に、必要なことはすべて盛りこめる。打ちおえてしまうと、ジョイは自分の文章をあらためて見なおした。白地に黒で記された文字を眺めながら、本当にこれだけの覚悟が自分にあるのか、じっくりと思いをめぐらせる。しかし、ほかにやりようはないのだ。

ふと、前方で何かが動いた。顔をあげると、カウンターの向こう側、待合室にロバート・ブラキストンが立っている。油やすすに汚れたつなぎを着たままの姿だ。目の前のことに没頭しすぎて、ロバートが入ってきた音にも気づかずにいたらしい。ふいに後ろめたくなり、ジョイはタイプライターから紙を引き抜くと、裏返して机に置いた。

「何をしているの?」ロバートに問いかける。

「きみに会いにきたんだ」尋ねるまでもなかった。修理工場を閉めて、その足でまっすぐここに来たのだろう。ロンドンまで出かけたことは、ロバートには話していない。当然、一日じゅうこの診療所にいたのだと、この人は思っているにちがいない。

「きょうはどうだった?」明るい声で、ジョイは尋ねた。

「まあ、悪くなかったよ」机に伏せてある紙に、ロバートは目をとめた。「それは何?」疑っているような口調だ。ジョイがいかにもあわてたそぶりで紙を裏返したことに、気づかれてしまったにちがいない。

「レッドウィング先生から頼まれたのよ。個人的な手紙なの。医学関係のね」ロバートに嘘はつきたくないけれど、この紙に何を書いたのかは、けっして見せるわけにはいかなかった。

「一杯飲みにいかないか?」

「きょうは無理ね。家で父と母が待っているの」ロバートの顔をよぎった表情に気づき、ふいに心配になる。「何かあったの？」

「いや、そういうわけじゃない。ただ、きみといっしょにいたかったんだ」

「結婚したら、あたしたち、いつまでもいっしょよ。誰にも邪魔はできないわ」

「ああ、そうだな」

いっそ、予定を変更しようかとジョイは迷った。このまま、ロバートと出かけたっていい。でも、今夜は母親が特別に腕をふるって夕食を準備しているはずだ。それに、兄のポールは、ジョイの帰りが遅くなるといつも不安がる。今夜は寝る前に本を読んであげると、兄には約束してきた。そうしてやると、兄はいつも喜ぶのだ。机に伏せた紙を手にとると、ジョイは立ちあがり、事務室の扉を出てロバートに歩みよった。にっこりして、その頰にキスをする。「あたしたち、ロバート・ブラキストン氏とブラキストン夫人になって、ずっといっしょに暮らすんだから。けっして離れたりせずにね」

ふいに、ロバートはジョイを引きよせた。身体に回された手に力がこもり、痛いくらいに抱きしめられる。キスされた瞬間、ジョイは恋人の目に涙が浮かんでいることに気づいた。「きみを失うなんて、とうてい耐えられない。おれにとって、きみはすべてなんだ。これは、おれの本当の気持ちだよ。きみに会えたことは、おれの人生で最上のできごとだった。絶対に、誰にもおれたちの邪魔をさせるもんか」

ロバートの言いたいことは、はっきりと伝わってきた。この村。広がる噂。

「誰に何を言われたって、あたしは気にしないわ」ジョイは言ってきかせた。「それに、何も無理してサクスビーでがんばらなくてもいいのよ。あたしたち、自由にどこにだって行けるんだから」これは、まさにピュントが言っていたことではないかと、ふいに思いあたる。「でも、あたしたちは出ていったりしないけど」ジョイは言葉を継いだ。「見ててごらんなさい。何もかも、きっとうまくいくから」
まもなく、ふたりはそこで別れた。シャワーを浴び、汚れたつなぎを着替えるため、ロバートは修理工場の上の小さな部屋に戻っていく。しかし、ジョイは両親の待つ家へ向かおうとはしなかった。まだ帰るわけにはいかない。さっきタイプした紙が、こうして手もとにあるのだから。まずは、これを目的の場所へ持っていかなくては。

8

ちょうどそのころ、ほんの少しばかり通りを進んだあたりで、クラリッサ・パイの家の呼鈴《よびりん》が鳴った。クラリッサは、ちょうど夕食を作っていたところだった。村の店に近ごろ登場したばかりの新製品で、魚をひと口サイズの切り身にし、パン粉をまぶして冷凍したものだ。鍋に油は注いだものの、幸いまだ切り身はその中に投入していない。またしても呼鈴が鳴る。冷凍食品の箱を台所のカウンターに置くと、いったい誰が訪ねてきたのか、クラリッサは出てみることにした。

玄関扉にはめられた型ガラス越しに、暗い人影が変形して浮かびあがっている。夕方のこんな時間に訪ねてくるのは、巡回の訪問販売か何かだろうか？　近ごろでは、まるで古代エジプトを襲ったイナゴのように悪質な連中が、この村にも大挙して押しよせてきているのだ。おそるおそる扉を開け、チェーンが掛かっていることに安堵《あんど》しながら、細い隙間から外をのぞく。そこに立っていたのは、兄のマグナス・パイだった。背後のウィンズリー・テラスの街路には、兄がいつも乗っている淡い青のジャガーが駐めてあるのが見える。

「マグナス？」あまりの驚きに、クラリッサは言葉が見つからなかった。兄はこれまで、ここを訪ねてきたことは二回しかない。一度は、クラリッサが体調を崩したときだった。メアリの葬儀にも兄は参列していなかったから、南フランスから戻ってきて以来、いま初めて顔を合わせたというわけだ。

「やあ、クララ。入ってもいいかな？」

幼いころから、マグナスはいつも妹をクララと呼ぶ。その呼び名を耳にするたび、かつて子どもだったころの兄の姿が、こうして大人になった兄の姿にかぶさるように浮かんでくる。いったい、どうしてマグナスはこんなみっともないあごひげを生やすことにしたのだろう？　似合っていないと言ってくれる人は、誰も周りにいないのだろうか？　まるで漫画から抜け出してきた、いかれた貴族にしか見えないと、誰か言ってやればいいのに。その瞳はかすかに灰色味を帯び、頬には赤く血管が浮き出して見える。どうやら、すっかり酔っぱらっているようだ。

そのうえ、なんという恰好をしているのだろう！　まるで、ゴルフ帰りのような出《い》で立ちだ。太い幅のズボンの裾をソックスに突っこみ、上に明るい黄色のカーディガンを羽織って。とうてい想像もできないけれど、自分とこの男は本当に兄妹だったのだろうか――いや、兄妹どころではなかった。双子だったのだ。五十三年間にわたって異なる道を歩いてきた結果、いまやふたりは似ても似つかなくなっている――たとえ、かつて似ていたのだとしても。

クラリッサはいったん扉を閉め、チェーンを外して開けなおした。マグナスは笑みを浮かべ――唇のあの引きつりが笑みだとしたらの話だが――廊下に入ってきた。台所に兄を通そうとして、ふとコンロのそばに冷凍した魚の箱が出しっぱなしなのを思い出し、逆の方向に案内する。玄関を入って左に曲がるか、右に曲がるか。ウィンズリー・テラス四番地は、パイ屋敷とはちがう。この家では、選択肢などそう多くはない。

こざっぱりして居心地のいい居間に、ふたりは足を踏み入れた。毛足の長い絨毯《じゅうたん》に、ふたり掛けが一脚、ひとり掛けが二脚のそろいのソファ、張り出し窓。電気仕掛けの暖炉にテレビもある。しばしの間、ふたりは所在なさそうにその場に立ちつくしていた。

「調子はどうだ？」マグナスは尋ねた。

いったい、どうしてそんなことを訊くのだろう？　興味もないくせに。「元気よ、おかげさまで」クラリッサは答えた。「そちらは？　フランシスはどうしているの？」

「ああ、変わりはないよ。きょうはロンドンに出かけている……買いものにね」

またしても、気まずい沈黙。「何か飲みものでも持ってきましょうか？」クラリッサは尋ねた。結局のところ、これは社交的な訪問というやつなのだろう。兄がわざわざここに訪ねてくる理由など、ほかに何も思いつかない。

「それはありがたいな。頼もうか。何がある?」

「シェリーなら」

「じゃ、それを」

マグナスは腰をおろした。クラリッサは部屋の片隅の食器棚に歩みより、シェリーの壜を取り出した。クリスマスから、ここに入れっぱなしになっていた壜だ。シェリーというのは、放っておいても腐らないものなのだろうか。ふたつのグラスにそれぞれ注ぎ、匂いを嗅いでみてから、マグナスのところへ運んでいく。「空巣《あきす》のこと、聞いたわよ。たいへんだったわね」

マグナスは肩をすくめた。「まったくだ。せっかく帰ってきたら、これだからな」

「フランスからは、いつ帰ってきたの?」

「土曜の夜に。帰ってみると、屋敷じゅうが荒らされていてね。あの間抜けなブレントが、裏口の扉のガラスをきちんと直しておかなかったせいだ。あんな男は、放り出すことに決めてしまってせいせいしたよ。しばらく前から、どうにも癇《かん》にさわってならなかったんだ。庭師としての腕は悪くはないが、どうにも態度が気に入らん」

「首にしたの?」

「あの男も、そろそろ何か別の道を探してもよかろう」

クラリッサは自分のグラスに口をつけた。まるで口の中に流れこみたくないかのように、シェリーが唇にまとわりつく。「例の銀製品を、いくらか盗まれたと聞いたけれど」

「実のところ、ほとんどごっそり持っていかれてしまったよ。正直な話、いまは試練のときというやつなのだろうな――何もかも、すべてがうまくいかん」

「メアリ・ブラキストンのことね」

「ああ」

「お葬式にあなたがいなくて残念だったわ」

「そうだな。ひどい話だ。実のところ、わたしは知らなくて……」

「牧師が手紙を書いたと思っていたけれど」

「ああ――だが、わたしが受けとったときには遅すぎたのだ。あのいまいましいフランスの郵便事情のおかげでな。実は、きょうはそのことでおまえに話したいことがあったんだ」マグナスは、シェリーに口をつけようともしていなかった。まるで初めて来たとでもいうように、あらためて室内をぐるりと見わたす。「ここでの生活に、おまえは満足しているのか?」

この質問に、クラリッサは意表をつかれた。「ええ、問題ないわよ」とっさにそう答え、あらためてきっぱりと言いなおす。「ここで、とっても幸せに暮らしているわ」

「本当に?」いかにも信じていないような口ぶりだ。

「ええ、本当よ」

「ほら、こんなことになって、いまは使用人小屋も空《あ》いているし……」

「パイ屋敷の使用人小屋のこと?」

「ああ」

「わたしに、あそこへ越してこいというの？」

「こっちに帰る飛行機の中で、そのことを考えていたんだ。メアリ・ブラキストンの件は、まったく残念だった。知ってのとおり、わたしは実にあの家政婦が気に入っていたからな。料理もうまいし、屋敷の中もきちんと整えてくれていた。何より、分別というものがあったよ。この実に嘆かわしい事故が起きてみて、あらためて、あれは替えのきかない人材だったと身にしみたな。そんなとき、ふとおまえのことを思い出してね……」

クラリッサは、ひやりとする震えが全身を走るのを感じた。「マグナス、それって、わたしにメアリの仕事をやってほしいと言っているの？」

「悪い思いつきじゃないだろう？　米国から戻ってきてからというもの、おまえはずいぶん勤勉に働いてきたじゃないか。村の学校じゃ給料も知れているし、まとまった金が入るのはありがたかろうと思ってね。使用人小屋に越してくれれば、この家は売りに出せるし、おまえも屋敷がなつかしいだろうしな。おまえも憶えているだろう、よくわたしと湖の周りで鬼ごっこをしたことを？　芝生の上でクローケーをやったり！　もちろん、まずはフランシスに話を通さないといけないが。まだ、家内には何も言っていないんだ。まずはおまえに話してみようと思ってね。どう思う？」

「考えさせてもらってもいい？」

「もちろんだ。ただの思いつきではあるが、これで何もかもうまく納まる気がするよ」マグナスはグラスを手にとり、そしてまた、思いなおしたかのようにテーブルに戻した。「おまえに会うのは、いつだっていいものだな、クララ。おまえがあそこに戻ってきてくれたら、どんなにすばらしいことかと思うよ」

どうやって、兄を玄関に案内したのか憶えていない。戸口に立って、兄がジャガーに乗りこみ、発進するのを見送る。息をつくのも苦しかった。どうにか会話を続けたのは、必死の努力にほかならない。波のような吐き気が、次々と押しよせてくる。指先は感覚がなくなっていた。〝怒りのあまり感覚がなくなる〟なんて、ただの言葉のあやだとばかり思っていたのに。

兄はクラリッサに仕事を斡旋《あっせん》してきたのだ。自分の屋敷で、下働きをしろと。床にモップをかけ、衣類を洗えと——よくも、まあ！　仮にも血を分けた妹なのに。あの屋敷で生まれ育ったのは、クラリッサも同じではないか。かつては兄と同じ食事をし、ずっとあそこで暮らしていたのだ。屋敷を出たのは、両親が亡くなり、マグナスが結婚した後にすぎない。恥知らずなまでに立てつづけに起きた、あのふたつのできごと。あれを境に、クラリッサは兄にとって何ものでもなくなってしまったのだ。そしていまや、この仕打ち！

廊下の壁には、レオナルド・ダ・ヴィンチ作『岩窟《がんくつ》の聖母』の複製画が飾ってある。復讐の思いをたぎらせ、足音も荒く二階に上がっていったクラリッサの剣幕に、洗礼者ヨハネを見ていた聖母マリアも、はっとして思わずふりむいたかもしれない。

二階へ向かったのは、けっして祈りを捧げるためではないだろうから。

9

夜の八時すぎ、サクスビー・オン・エイヴォンはすっかり闇に包まれていた。

その日は遅くまで仕事をしようと、ブレントは心を決めていた。芝生の手入れや草取りを別としても、咲きおえた五十種類ものバラの花を摘《つ》みとらなくてはならないし、イチイの木は剪《せん》定《てい》しなくてはならなかったからだ。やがて、ようやく仕事を終えて、一輪の手押し車や庭仕事の道具類を厩舎《きゆうしや》に運びこむと、湖をぐるりと迂回《うかい》してディングル・デルを抜ける。牧師館のすぐそばの小径《こみち》をたどり、村のもう一軒の酒場、川の近くの十字路に建つ《渡し守》亭へ向かうつもりだった。

あと少しでディングル・デルに入るというとき、ブレントはふとふりかえった。何か聞こえた気がしたのだ。闇に目をこらし、パイ屋敷にすばやく目を走らせる。一階の窓のいくつかは明るく輝いているものの、動くものは何も見あたらない。ブレントの知るかぎり、いま屋敷にいるのはサー・マグナスひとりだった。一時間ほど前、村から車で帰ってきたのだ。レディ・パイのほうは、きょうはずっとロンドンに出かけており、車はまだ車庫に戻ってきてはいなかった。

正面の門から屋敷に向かって、誰かが私道を歩いてくる。男で、連れはいない。ブレントの視力はいいほうだが、明るい月光の下で目をこらしても、それが村の人間かどうかはわからなかった。男は縁《ふち》のある帽子をかぶっていて、顔の大部分が隠れてしまっていたのだ。歩きかたには、どことなく奇妙なところがあった。背をいくらかかがめ、顔に光が当たらないようにしている。まるで、誰にも見られたくないかのように。サー・マグナスを訪ねてくるにしては、いささか遅い時間だ。屋敷に引きかえそうかと、ブレントは考えた。葬儀があった当日には、空巣狙《あきす》いの被害もあった。いまや、誰もが神経を尖らせているのだ。芝生を突っ切れば、一分もかからずにあそこへ戻り、何も問題がないかどうか確かめることができる。

だが、ブレントはそうしないことに決めた。結局のところ、誰がパイ屋敷を訪ねてこようと、自分にはかかわりのないことだ。きょうの午後、あらためてサー・マグナスと話しあったものの、ブラキストン夫人がこんなことになっても、結局のところ自分の処遇は変わらなかったことを思い出すと、雇い主にも、その妻にも、いまさら忠誠心など湧いてはこない。そもそも、これまでだって、たいして世話になっていたわけではないのだ。主人夫妻にとって、どうやらブレントは働いてあたりまえの存在らしい。朝八時から夜中まで働いてもう何年にもなるが、感謝の言葉ひとつもらったことはないし、給料といっても笑ってしまうほどの額だ。いつもなら、こんな週の中ごろに飲みにいくことはないが、今夜はたまたまポケットに十シリングばかり入っている。これでフィッシュ・アンド・チップスと、ビールを二杯ほど楽しむこととしよう。《渡し守》亭は、村の外れにあった。みすぼらしい、いまにも壊れそうな建物で、上品な《女王の腕》亭とは大ちがいだ。客はみな、ブレントのことを知っている。そこでは、いつも窓ぎわの同じ席に坐ることにしているのだ。これから二時間ほど飲むうちには、バーテンダーとふたことみこと話すことになるだろうが、ブレントにとっては、それはけっこうなおしゃべりだった。謎の訪問者のことは忘れ、ブレントは先を急いだ。

だが、二十五分後に酒場にたどりつく前に、ブレントはさらにもうひとり、思わぬ人物と出くわすことになる。ディングル・デルから出ると、いかにもかまわない身なりの女性がひとり、こちらに歩いてくるところだったのだ。牧師の妻、ヘンリエッタ・オズボーンなのはすぐにわかった。道をわずかに上ったところにある牧師館から、あわてて飛び出してきたという恰好だ。男ものの、おそらくは夫のであろう水色のパーカを羽織っている。髪はぼさぼさで、とりみだした表情だ。

オズボーン夫人もこちらに気がついた。「あら、こんばんは、ブレント。ずいぶん遅い帰りなのね」

「これから酒場に行くとこでね」

「ああ、そう。わたし、ちょっと……うちの夫を探しているところなの。あなた、どこかで見かけなかった？」

「いや」ブレントはかぶりを振った。いったい、どうして牧師はこんな時間に外を出歩いているのだろう。夫婦喧嘩でもしたのだろうか？　そのとき、ふとさっきのことを思い出す。「いましがた、誰かがパイ屋敷に向かって歩いていきましたがね、オズボーン夫人。ひょっとして、あれがご主人だったかな」

「パイ屋敷に?」

「まあ、ちょうど思い出したんでね」

「いったい、どうしてそんなところへ行ったのかしら」オズボーン夫人は不安げな顔をした。

「いや、誰だったかはわからねえですが」ブレントは肩をすくめた。
「ありがとう、それじゃ」ヘンリエッタはきびすを返し、来た道をたどって牧師館へ戻っていった。

一時間ほど後、ブレントはフィッシュ・アンド・チップスをつまみ、二杯めのビールをちびちびやっていた。酒場の空気は、タバコの煙でどんよりとしている。ジュークボックスの音楽がけたたましく響く合間、ちょうどレコードをかけ替えるしばしの静けさに重なって、自転車が十字路へ近づいてくる音が聞こえてきた。窓の外を見やると、通りすぎていく姿がちらりと見える。あの音はまちがいない。やはり、さっき思ったとおりだったのだ。牧師はパイ屋敷を訪ね、いままた牧師館へ帰ろうとしている。ずいぶん長いこと屋敷にいたようだ。さっき、ヘンリエッタ・オズボーンと出会ったときのことが脳裏によみがえる。夫人は何やらひどく気を揉んでいた。いったい、何があったのだろう？　まあ、自分には関係ないことだ。ブレントは窓から視線を戻し、この件をすべて頭から追い出した。

ほどなくして、また思い出すこととなるのだが。

10

翌朝の《タイムズ》紙で、アティカス・ピュントはその記事を読んだ。

准男爵《じゅんだんしゃく》、殺害される

サマセット州サクスビー・オン・エイヴォンの裕福な地主、サー・マグナス・パイが死んでいるとの通報が警察に入った。バース警察刑事課レイモンド・チャブ警部補によると、本件は殺害と断定されたという。残された家族は妻のレディ・フランシス・パイと、息子のフレデリック。

ピュントはタナー・コートのアパートメントの居間に腰をおちつけ、タバコをくゆらせているところだった。ジェイムズ・フレイザーが一杯のお茶とともに、この新聞を持ってきてくれたのだ。そこへまた、今度は灰皿を手にしたフレイザーが戻ってきた。

「一面を見たかね？」ピュントは尋ねた。

「見ましたとも！　ひどい話ですよね。レディ・マウントバッテンもお気の毒に……」

「何だって？」

「車が盗まれたんですよ！　それも、ハイド・パークの真ん中で！」

どこか悲しげな笑みを、ピュントは浮かべた。「その話ではないんだ」新聞を助手のほうへ向けてやる。

フレイザーはその記事を読んだ。「パイだって！」思わず声をあげる。「これは、たしか──」

「そのとおり。そうなんだ。メアリ・ブラキストンの雇い主だよ。まさにこの部屋で、われわれが耳にしたばかりの名前だね」

「なんという偶然なんだろう！」

「まあ、その可能性はある。偶然というものも、ときとして起こりうるからね。だが、この件については、わたしはさほど確信は持てないな。なにしろ、人が死んでいるのだよ。思いがけない死が二件、同じ屋敷で起きたわけだ。興味ぶかいとは思わないかね？」

「まさか、わざわざ出かけていくつもりじゃないんでしょう？」

アティカス・ピュントは考えこんだ。

新たな仕事を引き受けることなど、まったく考えてはいなかった。自分に残された時間を考えれば、単純に無理な話だからだ。ベンスン医師によると、体調に問題なくすごせるのはせいぜいあと三ヵ月だという。殺人者をつかまえるのには、けっして充分な時間とはいえない。それに、すでにいくつか心に決めたことがある。その時間は、自分の人生を整理するために使おうと思っていた。まずは、自宅や財産をどう分配するかという遺言の問題がある。ピュントはほとんど身ひとつでドイツを離れたが、父のものだったマイセンの磁器人形のコレクションが、奇跡的に戦火を逃れて残っていたのだ。これはどこか博物館に収めたいと考えたピュントは、すでにケンジントンのヴィクトリア・アンド・アルバート博物館に手紙を書いていた。あの磁器の音楽家や牧師、兵士、お針子《はりこ》、そのほかすべての小さな家族たちが、自分の亡くなった後もばらばらにならず、みないっしょにいられると思うと心が安らぐ。結局のところ、ピュントにとって家族といえるのは、いまはあの人形たちだけなのだから。

ジェイムズ・フレイザーにも、ピュントは何かしら遺《のこ》すつもりでいた。直近の五つの事件で助手を務めてきたこの青年の、揺るぎない忠誠心と朗らかで善良な気質には、けっして裏切られたことがない――たとえ、犯罪捜査そのものにはほとんど貢献していないとしても。ロンドン警視庁・市警察遺児基金を筆頭に、遺産を寄付したい慈善事業もいくつかある。そして何より、ピュント畢生《ひっせい》の大作となるはずだった『犯罪捜査の風景』のことも考えなくては。完成まで、あと一年はかかるはずの著作。いまの状態では、とうてい出版社に見せることなどできるはずもなかった。だが、せめてすべての草稿を順序正しくそろえ、新聞記事の切り抜きや手紙、警察の報告書などを添えておけば、いつの日か犯罪学を志すどこかの学生が、すべてをまとめあげてくれるかもしれない。これだけの労作がまったく実を結ばないなど、あまりに悲しすぎるではないか。

心に温めてきた、さまざまな計画。だが、もしもピュントが人生から学んだことがあったとしたら、それは計画を立てることの虚《むな》しさだろう。人生は人生で、あちらの予定というものがあるのだ。

ピュントはフレイザーに向きなおった。「わたしにはパイ屋敷に足を踏み入れる公的な理由が何もない、だからこそ力にはなれないと、ミス・サンダーリングには話したね。だが、いまやその理由ができた。そして、この事件はわが旧友であるチャブ警部補が担当しているらしい」ピュントはほほえんだ。かつての輝きが、その目に戻りつつある。「荷造りを頼む、ジェイムズ。そして、車をここに回してくれ。準備ができたら、すぐに出発しよう」

第三部　娘

1

アティカス・ピュントは運転を習ったことがなかった。これは、けっして意地を張って新しいものを嫌ってきたからではない。むしろ、ピュントはつねに最先端の科学の成果を学び、利用できるものは取り入れようとしてきたものだ——たとえば、病気の治療についても。ただ、近ごろではありとあらゆる形や大きさの機械が身の回りにどっとあふれ、そのあまりの変化の激しさに、不安をおぼえずにはいられなかったのも確かだ。テレビ、タイプライター、冷蔵庫、洗濯機などは、いまやもうどこにでもある。野原にさえも電線を張りめぐらせた鉄塔が立っている時代、人間らしさというものは、見えない形でじわじわと損なわれているのではないだろうか。ピュントが生きてきたのは、人間性がひどい試練をくぐり抜けた時代だった。結局のところ、ナチズムというのも、ある種の機械《マシーン》にほかならなかったではないか。だからこそ、ピュントは新たな科学技術の時代に、あえてゆっくりと歩を進めようとしていた。

そんなわけで、必要に迫られて自家用車の購入を決断したとき、ピュントはすべてをジェイムズ・フレイザーに一任した。そして、フレイザーが選んだのが、ボクスホール・ヴェロックスの四ドア・セダンだったというわけだ。頑丈で信頼でき、車内も広いというこの選択には、ピュントも感心せずにはいられなかった。言うまでもなく、フレイザーは少年のように興奮していたものだ。エンジンは六気筒、発進してたった二十二秒で百キロまで加速できる。冬期には、ヒーターがフロントガラスの氷を溶かしてくれるのだ。ピュントのほうは、これで行きたいところへ送り迎えしてもらえるのが嬉しかったし、この車なら——色はおちついた暗いグレーだった——目的地に到着したときも、さほど人々の注意を惹かないであろうことがありがたかった。

フレイザーがハンドルを握り、ロンドンを出発してから休憩なしに三時間で、ボクスホールはパイ屋敷に到着した。砂利の上には、警察の車が二台駐まっている。ピュントは車を降り、閉ざされた空間から解放されたことに感謝しながら脚を伸ばした。屋敷の前面にざっと目を走らせ、その威厳、優雅さ、英国らしさを心にとめる。同じ一族に代々受け継がれてきた屋敷だということは、すぐに見てとれた。長い年月を経ても変わらない、一貫した魂のようなものが感じられるのだ。

「あそこにチャブ警部補がいますよ」フレイザーがささやいた。

玄関の扉が開き、ちょうどなつかしい警部補の顔がのぞいたところだった。ロンドンを出る前にフレイザーが電話を入れたから、チャブ警部補はきっとふたりが着くのを待ってくれていたのだろう。まるまると太った陽気な男で、オリヴァー・ハーディのような口ひげをたくわえている。まったく身体に合っていないスーツの下には、妻が編みあげた最新の作品である、とんでもない薄紫色のカーディガン。どうやら最近また体重が増えた、そんな印象をいつも相手に与える人物だ。まるで、このうえなくすばらしい料理を平らげたばかりのような顔をしていると、かつてピュントは評したことがあった。その警部補が、いかにも嬉しそうに玄関前の階段を駆けおりてくる。

「ヘル・ピュント!」こうして、いつもドイツふうに〝ヘル〟と呼びかけるのは、ドイツに生まれたことがピュントのささやかな欠点であるとほのめかすためだろうか。結局のところ、どちらが戦争に勝ったのかを忘れるなと、つねに念押しされているのかもしれない。「連絡をもらって驚きましたよ。まさか亡きサー・マグナスから、何か仕事を引き受けていたわけじゃないですよね」

「とんでもない」ピュントは答えた。「故人と会ったことはないのですよ。亡くなったことも、今朝の新聞を読んで知ったところでね」

「じゃ、どうしてここに?」いま初めて気づいたかのように、警部補は視線をジェイムズ・フレイザーに移した。

「奇妙な偶然ですよ」実のところ、偶然などというものは存在しないのだと、ピュントがしょっちゅう口にするのをフレイザーは耳にしていた。『犯罪捜査の風景』にも、〝人生のすべてのできごとには決まった様式があり、その様式が人間の目にとまった一瞬を偶然と呼ぶにすぎない〟という、ピュントの信条が記された章がある。「昨日、この村の若い女性がわたしに会いにきたのです。その女性によると、まさにこの屋敷で二週間前に死んだ人間がいて――」

「もしかして、家政婦のメアリ・ブラキストンのことですか？」

「そのとおり。それについて不当な中傷をする人々がいると、その女性は心を痛めていたのです」

「つまり、家政婦は殺されたのだと、その連中は考えているということですか？」チャブは前に吸っていたのと同じ銘柄、プレイヤーズの箱を取り出し、タバコに火を点《つ》けた。右手の人さし指と中指にはタールの染《し》みがついて、けっして落ちることはない――まるで、古いピアノの鍵盤のように。「なるほど、その件については安心してもらってかまいませんよ、ヘル・ピュント。そのときの検分はこのわたしが担当したんですがね、あれはもう、一点の曇りもなく事故でまちがいありません。階段の上で、掃除機をかけていたときの事故だったんです。コードが足にからまって、いちばん上から真っ逆さまに転がり落ちたんですよ。不運なことに、落ちたところは板石張りの床でね！　殺される理由など何もなかったし、そもそも鍵のかかった屋敷の中に、ひとりでいたときの事故ですからな」

「では、サー・マグナスの死については？」

「いや、これはまた事情がまったく異なりましてね。ひと目見ればわかりますよ――無惨なありさまですからな。申しわけないが、こっちの件を先に片づけさせてもらいますよ。本当にひどいことになってます」ゆっくりとタバコをくわえ、煙を吸いこむ。「空巣《あきす》にばったり遭遇してしまった結果だと、われわれはいまのところ考えてますがね。それが、もっとも明白な結論ですから」

「もっとも明白な結論とやらに達するのは、わたしはできるだけ避けるようにしていますがね」

「まあ、あなたにはあなたの方法論があるんでしょうな、ヘル・ピュント。これまで、その方法論に助けてもらったこともあるのは認めますよ。だが、今回の被害者は、生まれてこのかたずっとこの村で暮らしてきた、このあたりの地主ですからね。まあ、まだ結論を出すには早いが、故人に恨みを持つ人間など、誰も思いつかんのですよ。さて、どうやら昨夜八時半ごろ、誰かがここを訪ねてきたらしい。ちょうど仕事を終えた庭園管理人のブレントが、それを目撃していましてね。人相はわからなかったらしいが、第一印象としては、村の人間ではないということでしたよ」

「いったい、どうして村の人間ではないとわかったんですか?」フレイザーは尋ねた。ここまでずっと蚊帳《かや》の外に置かれ、そろそろ自分もここにいると気づいてほしくなったのだ。

「ああ、それはつまり、こういうことでね。知っている人間なら、それが誰なのかは見てとりやすい。たとえ顔が見えなくても、身体つきや歩きかたからわかったりするものだからな。それは見知らぬ男だったと、ブレントはかなり確信を持っているようだ。そのうえ、屋敷に向かって歩いていたその男には、どこかおかしなところがあったという話でね。まるで、誰にも見られたくない様子だったと」

「その男が空巣だったと、あなたは考えているわけだ」ピュントが口を開いた。

「ほんの数日前に一度、この屋敷は空巣に入られてましてね」こんなことをあらためて説明するのは面倒だと言わんばかりに、チャブ警部補はため息をついた。「家政婦が死んだとき、屋敷に入るには裏口の窓を割らなくてはならなかったんですよ。ガラスをはめ替えておくべきだったんだが、放っておいたら、何日か後になって何ものかが押し入ったんです。骨董《こっとう》ものの貨幣やら装身具やら、ごっそりと持っていかれたらしい――本当かどうか知らんが、古代ローマ帝国時代のものだったそうです。もしかしたら、最初に押し入ったとき、連中は屋敷の中を見てまわったのかもしれませんな。サー・マグナスの書斎には金庫があったんだが、最初のときは、連中はそれを開けられなかった。だが、金庫の存在は知ってしまったわけで、もう一度やってみようと戻ってきたのかもしれん。連中は、まだ屋敷が無人だと思っていたんでしょう。ところが、サー・マグナスにふいをつかれ――結果として、こんなことになってしまったと」

「ずいぶん無惨な殺されかただったという話でしたね」

「まあ、それもかなりひかえめな表現ですがね」警部補は自分を奮いたたせようとするかのように、またしても肺いっぱいに煙を吸いこんだ。「玄関ホールには、鎧《よろい》が飾ってありましてね。すぐにお見せしますよ。剣まで一式そろった品だったんですが」唾を呑みこみ、先を続ける。

「連中はその剣を使ったんです。被害者の首を刎《は》ねたんですよ」

ピュントはしばし考えこんだ。「死体を発見したのは？」

「被害者の妻です。昨日はロンドンへ買いものに出かけていて、夜の九時半に帰宅したそうですよ」

「ずいぶん遅くまでやっている店らしい」ピュントはうっすらと笑みを浮かべた。

「まあ、夕食もとってきたのかもしれませんな。とにかく、ここへ帰ってくると、ちょうど一台の車が出ていくところだったそうですよ。どんな形の車だったかは自信がないが、色は緑で、ナンバー・プレートの文字のところだけ記憶しているということです。〝FP〟とね。どうしてこの文字だけ憶えていたかというと、たまたま自分の名前の頭文字だったからだそうで。そして、屋敷に入ると、旦那の身体が階段の下、まさにその前の週に家政婦が倒れていた場所に横たわっていたというわけですよ。もっとも、全身がそろっていたわけじゃない。頭は床を転がって、暖炉の隣にあったそうですからな。レディ・パイには、まだすぐに話を聞くわけにはいかんでしょうな。いまはバースの病院に入院して、鎮静剤を打たれているそうですから。警察に通報してきたのもレディ・パイ本人でね、わたしもそのときの通話の録音を聞きましたよ。可哀相に、なかなか言葉が出てこなくて、悲鳴をあげたりすすり泣いたりしていたな。これが殺人なら、あの女性は真っ先に容疑者候補から外してかまわんと思いますよ、世界最高の女優でもないかぎりはね」

「遺体は、もうここにはないんですね」

「ええ。昨夜、もう運び出しました。あれは、よっぽど胃が強くないと耐えられませんよ」

「この二度めの侵入によって、何か屋敷からなくなったものは?」

「それはまだなんとも。レディ・パイの回復を待って、話を聞いてみないといかんでしょうな。だが、ざっと見てみたかぎりでは、とくに何も盗まれていないようですが。よかったら、中に入ってみられるといいですよ、ヘル・ピュント。もちろん、あなたに公的な権限はないわけだし、わたしから警視監にひとこと話を通しておかないといかんでしょうが、まあ、何も問題にはならんでしょう。もし何か思いついたことがあったら、ぜひ聞かせてくださいよ」

「もちろんですとも、警部補」ピュントはそう答えたが、そうはいかないことをフレイザーは知っていた。ピュントが引き受けた事件には、これまで五件にわたって同行してきたが、この探偵には、いまこそ真実を明かすべきときだと確信するまで、すべてを胸のうちに隠しておくという腹立たしい習慣があるのだ。

三段の階段を上り、玄関の扉の前で、ピュントはふと足をとめた。そして、その場にしゃがみこむ。「これは妙だな」

信じられないといった目つきで、チャブ警部補はピュントを見つめた。「わたしが何か見落としていると言いたいんですか?」鋭く問いつめる。「まだ、中にも入っていないのに!」

「事件に関係あるかどうかはわかりませんよ、警部補」なだめるように、ピュントは答えた。

「しかし、この玄関の脇の花壇は……」

フレイザーはそちらに目をやった。私道から玄関へ上る階段の両脇から、屋敷の周りにはぐるりと花壇がめぐらせてある。

「ペチュニアですな、わたしの見まちがいでなければ」チャブ警部補は答えた。

「それは、わたしにはよくわかりませんね。それより、あの手形が見えませんか?」

警部補とフレイザーは、言われたとおりじっと目をこらした。たしかに、そのとおりだ。玄関のすぐ左側の軟らかい地面に、誰かが手をついたらしき跡が残っている。大きさから見て、男のものだろうとフレイザーは判断した。五本の指を大きく広げた手。たしかにこれは奇妙だと、フレイザーは思わずにいられなかった。足跡なら、こんなときはめずらしくないのだが。「これは、おそらく庭師がつけたものでしょう」チャブ警部補は答えた。「ほかの説明など、何も思いつきませんからな」

「そうかもしれませんね」ピュントはすぐに立ちあがり、玄関に足を踏み入れた。

玄関の扉を開けると、そこは長方形の大きなホールとなっていて、正面には階段がそそり立ち、その左右にそれぞれ扉がある。どこにサー・マグナスの遺体があったのか、すぐに見てとったフレイザーは、胃が奥底からうねるような、いつもおなじみの感覚をおぼえた。そこにはペルシャ絨毯《じゅうたん》が敷いてあり、いまだ血に濡れて、黒っぽく光っていた。血は板石張りの床にまで広がり、そこから暖炉のほうへ流れて、革張りの椅子のうち一脚の足もとを囲むように血だまりを作っている。ホールじゅうに充満しているのは、血の臭いだ。剣は柄《つか》を階段に、切っ先を壁に飾られた鹿の首の剝製《はくせい》に向けて、斜めに転がっている。何があったのか目撃しているのは、おそらくそのガラスの目でじっと現場を見おろしていた、この鹿だけにちがいない。剣と対《つい》になっている鎧、空《から》っぽな騎士のほうは、居間へ続く扉のかたわらに立っていた。これまで、フレイザーは何度となく雇い主に同行し、犯罪現場に赴いたことがある。そこに横たわる遺体を目にすることも、けっしてめずらしくはなかった——刺されたり、撃たれたり、溺れたり、さまざまな死にかたをした遺体を。だが、黒っぽい羽目板張りの壁に歩廊のある、ほぼジェイムズ一世時代の造りのこの玄関ホールには、ひときわ背筋がぞっと冷たくなるような不気味さがあった。

「サー・マグナスを殺したのは、顔見知りの人物だったようだね」ピュントはつぶやいた。

「どうして、そんなことがわかるんですか?」フレイザーは尋ねた。

「鎧の位置、そしてこの玄関ホールの配置からだよ」ピュントは手で示した。「自分で見てごらん、ジェイムズ。玄関の扉は、われわれの背後にある。鎧と剣は、ホールの奥だ。もしも犯人が玄関から入ってきて、サー・マグナスを襲おうとしたのなら、犯人はサー・マグナスの脇を通りぬけて、武器をとりにいかなくてはならない。だが、もしも玄関の扉が開いていたら、サー・マグナスはそこから逃げ出すことができただろう。この配置から考えて、サー・マグナスはむしろ、誰かを玄関へ送り出そうとしていたようだ。ふたりは、居間からここに出てきた。サー・マグナスが先に立ち、犯人がその後ろに続いて。玄関の扉を開いたとき、サー・マグナスは客が剣を引き抜いたことに気づいていなかったのだ。ふりむいたとき、客がこちらに迫ってくるのを見て、おそらくは命乞いをしたのだろう。だが、犯人は剣を振るった。そして、こういうことになってしまったのだ」

「だとしても、やっぱり知らない相手だったかもしれませんよ」

「きみはそんな夜遅くに、知らない相手を家の中へ招き入れるかね? わたしはそうは思わないね」ピュントはあたりを見まわした。「絵が一枚、なくなっているようだ」

その視線を追って、フレイザーもそのことに気づいた。玄関の扉の脇の壁に、何も掛かっていない鉤《かぎ》がある。そのあたりの壁板は、長方形にかすかに色が薄くなっており、かつてここに絵が掛かっていたことを、はっきりと物語っていた。

「事件に関係があると思いますか?」フレイザーは尋ねた。

「関係ないものなど、何もないのだよ」ピュントは答えた。そして、最後にもう一度あたりを見まわす。「ここにはもう、とくに見るべき箇所はないようだね。二週間前、家政婦が発見されたときの状態を詳しく知りたいものだが、それは追って機会があるだろう。居間に入ってかまいませんか?」

「もちろんですとも」チャブ警部補は答えた。「こちらの扉が居間に通じていて、反対側の扉はサー・マグナスの書斎に通じています。われわれの見つけた手紙には、あなたにも興味を持ってもらえるかと」

玄関ホールに比べ、居間ははるかに女性的な雰囲気の部屋だった。淡いピンク色の絨毯、花柄のビロードのカーテン、坐り心地のいいソファ、いくつかのサイドテーブル。そこかしこに、写真が飾ってあった。フレイザーはそのひとつを手にとり、じっくりと眺めた。この屋敷の前に、三人の人間が立っている写真だ。丸顔にあごひげ、昔ふうのスーツを着た男。その隣には、それより五センチばかり背の高い女性が、苛立《いらだ》たしげな表情でカメラのレンズを見つめている。そして、学校の制服姿でしかめっつらをした少年。さして幸せそうには見えないものの、家族写真にはまちがいない。これがサー・マグナスとレディ・パイ、そしてその息子なのだろう。

反対側の扉の前には、制服警官がひとり立っている。書斎のほうは、左右の壁に本棚を配置し、その中央にどっしりとした骨董品の机と椅子が据えてあった。机の正面の窓からは、屋敷の前の芝生と、その向こうの湖を望むことができる。床は磨きあげられた板張りで、一部分に敷物が敷かれていた。二脚の安楽椅子が壁ぎわに並び、その間には古い地球儀がある。奥の壁には暖炉があり、灰と焦げた薪《まき》を見れば、誰かが火を焚いたばかりなのは見てとれた。すべてのものに、そこはかとなく葉巻の香りが染みついている。サイド・テーブルに置かれた葉巻入れとずっしりしたガラスの灰皿に、フレイザーは目をとめた。この部屋の壁も、玄関ホールと同じく羽目板張りで、この屋敷そのものと同じくらい古そうな油彩画が何枚か飾られている。そのうちの一枚に、ピュントは歩みよった——厩舎《きゅうしゃ》の前に立つ一頭の馬を描いたもので、馬の絵で知られるスタッブスの作風だとひと目でわかる。その絵に目をとめたのは、まるで半開きの扉のように、絵がいくらか斜めを向いているのが気になったからだった。

「われわれが来たときから、その絵はそうなっていたんですよ」チャブ警部補が声をかけた。

ピュントはポケットから取り出したペンで、絵を手前に動かしてみた。絵の一方の側面は蝶《ちょう》番《つがい》で壁に留められており、それを開くと、いかにも頑丈そうな金庫が壁に埋めこまれている。

「暗証番号がわからんのですよ」警部補は続けた。「レディ・パイが回復したら、教えてもらえるとは思いますがね」

ピュントはうなずき、今度は視線を机に向けた。死の直前、サー・マグナスがこの机に向かっていた可能性は高い。そうなると、机の上に散乱している紙に、何が起きたのかの手がかりがあるかもしれない。

「机のいちばん上の引き出しに、銃がありましたよ」チャブ警部補は告げた。「古い軍用の回転式拳銃でね。発射した形跡はないが――弾《たま》はこめてありました。レディ・パイによると、普段はこれは金庫にしまってあったそうで。例の空巣の件があって、金庫から持ち出したのかもしれませんな」

「あるいは空巣以外にも、何か警戒する理由があったのかもしれない」ピュントは引き出しを開け、中の銃に目をやった。たしかに、ウェブリーの三八口径だ。チャブ警部補の言うとおり、発射した形跡はない。

引き出しを閉めると、今度は机の上に目を移す。まずは一連の図面からだ。それはバースにある《ラーキン・ガドウォール》という会社が制作した、建築の青写真だった。四軒ずつ二列に並んだ、計八軒の住宅群が描かれている。その隣に積み重ねてあった手紙は、地元の役所とのやりとりで、どうやら建築許可を得るための折衝《せっしょう》の記録らしい。そして、その成果といえるものも見つかった。小奇麗なパンフレットで、『ディングル・ドライブ――サクスビー・オン・エイヴォン』という大見出しが躍っている。これらの書類はみな、机の片側の隅にまとめてあった。反対側には電話機が置かれ、隣にはメモ帳がある。おそらくはサー・マグナスの字だろうが、鉛筆――これもすぐ近くに置いてあった――で書いた文字が並んでいた。

アシュトンH
MW
娘

その文字は、紙の上のほうにきっちりとした筆跡で記されていた。だが、書いてしまってからサー・マグナスは何か腹を立てたのだろうか、怒りのこもった線を何本か交差させ、その書きこみを打ち消している。ピュントはその紙をフレイザーに手渡した。

「娘だって？」フレイザーはつぶやいた。

「これは、おそらく電話の会話からメモをとったものだろう」ピュントは説明した。「Ｍｗというのは、何かの略だろうね。ｗが小文字であることを見落としてはいけない。そして、娘か。おそらく、電話で話した内容だろう」

「どうも、あまり嬉しくない電話だったようですね」

「ああ、たしかにね」最後にピュントが目を向けたのは、机の真ん中に置かれた空の封筒と、隣に並べられた手紙だった。これは、チャブ警部補がさっきの会話でちらりと触れていたものにちがいない。封筒には住所はなく、宛名だけが――サー・マグナス・パイと――黒いインクの手書き文字で記されている。封筒は、乱暴にびりびりと開いてあった。ピュントはハンカチを取り出し、指にかぶせて封筒をつまみあげた。注意ぶかく封筒を調べ、また机に戻すと、今度は同じように注意ぶかく、隣の手紙を手にとる。そちらはタイプ打ちでやはりマグナス・パイ宛て、日付は一九五五年七月二十八日とある。まさに、サー・マグナスが殺された日だ。ピュントは文章に目を走らせた。

こんなことをして、無事ですむと思っているのか？　この村は、おまえが生まれる前からここにあり、おまえが死んだ後もここに残る。おまえの建設計画やら金もうけやらで、この村をぶち壊せると思ったらまちがいもまちがい、大まちがいだ。考えなおすことだ、この人でなし、もしもここに住みつづけたいならな。もしも、この世にとどまりたいなら。


差出人の名はない。机の上に戻した手紙に、フレイザーも目を走らせた。

「誰が書いたか知りませんが、〝建設〟の字がまちがってますね」フレイザーは指摘した。

「そのうえ、どうやら殺人狂のようだ」ピュントは穏やかな口調でつけくわえた。「この手紙は昨日ここに届いたらしい。そして、その数時間後、サー・マグナスは殺された――手紙に予告されたとおりにね」そして、チャブ警部補に向きなおる。「どうやら、この手紙はそちらの図面に関係があるようですね」

「そうなんですよ」チャブ警部補はうなずいた。「この会社、《ラーキン・ガドウォール》に電話を入れてみたんですがね。バースにある宅地開発業者で、どうやらサー・マグナスと何か取引を結んでいたらしい。きょうの午後、その会社に話を聞きにいく予定でね、よかったらごいっしょしませんか」

「それはご親切に」ピュントはうなずいた。その視線は、いまだ手紙に注がれている。「どうも、この手紙にはいささか奇妙なところがあるな」

「それについては、わたしのほうが先に気づきましたよ」チャブ警部補はいかにも満足げに顔を輝かせた。「封筒は手書きで、手紙はタイプで打ってある、と。送り主が自分の身元を隠しておきたいのだとしたら、これはひどい失策ですな。わたしが思うに、おそらくその人物は手紙を封筒に入れ、封をしてしまってから、封筒に宛名を書かなくてはならないことに気づいたんじゃないですかね。だが、手紙の入った封筒は、タイプライターにはさめなかったというわけだ。わたし自身、同じことをよくやっちまうんですよ」

「そうかもしれませんね、警部補。しかし、わたしが奇妙だと思った点は、そこではないのです」

チャブ警部補は続きを待ったが、机をはさんでその様子を見ていたジェイムズ・フレイザーは、ピュントが説明などするはずがないことを知っていた。フレイザーの思ったとおり、ピュントはもう暖炉に注意を向けていた。上着のポケットからふたたびさっきのペンを抜き、灰の中を探って何かを見つけると、それを注意ぶかく取り出す。フレイザーも暖炉に歩みより、ピュントが手にしたものを見た。それはタバコの箱に入っているおまけのカードほどの大きさの紙片で、周囲が黒く焼け焦げている。ピュントの助手を務めていて、フレイザーはこんな瞬間がたまらなく好きだった。暖炉の灰の中を探るなど、チャブ警部補は思いつきもしなかったにちがいない。室内をざっとおざなりに調べ、あとは鑑識の連中にまかせて現場を引きあげてしまうのだ。だが、こんなふうに見つかる手がかりが、ときとして捜査を大きく進展させる。たとえば、この紙片には名前が書いてあるかもしれない。いや、たとえほんの数文字であっても、手書きの筆跡が、この部屋に誰がいたかを示す手がかりとなるかもしれないのだ。もっとも、残念ながら、その紙片には何も書かれてはいなかった。だが、ピュントはまったく落胆した様子はない。むしろ、その反対だった。

「見てごらん、フレイザー」大声をあげる。「ここに、かすかに変色した部分がある。染みだ。それに、おそらく指紋の一部分と思われるものも」

「指紋?」その言葉を耳にして、チャブ警部補も暖炉に近づいてきた。

フレイザーは紙片に目をこらした。ピュントの言うとおりだ。一見したところコーヒーをこぼしたかのような、暗い茶色の染み。だが、これが事件に関係あるかどうかはわからないと、フレイザーは思わずにはいられなかった。紙を破り、火にくべるなど、誰だってよくやることだ。この紙を火にくべたのも、サー・マグナス自身だったかもしれない。

「これは鑑識に回して調べさせますよ」チャブ警部補が申し出た。「この手紙も調べさせましょう。ひょっとしたら、空巣のことが頭にあったばかりに、わたしは結論を急ぎすぎていたかもしれませんな」

ピュントはうなずき、身体を起こした。「さて、われわれは宿を探さないと」唐突に話題を変える。

「お泊まりの予定ですかな?」

「そちらがさしつかえなければですが、警部補」

「かまいませんとも。《女王の腕》亭なら、きっと部屋が空《あ》いていますよ。教会の隣の酒場なんだが、朝食付きの宿《B&B》もやっていましてね。ちゃんとしたホテルをお望みなら、バースで探したほうがいいでしょうが」

「この村に泊まったほうが、何かと便利でしょうね」ピュントは答えた。

フレイザーは心のうちでため息をついた。田舎の宿につきものの、でこぼこしたベッドやみっともない家具、水漏れする浴室の蛇口が頭に浮かぶ。フレイザー自身は、ピュントから受けとる給料以外に財産は持っていないし、その給料もたいしたことはない。だが、だからといって、贅沢《ぜいたく》好みはなかなか変えられないものなのだ。「空きがあるかどうか、見てきましょうか？」ピュントに申し出る。

「いや、いっしょに行こう」ピュントはチャブ警部補に向きなおった。「バースへ向かうのは何時ごろですか？」

「《ラーキン・ガドウォール》社とは二時に約束していましてね。よかったら、そこから病院に寄って、さらにレディ・パイに面会してもいいですな」

「それはありがたい、チャブ警部補。またあなたとこうしてごいっしょできて、このうえなく嬉しく思っていますよ」

「こちらこそ。お会いできて本当に嬉しいですよ、ヘル・ピュント。首のない死体とは、いやはや、まったく！　知らせを聞いた瞬間に、これはまさにあなた向きの事件だと思いましたよ」

またしても新しいタバコに火を点《つ》けると、チャブ警部補は自分の車に戻っていった。

2

《女王の腕》亭にはちょうど二部屋の空《あ》きがあり、ピュントは実際に部屋を見てみることさえせずに、さっさと宿をとってしまったので、フレイザーはがっかりした。階段を上がってみると、思ったとおりのお粗末な部屋で、床は傾いているし、窓は壁の面積に比べてあまりに小さい。フレイザーの部屋の窓からは、村の広場が見える。だが、教会の墓地を望む部屋に入ったピュントは、何の不平も漏らさなかった。むしろ、その窓からの眺めを楽しんでいるかのようだ。もちろん、部屋が粗末なことについても、とくに不満はないらしい。タナー・コートで助手を務めはじめたころ、フレイザーが驚いたのは、ピュントが狭い一人用、それも予備の簡易寝台のような金属の枠のベッドに、毛布をきっちり畳んで使っていることだった。ピュントはかつて結婚していたことはあるが、妻のことも、それ以外の異性に対する関心も、けっして口にしたことはない。だが、たとえそうだとしても、ロンドンの瀟洒《しょうしゃ》なアパートメントに暮らしながら、こんなにも質素で禁欲的な生活を貫くのは、ひとかたならず風変わりなこだわりに見えたものだ。

ふたりは一階で昼食をとり、それから外に出た。村の広場にあるバスの待合所に、ちょっとした人だかりができている。だが、けっしてバスを待つために集まっているわけではないと、フレイザーは直感した。何か、みなの興味を惹きつけるものがそこにあるのだ。人々は、どこか興奮した様子で何やら話しあっている。何の騒ぎなのか、ピュントもきっと見にいこうとするにちがいない。だが、そのとき墓地に人影が現れ、こちらに向かって歩いてくるのが見えた。牧師だ。聖職者用のシャツと襟《えり》を見ればまちがいない。長身で痩せぎす、ぼさぼさな黒髪を伸ばしている。フレイザーが見まもるうち、牧師は門に立てかけてあった自転車を押し、一回転ごとに車輪をけたたましくきしらせながら道路に出てきた。

「牧師だ!」ピュントは声をあげた。「英国の村で、まちがいなく村人全員を知っている人物だよ」

「でも、全員が教会に通うとはかぎりませんよ」フレイザーは答えた。

「通っていなくてもいいのだ。無神論者だろうと、不可知論者だろうと、そういう村人の存在を知っておくのが牧師の仕事だからね」

ふたりはそちらに歩みより、牧師が自転車にまたがる前につかまえた。ピュントが自己紹介をする。

「ああ、そうでしたか」陽射しに目をぱちくりさせながら、牧師は声をはりあげた。「ええ、お名前は存じていますよ。探偵でしたっけ? もちろん、サー・マグナスの件で、この村にいらしたんでしょうね。なんとまあ、とてつもなく怖ろしい事件が起きてしまったことか。サクスビー・オン・エイヴォンのような小さな村では、とうていこんな事件に備えなどできていませんからね、われわれはみな、ひどくつらい思いをすることになるでしょう。おっと、お許しください、まだわたしの名をお知らせしていませんでしたね。ロビン・オズボーン。聖ボトルフ教会の牧師です。まあ、あなたはきっと、もうすでにわたしの名など調べあげていることでしょう、そういうお仕事ですからね！」

牧師の笑い声を聞きながら、ピュントは悟った――フレイザーさえも悟らずにはいられなかった――この牧師はひどく怯えていて、口をつぐむことさえできずにしゃべりつづけているのだ。こうして唇からとめどなく言葉をあふれさせることによって、いま実際に心をよぎる思いを悟られまいとしているのだろう。

「あなたなら、きっとサー・マグナスをよくご存じだったのではないかと思いますが」ピュントは切り出した。

「ええ、まあ。そうですね。残念ながら、本来ならもっとお会いする機会があればよかったのですが。実のところ、あまり宗教には関心のないかたでしたからね。礼拝にもめったに顔を見せませんでしたし」牧師は自分を抑えた。「こちらには、その件の捜査でいらしたんですね、ミスター・ピュント？」

そのとおりだと、ピュントは答えた。

「ここの警察が外部からさらなる助力を求めたとは、正直なところ、いささか驚きましたよ――いや、もちろん、あなたを歓迎しないわけではありません。ただ、わたしも今朝チャブ警部補と話しましてね。警部補は、屋敷に押し入ったものの犯行ではないかと考えているようでしたよ。いわゆる強盗ですな。ご存じでしょうが、つい最近、パイ屋敷は空巣狙《あきす》いにやられたばかりなんですよ」

「このところ、パイ屋敷にはずいぶん不運が重なっているようですね」

「ああ、メアリ・ブラキストンが亡くなった件でしょう?」牧師は手で示した。「あの女性なら、いまはそこの墓地に眠っていますよ。わたしが葬儀を取り仕切ったんです」

「サー・マグナスは、この村で好かれていましたか?」

この質問に牧師はめんくらったらしく、しばし言葉に詰まった。「まあ、羨《うらや》んでいた人間はいたでしょう。すばらしく裕福な暮らしをしていましたからね。それに、もちろん、ディングル・デルのこともある。あの知らせは、たしかにここの人々の心をひどくかき乱したものです」

「ディングル・デルとは?」

「そう呼ばれている森がありましてね。サー・マグナスは、そこを売ったんです」

「《ラーキン・ガドウォール》社にですね」フレイザーが口をはさんだ。

「ええ。たしか宅地開発業者だったかと」

「では、これを聞いたら驚きますか、オズボーン牧師? サー・マグナスはその計画を進めた結果、殺害するという脅しを受けていたのですが」

「殺害するという脅し?」牧師のあわてふためきぶりといったら、これまでにましてひどいものだった。「そりゃ驚きますとも。このあたりに、そんなものを送るような人間はいませんよ。こんなにも平和な村だというのに。ここに住む人間は、そんなことをするような人種じゃないんです」

「しかし、さっきの話では、みな心をひどくかき乱されたわけでしょう」

「そりゃ、みんな動揺しましたよ。だが、そんな脅迫となるとまた別の話です」

「最後にサー・マグナスと会ったのはいつですか？」

ロビン・オズボーン牧師は、いまや立ち去りたくてうずうずしている様子だった。まるで曳《ひ》き綱を引っぱる動物を押さえこもうとしているかのように、必死に自転車にしがみついている。そのうえ、どうやらこの最後の質問は、牧師の怒りをかき立てたらしい。目に浮かんだ表情から、それははっきりと読みとれた。まさか、この自分を疑ってでもいるのだろうか？「最近はずっと会っていませんよ」牧師は答えた。「あのかたは、メアリ・ブラキストンの葬儀にも参列しなかったんです。残念ながら、南フランスに出かけていたときのことでしたからね。そして、その前はわたしが留守にしていましたし」

「どちらへお出かけだったんですか？」

「休暇でね。妻と旅行に出かけていました」牧師の答えに、ピュントはじっと続きを待った。その沈黙を埋めようと、しぶしぶながら牧師はふたたび口を開いた。「デヴォンシャーに、一週間ほど。実は、いまも妻を待たせていましてね。申しわけないが、わたしはこれで……」とってつけたような笑みを浮かべて、牧師は自転車を押し、ギアをきしませながらふたりの間を通りぬけていった。

「何を気にかけているのか、ひどくぴりぴりしていましたね」フレイザーはつぶやいた。

「そうだね、ジェイムズ。まさに、何か隠しておきたいことがある人間の態度だった」

探偵とその助手が車へ戻っていくのをよそに、ロビン・オズボーン牧師は必死に自転車を漕ぎ、牧師館へ急いだ。いまのピュントとのやりとりで、自分はけっして正直に答えてはいなかった。嘘をついたわけではないが、真実の一部分を意図的に省《はぶ》いたのだ。とはいえ、いまヘンリエッタが夫を待っているのは本当だ。本来なら、もうしばらく前に帰りついているはずだったのだから。

「どこに行っていたの？」台所のテーブルについた夫に、ヘンリエッタは尋ねた。自家製のキッシュと豆のサラダをテーブルに出し、自分も夫の隣に坐る。

「ああ。ちょっと、村にね」口の中で、食前の祈りを唱える。「探偵に会ったよ」アーメンを唱えるやいなや、牧師は続けた。「アティカス・ピュントに」

「誰のこと？」

「きみも聞いたことがあるはずだよ。かなり有名な人物だからね。私立探偵なんだ。モールバラの学校での事件を憶えていないかい？　観劇中に、教師が殺された事件があったじゃないか。あれを解決した探偵だよ」

「でも、どうしてこの村に私立探偵なんて呼ばなくちゃいけないの？　あれは強盗のしわざだとばかり思っていたのに」

「どうやら警察がまちがっていたのかもしれないな」牧師はためらい、やがて先を続けた。「今回の事件にはディングル・デルのことが関係していると、その探偵は考えているようだよ」

「ディングル・デルですって！」

「まあ、探偵の考えではね」

ふたりは黙りこくったまま食べつづけた。どちらも、食事を楽しむ余裕などなさそうだ。やがて、唐突にヘンリエッタが口を開いた。「あなた、昨夜はどこにいたの？」

「何だって？」

「わたしが何を言いたいかはわかっているはずよ。サー・マグナスが殺されたときのこと」

「いったい、どうしてそんなことをわたしに訊く？」オズボーン牧師はナイフとフォークを置いた。水をひと口、喉に流しこむ。「わたしは怒りを感じてしまった。大罪のひとつに数えられる行いだ。それに、わたしの心に浮かんださまざまな思い……けっして考えることも許されないことばかりだった。あの知らせに動揺していたのは確かだが、そんなことは言いわけにならない。とにかくひとりになりたくて、わたしは教会へ行ったんだよ」

「でも、あんなに長いこと帰ってこなかったじゃない」

「わたしにとって、あれは大きな試練だったんだ、ヘンリエッタ。とにかく、時間が必要だった」

これ以上は追及すまいとヘンリエッタは思ったが、やがて考えなおしてふたたび口を開く。「ロビン、昨夜はわたし、本当にあなたを心配していたのよ。だから、あなたを探しに出たの。実を言うと、たまたまブレントに会ったんだけれど、あの人によると、ついさっき誰かが屋敷に向かって歩いていくところで——」

「何が言いたいんだ、ヘン？　わたしがパイ屋敷に出かけていって、サー・マグナスを殺したとでも思っているのか？　剣をとって、あの男の首を刎《は》ねたと？　きみはそう言いたいのか？」

「ちがうわ。ちがうに決まってるでしょ。ただ、あなたがあまりに腹を立ててたから」

「馬鹿げたことを言わないでくれ。わたしは屋敷になど近づいていない。何も見ていないんだ」

だが、ヘンリエッタにはまだもうひとつ、本当は言いたかったことがあった。夫の袖についていた血の染《し》みのことだ。この目で見つけたのだから、まちがいない。夜が明けるのを待って、ヘンリエッタはそのシャツを沸騰した湯で洗い、漂白した。そのシャツはいまも洗濯紐にぶらさがり、陽射しを浴びて乾きつつある。あれはいったい誰の血なのか、夫に訊きたい。どうして袖に血の染みがついたのか。しかし、そんな問いを口に出す勇気はなかった。夫の罪を暴くことなどできない。できるはずがないではないか。

ふたりは黙りこくったまま、昼食を終えた。

3

背もたれが弧を描き、座面が回転するキャプテンズ・チェアの模造品に腰かけて、ジョニー・ホワイトヘッドもまた、ずっと殺人事件のことを考えつづけていた。実のところ、この朝はずっと、ほかのことを考える余裕などほとんどなく、陶磁器の並んだ店内を牡牛《おうし》のようにのしのしと歩きまわり、とくに理由もなく品物を並べかえながら、ひっきりなしにタバコを吸っていたのだ。やがて、ついにマイセンの素敵な小さい石鹸《せっけん》皿を落として割ってしまうにいたり、ジェマ・ホワイトヘッドもついに我慢できなくなった。その石鹸皿は、もともと小さな欠けがあったものの、それでも九シリング六ペンスの値段がついていた逸品なのだ。

「いったい何があったっていうの?」ぴしりと問いただす。「きょうのあんたったら、まるで頭痛を抱えた熊じゃないの。それに、タバコはそれでもう四本めよね。ちょっと外にでも出て、いい空気を吸ってきたら?」

「外になんか出たくないね」ジョニーはむっつりと答えた。

「いったい、何があったのよ?」

牛の形をしたロイヤル・ドルトンの灰皿、六シリングの値札がついた商品で、ジョニーはタバコを揉み消した。「何だと思う?」乱暴に問いかえす。

「わからないわよ。だから訊いてるんじゃないの」

「サー・マグナス・パイだよ!　何かあったどころの騒ぎじゃないだろう」タバコの吸い殻《がら》からいまだ立ちのぼる煙を、じっとにらみつける。「誰だか知らないが、何だってあの男を殺したりしなきゃいけなかったんだろう?　こうなったら村に警察がやってきて、そこらじゅうの扉を叩き、いろんなことを訊きまくるんだ。もう、いまにもやってくるかもしれないな」

「それがどうしたっていうの?　警察が何を訊きまわろうと、好きにさせておけばいいじゃない」ほんの一瞬ではありながら、ふたりとも意識せざるをえない長さの沈黙。「それもだめなの？」

「だめじゃないさ」

ジェマは鋭い目で、じっと夫を観察した。「あんた、まさか、また何か始めたんじゃないでしょうね、ジョニー？」

「何の話だ？」その声には、傷ついたような響きがあった。「どうしてそんなことを訊く必要があるんだ？　もちろん、おれは何も始めちゃいないさ。こんな田舎に縛りつけられて、いったい何を始められるっていうんだよ？」これは、これまでもさんざん戦わせてきた議論だった。都会か、田舎か。サクスビーに住むか、それとも広い世界のどこか別の場所に住むか。いまさら、もうこんな話はしたくない。だが、妻にそう言いかえしながらも、ジョニーの脳裏には、つい最近、まさにこの店にメアリ・ブラキストンがやってきたときのことがよみがえっていた。ジョニーについて、あんなにも多くのことを知っていた女。だが、突如《とつじょ》としてあの女は死に、そしてサー・マグナスもそれに続いた。たった二週間ほどのうちに起きたできごとだ。これが偶然のはずはないし、当然ながら警察も偶然とは思ってくれないだろう。警察の仕事ぶりはよく知っている。すでにこのあたりの住人すべての記録を、徹底的に洗っているところだろう。ジョニーのところにたどりつくのも、もうさほど遠いことではあるまい。

ジェマは夫に歩みより、かたわらの椅子に坐ると、片手を伸ばしてジョニーの腕に置いた。夫よりはるかに背が低く、はるかに華奢《きゃしゃ》ではあるものの、本当に強いのはジェマのほうであり、お互いにそれはわかっている。ロンドンで面倒に巻きこまれてしまったとき、ジェマはずっとジョニーを支えてきたのだ。ジョニーが〝お務め〟に行っている間は、前向きな言葉や励まし でいっぱいの手紙を、毎週欠かさず送ってきた。ようやく夫が帰ってきたとき、サクスビー・ オン・エイヴォンに引っ越そうと決めたのもジェマだ。雑誌で骨董屋の広告を見るうち、この 仕事なら、ジョニーのこれまでの経験をある程度まで生かしつつ、安定したまっとうな新しい 生活の基盤を築くことができると考えたのだ。

ロンドンを去るのは、けっして簡単なことではなかった。なにしろ、ジョニーは生まれてこのかた、ずっとボウの鐘の聞こえる範囲を出たことがない、生粋《きっすい》のロンドンっ子だったのだ。だが、ジェマの判断は理にかなっているとジョニーも納得し、しぶしぶながら越してきたのだ。とはいえ、この村に住むようになって、夫の元気がなくなってきていることは、ジェマにもわかっていた。騒がしく陽気で、人を信じやすく、それでいて短気なジョニー・ホワイトヘッドは、つねにお互いの厳しい目が注がれ、いったんみなの不興を買ったら村八分になりかねない狭い社会での暮らしに、心底からなじめるはずもない。夫をここに連れてきたのは、もしかしたらまちがった判断だったのだろうか？　ときにジョニーがロンドンへ出かけていくのを、ジェマは許しているものの、そのたびに不安に駆られるのも事実だ。ロンドンで何をしてきたかなど、あえて聞き出すことはしないし、ジョニーも話そうとはしない。しかし、今回ばかりは話がちがう。ジョニーは昨日ロンドンに出かけてきたばかりだ。あのロンドン訪問と、パイ屋敷で起きた事件とは、まさか何かつながりがあったりはしないのだろうか？

「ロンドンで何をしてきたの？」ジェマは尋ねた。

「なぜ、そんなことを訊く?」

「ただ、ちょっと知りたくなっただけ」

「いつもの仲間の何人かに会っただけさ——デレクとコリンにな。昼めしを食って、何杯かやったよ。おまえも来ればよかったのに」

「いつも、あんたが嫌がるじゃない」

「連中は、おまえのことを訊いてたよ。昔の家の前も通った。いまじゃ、アパートメントになってるけどな。あれを見て、いろいろ思い出したよ。おれたち、あそこでさんざん楽しい思いをしたよな。おまえとおれとでさ」ジョニーは妻の手の甲を軽く叩いた。いつのまにか、この手はどうしてこんなに痩せてしまったのだろう。年をとるにつれ、ジェマはどんどん細くなっていってしまうばかりだ。

「あたし、ロンドンはもう一生分味わった気がするの、ジョニー」ジェマは手を引っこめた。

「それに、デレクとコリンのことだけど、あのふたりはあんたの友だちなんかじゃないわよ。いざというとき、あのふたりはあんたの味方になってはくれなかったじゃない。あたしとはちがってね」

ジョニーは眉をひそめた。「おまえの言うとおりだな」言葉を切り、やがて続ける。「ちょっと散歩に出てくるよ。三十分くらいかな。もやもやした気分も吹っ飛ぶさ」

「よかったら、あたしもいっしょに行くわよ」

「いや。おまえは店を見ててくれ」今朝、店を開けてからというもの、客はまだひとりも来ていない。これも、殺人事件の影響だ。旅行客も気分をそがれてしまう。

じゃらんじゃらんと耳慣れた鈴の音を鳴らし、夫が扉を開けて出ていくのを、ジェマはじっと見送った。かつての暮らしをきっぱりと捨て、ここに移り住んできたことを、これまではよかったと思えていたものだ。あのときジョニーが何を言おうと、これこそが正しい決断だった、と。しかし、立てつづけに起きたふたりの死が、いまやすべてを変えてしまった。まるで、かつての影がいつのまにか忍びよってきて、ふたりを見つけてしまったような気さえする。

メアリ・ブラキストンは、たしかにこの店に来ていた。あれだけ長い期間にわたって、ここに足を踏み入れたこともなかったくせに、ある日ふいにやってきたのだ。そのことを問いつめると、ジョニーは嘘をついた。誰かへの贈りものを探しにきたと言っていたけれど、そんなはずはないことをジェマは知っていた。メアリが誰かに贈りものを探すとすれば、きっとバースへ出かけていって、《ウールワース》か《ブーツ》といった大きな店を見るにちがいない。それから一週間と経たないうちに、メアリは死んだ。このふたつのできごとに、何か関係はなかったのだろうか？　さらには、ひょっとしてサー・マグナス・パイの死とも？

サクスビー・オン・エイヴォンに移り住んだのは、ここが安全な地だと思っていたからだ。とはいえ、この薄暗い店に坐り、何の役にも立たないもの、誰もほしいとは思わないがらくたや小物、少なくともきょうは誰ひとりのぞきにもこない品物に囲まれていると、ジョニーといっしょにこんなところへ来るのではなかったと、ジェマはいま心から後悔せずにいられなかった。

4

サー・マグナス・パイを殺した人物を自分は知っていると、村の誰もが自信を持っていた。残念ながら、みながそれぞれ別の犯人を頭に思いうかべていたが。

サー・マグナスとレディ・パイの夫婦仲がうまくいっていないことは、村じゅうに知れわたっていた。屋敷にいても、めったに顔も合わせなかったらしい。いっしょに教会に来ることがあっても、お互い距離をとっていた。《渡し守》亭の主人、ガレス・カイトによると、サー・マグナスは家政婦のメアリ・ブラキストンと関係を持っていたらしい。だからこそ、レディ・パイはふたりとも亡きものにしてしまったのだ——もっとも、メアリが死んだとき、レディ・パイはフランスに旅行中だったわけで、いったいどうやって手を下したのか、そこはガレスも説明しようとはしなかった。

いや、ちがう。犯人はロバート・ブラキストンだ。あの青年が母親を脅したのは、母親が死ぬほんの数日前ではなかったか？　ロバートは怒りにまかせて母親を殺し、そのことを知られそうになって、サー・マグナスをも手にかけたのだ。いや、それよりブレントがあやしい。あの庭園管理人はひとり暮らしだ。もともと、ひどい変わりものではないか。噂によると、サー・マグナスはまさに殺された日に、ブレントに暇を出していたという。いやいや、葬儀に来ていた見知らぬ男を忘れたのか？　あんな帽子をかぶるのは、自分の素性を隠したいからに決まっている。中には、レッドウィング医師の診療所で働いている気立てのいい娘、ジョイ・サンダーリングを疑うものさえいた。バス待合所の掲示板に貼り出された、あの奇妙な声明文を読めば、ジョイが見かけどおりの人間ではないのは明らかではないか。メアリ・ブラキストンも、あの娘を嫌っていたという。そして、メアリは死んだ。サー・マグナス・パイはそのことに気づいたのだ。そして、やはり死ぬことになった。

さらには、ディングル・デル開発の件がある。サー・マグナスの机から見つかった脅迫状について、警察は詳細を明らかにしてはいなかったが、あの開発の発表がどれだけの怒りを巻き起こしたか、それは誰もが知っていた。村で暮らした年月が長ければ長いほど、それだけ怒りも深くなる。その理屈で考えるなら、いまや七十三歳となり、もう誰も憶えていないほどの昔から教会の庭を手入れしてきたジェフ・ウィーヴァーじいさんこそ、容疑者の筆頭に数えられるべきではないか。そして牧師もまた、開発によって多くのものを失うひとりだ。牧師館の裏手は、開発予定地に面している。オズボーン夫妻がどれほどあの森に夢中になっていたか、それも誰もがよく知るところだった。

奇妙なことに、サー・マグナスを殺す理由が山ほどありながら、ひとりだけ容疑者の輪からはじき出された村人がいた。ほかでもない、クラリッサ・パイだ。財産なしで放り出された妹は、これまでくりかえし無視され、屈辱を味わわされてきたというのに、だからといってこの女性が殺人を犯すなど、村人たちは誰ひとり思いつきもしなかったのだ。もしかしたら、それはクラリッサが独り身で――しかも信心ぶかい女性だったからだろうか。それとも、そのいささか風変わりな外見のせいだろうか。おかしな色に染めた髪は、五十メートル先からでもはっきりとわかる。こりすぎた帽子、まがいものの宝石、かつては流行の先端だったものの、いまは誰も着ていないような服。もっと簡素で現代ふうの服のほうが、きっとよく似合うはずなのに。その身体つきも災いしたのだろうか。とりたてて太りすぎというわけでも、がっちりしすぎというわけでも、ずんぐりしすぎというわけでもないが、その三つの特徴に危険水域まで近づいていることは確かだ。早い話が、サクスビー・オン・エイヴォンにおいて、クラリッサは歩く冗談のような存在だった。冗談は、けっして人を殺したりはしない。

ウィンズリー・テラスの自宅にいたクラリッサは、何が起きたのかを必死で考えまいとしていた。この一時間ほどは、ひたすら《デイリー・テレグラフ》紙のクロスワードに没頭している――いつもなら、三十分程度で解きおえるのだが。ひとつの鍵の答えが、どうにも思いつかない。

十六　ボビーについての終わりなき不平《コンプレインド・エンドレスリー・アバウト・ボビー》

答えは九文字で、二文字めがO、四文字めがIだ。答えはもうすぐそこまで浮かびかかっている気がするのに、なぜか口に出てこない。これは〝不平〟の類義語を探すべきなのか、それともボビーというファースト・ネームを持つ有名人が答えなのだろうか？　いや、有名人の線はなさそうだ。《デイリー・テレグラフ》のクロスワードには、めったに有名人は登場しない。せいぜい、すでに古典となった作家や画家くらいのものだ。だとすると、〝ボビー〟には何かほかの意味があって、それをまだ思いつけずにいるというだけなのだろうか。クロスワード専用にしているボールペン、《パーカー・ジョッター》の端を噛みながら、クラリッサはしばし考えこんだ。そのとき、ふいに脳裏にひらめく。こんなもの、一目瞭然のヒントだったのに！　答えはずっと目の前にあったのだ。〝終わりなき不平〟なのだから、まず〝不平《コンプレインド》〟の最後のDの字をとる。〝～について《アバウト》〟は、この言葉についての綴り換え遊び《アナグラム》だということだろう。では、ボビーは？　まるで人名のように最初のBが大文字なのは、実は引っかけだったのだ。小文字のボビーなら、巡査の意味になる。コンプレインドからDをとり、ＣＯＭＰＬＡＩＮＥの文字を並べかえると……そう、警察官《ポリスマン》だ。そのとたん、当然ながらマグナスのことが頭に浮かび、村の通りを走っていった警察の車、いまもパイ屋敷に出入りしているであろう制服警官の姿が脳裏をよぎる。兄が死んだいま、あの屋敷はこれからどうなるのだろう？　おそらく、フランシスはこのまま屋敷に住みつづけるにちがいない。あの屋敷を売ることは許されていないのだから。それも限嗣《げんし》相続の規定のひとつとして、何世紀にもわたるパイ屋敷の所有権について定める込みいった書類に記されていた。あの屋敷の相続人として、列の先頭に並んでいるのはクラリッサの甥、フレディということになる。つい先ごろ顔を合わせたときには、まだ十五歳だというのに、いささか父親を思わせる薄っぺらで傲慢《ごうまん》な性格に唖然《あぜん》とさせられたものだ。あの少年が、いまや大富豪とは！

もちろん、フレディとその母親が死ねば――たとえば、怖ろしい自動車事故が起きるなどして――爵位《しゃくい》はそうはいかないが、財産だけは脇道へ流れこんでくることとなる。これはおもしろい思いつきではないか。そう起きることではないものの、たしかにおもしろい。そもそも、絶対に起きないと決まったわけではないのだ。最初はメアリ・ブラキストン、そして次にサー・マグナスが死んだ。あとは……

玄関の鍵が開く音がして、クラリッサはそそくさと新聞を畳み、脇へ押しやった。こんなとで時間をつぶしているなどと、誰にも思われたくはない。ほかに何もすることがないように見えてしまう。立ちあがって台所へ向かったところで、玄関の扉が開き、ダイアナ・ウィーヴァーが姿を現した。村の雑用を引き受けたり、墓地の仕事を手伝ったりしているアダム・ウィーヴァーの妻で、生真面目ながら愛想のいい笑みをうかべた、感じのいい中年の女性だ。仕事は掃除婦で、レッドウィング医師の診療所で毎日二時間、午後は村のさまざまな家を、週に一回ほどの頻度で回っている。いつものように大きなビニール袋を手に部屋に飛びこんできて、きょうのような暖かい日には必要ないはずのコートのボタンをそそくさと外すウィーヴァー夫人を見て、これが掃除婦というものなのだと、クラリッサはあらためて思わずにいられなかった。こういう仕事をするにふさわしい、せずには暮らしていけない女性。よくもまあ、マグナスは実の妹をその分類に入れようとしたものだ。あれは本気だったのか、それともただクラリッサを侮辱したかっただけなのだろうか。マグナスが死んだからといって、悔やむ気持ちなどさらさら湧いてこない。むしろ、その逆だ。

「いらっしゃい、ウィーヴァー夫人」

「こんにちは、ミス・パイ」

何かがおかしいと、クラリッサはすぐに感じとった。夫人は元気なく目を伏せている。いかにも不安げな様子だ。「予備の寝室に、アイロンをかけてほしいものが置いてあるの。洗剤は、新しい壜を買っておいたわ」それでも、クラリッサはさっさと本題に入った。おしゃべりに時間を費やす趣味はない。これは、けじめの問題というだけではなかった。週に二時間分の賃金を支払うのは、クラリッサにとってかなり無理をした出費なのだ。その貴重な時間を、意味のないおしゃべりでつぶすつもりはなかった。だが、ウィーヴァー夫人はコートを脱いだきり、その場からなかなか動こうとはしない。すぐに仕事を始めるつもりはないようだ。「どうしたの？」クラリッサは尋ねた。

「その……お屋敷であんなことがあって」

「兄のことね」

「ええ、ミス・パイ」この掃除婦はどうしてこんなにうろたえているのだろう、そんな筋合いでもないのに。屋敷で働いていたわけでもない。マグナスと口をきいたことなど、これまでにせいぜい一度か二度といったところだろう。「こんな怖ろしいことが起きてしまって」ウィーヴァー夫人は続けた。「まさか、こんな村で。そりゃあねえ、誰だって、いいときも悪いときもありますよ。でも、あたしはこの村で四十年暮らしてきましたが、こんなこと、これまで一度もありませんでした。最初は、可哀相なメアリが。そして、今度はこんなことに」

「わたしも、いまちょうど同じようなことを考えていたのよ」クラリッサはうなずいた。「本当に、悔しくてならないわ。兄とはけっして親しくはなかったけれど、それでもやっぱり血縁だもの」

血。

クラリッサは身ぶるいした。自分が死ぬということを、兄はわかっていたのだろうか？

「それで、いま警察が来てますよね」ウィーヴァー夫人は続けた。「質問をしてまわって、みんなを怖がらせたりして」夫人が怖れているのは、そのことなのだろうか？　警察が来ること？「誰が犯人なのか、警察はもうつかんでるんでしょうかね」

「まだじゃないかしら。だって、つい昨夜のことでしょう」

「お屋敷にも、きっと捜索が入るんでしょうね。うちのアダムが言ってましたけど……」口に出すのもためらわれるというように、夫人は言いよどんだ。「……誰かが、旦那さまの首をすっぱり刎《は》ねてしまったんですって」

「そうなのよ。わたしもそう聞いたわ」

「怖ろしいことですよね」

「本当に衝撃だったわ。きょうは働いてもらえる？　それとも、もう帰りたいのだったら、そう言ってちょうだい」

「いえ、いいえ。こんなときは、忙しくしとくにかぎります」

掃除婦は台所へ向かった。クラリッサはちらりと時計を見た。仕事を始めるべき時間から、すでに二分遅れている。こうなったら、仕事の終わりにその二分を足して、きっちりと遅れをとりもどしていってもらわなくては。

5

《ラーキン・ガドウォール》社の社員からは、とくに目新しい話を聞くことはできなかった。アティカス・ピュントの目の前には、新しい宅地のパンフレット――笑みを浮かべた一家が、まるで幽霊のように新たな楽園をふわふわ飛びまわっている、柔らかい色調の水彩画――が広げられた。建築許可は、すでに取得しているという。住宅の建設には、来年春に着手する予定だ。代表のフィリップ・ガドウォールによると、ディングル・デルなどとるに足りないありふれた森にすぎず、この新しい宅地のほうが、はるかに近隣住民の利益になるという。「われわれの計画がこのあたりの村々を再生させると、まさに行政のほうも判断してくれましてね。村を活性化させるとなると、この土地に暮らす家族のためにも、新たな住宅が必要となりますからな」

この説明に、チャブ警部補は無言のまま耳を傾けていた。しゃれた服を着飾り、真新しい車を乗りまわす、パンフレットに描かれた家族たちは、とうてい〝この土地に暮らす家族〟などには見えない。ほかにはもう尋ねたいことはないとピュントが宣言し、ようやく街路に戻ったときには、警部補は心からほっとした。

フランシス・パイは、すでに退院していた。屋敷に戻りたいと言いはって出ていったというので、三人――ピュント、フレイザー、そしてチャブ警部補――もまたそこへ戻ることとなった。パイ屋敷に着いたときには、もう警察の車は見あたらなかった。使用人小屋の前を通りぬけ、砂利の敷かれた私道を走る。木立《こだち》から午後の陽射しがちらちらと漏れてくる風景は、何もかもあまりに平和に感じられた。

「あの家に、メアリ・ブラキストンは住んでいたんでしょうね」その前を通りすぎながら、フレイザーは使用人小屋を指さした。

「かつてはふたりの息子、ロバートとトムもいた」ピュントは答えた。「そして、弟のほうは、やはり生命を落としたのだ。そのことを忘れてはいけないよ」窓の外を眺めていた顔が、ふいに厳しくなる。「ここは、多くの死を見てきた場所なのだ」

屋敷の前に、車を駐める。ふたりの前を走っていたチャブ警部補は、すでに車を降り、玄関の前で待っていた。花壇の手形の周りには、四角く張りめぐらされた警察のテープがだらんと力なく垂れている。あれは本当に管理人のブレントのものなのか、それともほかの誰かのものなのか、フレイザーはしばし思いをめぐらせた。そのまま、まっすぐ屋敷に入っていく。どうやら、誰かがせっせと仕事に励んでくれたらしい。ペルシャ絨毯《じゅうたん》はどこかへ持ち去られ、床の板石はきれいに洗い流されている。鎧《よろい》も姿を消していた。剣は当然ながら警察が持っていったのだろう――なにしろ、殺人事件の凶器なのだから。だが、残った鎧も、いまや見るものに何が起きたのかを思い出させてしまう、気味の悪いしろものとなってしまったのだ。屋敷はしんと静まりかえっている。レディ・パイの気配はない。どうしたものか、チャブ警部補はためらった。

そのとき居間の扉が開き、ひとりの男が姿を現した。年齢は三十代後半というところだろうか。黒い髪に口ひげ、青いブレザーには紋章の刺繍《ししゅう》が入った胸ポケット。ゆったりとした足どりで、片手でタバコをつまみ、もう片方の手をポケットに突っこんでいる。この男は他人に嫌われやすいだろうと、ひと目見てフレイザーは感じた。反感を買いやすいというだけではない、その反感をさらに煽《あお》りたてるようなところがある。

見知らぬ男は、三人の訪問者を見てぎょっとしたらしい。それを隠そうともせず、強い口調で問いただす。「きみたちは誰だ?」

「こちらも同じことを訊こうとしていたところですがね」チャブ警部補の口調にも、すでに苛《いら》立《だ》ちがにじみ出ている。「わたしは警察の人間です」

「ああ、そうでしたか」男は恥じ入った顔になった。「その、ぼくはフランシスの――レディ・パイの友人なんです。あの人を支えなくてはと、ロンドンから駆けつけたんですよ――いざというときに、何かと手が必要でしょうから。ぼくはダートフォード。ジャック・ダートフォードといいます」誰へともなしに手を差し出し、そしてまた引っこめる。「おわかりでしょうが、あの人はひどく動揺していまして」

「そうでしょうね」ピュントが一歩前に進み出た。「この事件のことをどうやって知ったのか、それを聞かせていただけますか、ミスター・ダートフォード」

「マグナスのことですか？　フランシスが電話をよこしたんですよ」

「きょう？」

「いや、昨夜。警察に通報した直後です。実のところ、すっかり動揺して、理性を失ってしまっていましたよ。本来ならすぐに駆けつけたかったんですが、車を走らせるにも時間が遅すぎましたし、今朝はちょっと人に会う予定が入っていましてね。そんなわけで、きょうの昼にはそちらに行くと約束して、そのとおり飛んできたというわけです。病院へあの人を迎えにいって、ここへ送りとどけてね。いまは息子さんのフレディが付き添っています。フレディは、たまたま南海岸の友人のところに滞在していたんですよ」

「こんなことをお尋ねして申しわけありませんが、いったいどうしてレディ・パイは、あなたの言葉を借りれば〝いざというとき〟に、数あるご友人の中からあなたを選んで電話をしてきたのでしょうか？」

「まあ、それは簡単に説明できますよ。えーと、ミスター……？」

「ピュントです」

「ピュント？　ドイツの名前だな。あなたの発音もドイツ訛《なま》りだ。あなたはいったい、ここで何をしているんですか？」

「ピュント氏には、われわれに協力してもらっています」チャブ警部補が、ぶっきらぼうに口をはさんだ。

「ああ――なるほど。質問はなんでしたっけ？　なぜ、ぼくに電話をしてきたか？」ジャック・ダートフォードのあわてふためきぶりを見れば、どう答えれば安全か、必死になって頭を回転させているのは明らかだった。「つまり、それはたぶん、その日いっしょに昼食をとったのがぼくだったからでしょう。その後はあの人を駅に送り、バース行きの列車に乗せて見送ったくらいですからね。だからこそ、とっさにぼくが思いうかんだんだと思いますよ」

「つまり、殺人のあった日、レディ・パイはロンドンであなたといっしょにいたということですね？」ピュントは確認した。

「ええ」ダートフォードは小さくため息をついた。どうやら、話すつもりではなかったことまで明かしてしまったらしい。「仕事の話をするついでの昼食だったんです。いろいろ助言を求められていたんですよ、株や出資、投資……そういったことについてね」

「それで、昼食の後は何をしていたんですか、ミスター・ダートフォード？」

「いまもお話ししたとおり――」

「レディ・パイを駅まで送った話はうかがいました。だが、われわれの調べによると、あのかたはかなり遅い列車でバースに帰ってきたそうですからね。屋敷に着いたのは九時半だったそうです。つまり、午後はずっとあなたといっしょだったということですね」

「ええ。そうでした」ダートフォードはしだいに追いつめられた表情となっていた。「ちょっとばかり時間をつぶしていたかな」しばし考えこむ。「美術館へ行きましたよ。王立芸術院のね」

「何を見ました？」

「絵を少し。気が滅入るようなやつばかりでした」

「レディ・パイは買いものをしていたと話したそうですが」

「そうそう、買いものにも行きました。あの人は何も買いませんでしたが……まあ、ぼくの憶えているかぎりでは。そういう気分じゃなかったようですよ」

「最後にもうひとつだけおうかがいします、ミスター・ダートフォード。あなたはレディ・パイの友人と名乗りましたね。では、故サー・マグナスの友人でもあったと言えますか？」

「いや。そうは言えないでしょうね。いや、まあ、もちろんマグナスのことは知っていましたよ。わりと好感も抱いていました。なかなか立派な男でしたからね。ただ、フランシスとぼくは、よくテニスをやる仲なんです。テニスがきっかけで知り合ったんですよ。だから、マグナスよりフランシスのほうが会う機会が多くて。マグナスが嫌がっていたとか、そういうんじゃないですよ！　ただ、あの男はあまり身体を動かすことが好きじゃありませんでしたからね。

それだけのことです」

「いま、レディ・パイはどこに？」

「二階の自室です。ベッドにいますよ」

「眠っているんですか？」

「いや、起きているはずですよ。ほんの数分前に様子を見にいったばかりなんです」

「それなら、ちょっとお話をうかがいたいですね」

「いまですか？」探偵の顔を見れば、妥協など望むべくもないのは明らかだった。「わかりました。ご案内しますよ」

6

フランシス・パイはベッドに横たわり、ガウンを羽織った身体をくしゃくしゃのシーツの波になかば沈めていた。飲んでいるのはシャンパンだ。ベッドのかたわらのテーブルには、なかば空《から》になったグラスと、アイス・バケットに斜めに差し入れてあるボトル。気持ちを鎮静させるためか、それともお祝いか？　フレイザーの目にはどちらともとれたし、一同が入っていったときのフランシスの顔には、読みとれるような表情は浮かんでいなかった。フランシスのほうとしては、闖入者《ちんにゅうしゃ》にうんざりしていたとはいえ、いつかは来るという覚悟もあった。けっして話したくはないものの、来《き》たるべき質問に備え、すでに気持ちを奮いたたせていたのだ。

部屋にいたのは、フランシスひとりではない。まるでクリケットでもするかのような、真っ白な服を着た十代の少年が、脚を組んで椅子にかけている。これがフランシスの息子なのだろう。母親に似た黒っぽい髪を後ろに撫でつけ、母親と同じ傲岸《ごうがん》な目をしている。少年はリンゴを食べているところだった。母親も、息子も、この事態をさほど嘆き悲しんでいる様子はない。母親のほうは、軽い流感にかかって休んでいるようにも見える。息子は、そんな母のお見舞いに来たという風情《ふぜい》だ。

「フランシス……」ジャック・ダートフォードは一同を紹介しにかかった。「こちらはチャブ警部補。バース警察からいらしたそうだ」

「昨夜、ほんの短い時間でしたが、一度お会いしましたね」チャブ警部補が口を開いた。「あなたが救急車で運ばれたとき、わたしもその場にいたんですよ」

「ああ、そう」しゃがれた声の、いかにも興味のなさそうな返事。

「そして、こちらがポンド氏」

「ピュントです」探偵は会釈《えしゃく》した。「警察の捜査に協力しています。こちらはわたしの助手、ジェイムズ・フレイザー」

「きみに、いくつか質問をしたいそうだ」ダートフォードは巧みに自分もこの部屋に残る方向に話を持っていこうとしていた。「よかったら、ぼくも立ち会うよ」

「それはけっこうです、ありがとう、ミスター・ダートフォード」フランシスに代わり、チャブ警部補が答えた。「必要なときには、また声をかけますよ」

「しかし、こんなときにフランシスをひとりにしておけないでしょう」

「たいして時間はとらせませんから」

「だいじょうぶよ、ジャック」フランシス・パイは後ろに積んであった枕に背中をもたせかけ、身体を起こした。そして、招かれざる三人の客に向かいあう。「いつかはしなくてはならないことだもの」

一瞬の気まずい沈黙。次にどんな手を打つべきか、懸命に頭をひねっているダートフォードを見れば、その心のうちはフレイザーにさえ読みとれた。ロンドンでの行動について、自分が何を警察に話したか、それをどうにかフランシスに伝えたいと焦っているのだ。うまく口裏を合わせ、自分の話を裏書きしてほしい、と。だが、そんなことをピュントが許すはずはない。容疑者は引き離し、それぞれの話の矛盾点《むじゅん》を突きあわせる。それが、ピュントの流儀なのだ。

ダートフォードは部屋を出ていった。チャブ警部補が扉を閉め、フレイザーが椅子を三脚、ベッドの周りに引きよせる。寝室は広く、たくさんの家具が置かれていた。贅沢《ぜいたく》に襞《ひだ》をとったカーテン、分厚い絨毯《じゅうたん》、備えつけの衣装簞笥《だんす》。骨董品《こっとうひん》らしい鏡台には、華奢《きゃしゃ》な猫脚が支えきれないほどの壜や箱、容器やヘアブラシが積み重ねてある。チャールズ・ディケンズの愛読者であるフレイザーは、『大いなる遺産』の裕福ながら奇矯《ききょう》な老婦人、ミス・ハヴィシャムを思い出さずにはいられなかった。部屋全体がどこか野暮ったく、ヴィクトリア朝めいたところがある。足りないのはクモの巣くらいのものだ。

ピュントは腰をおろした。「お気の毒ですが、ご主人についていくつかうかがわなくてはなりません」話を切り出す。

「ええ、わかっています。気味の悪い事件ね。いったい、誰がこんなことをするのかしら？さあ、始めてくださいな」

「ご子息には、席を外してほしいとお思いでしょう」

「いやだね、ぼくはここにいたいんだ！」フレディは抗議した。とりちがえようのない傲慢《ごうまん》な響きは、まだ声変わりもしていない少年の声に、あまりにそぐわない。「ほんものの探偵なんて、初めて見たよ」不遜な目つきでピュントを見つめる。「どうして外国の名前なの？　ロンドン警視庁に協力してるってこと？」

「失礼よ、フレディ」母親がたしなめた。「この部屋にいてもいいけれど――邪魔はしないと約束なさい」そして、視線をちらりとピュントに向ける。「始めてちょうだい」

ピュントは眼鏡を外し、レンズを磨いて、またかけなおした。少年の前でこんな話をするのが気まずいのだろうと、フレイザーは思いやった。ピュントは子どものあつかいがうまくはない。とりわけ、ドイツ人は敵だと教えられて育った英国人の子どもは。「わかりました。それではまず、この質問からおうかがいしましょう。最近、ご主人が脅迫されていたことに気づいていましたか？」

「脅迫ですって？」

「殺してやるという脅しを、ご主人は手紙や電話で受けとってはいませんでしたか？」

ベッドの脇のテーブルには、大きな白い電話機があった。そちらへちらりと視線を投げてから、フランシスは答えた。「いいえ。いったい、どうして脅迫なんて？」

「ご主人の所有する不動産にかかわる問題のようです。新しい宅地開発の……」

「ああ！　ディングル・デルのことね！」いかにも軽蔑したように、フランシスはその名を吐き捨てた。「わたし、その話はよく知らないんです。それはまあ、怒る人も村にはいたでしょうね。このあたりの住人は本当に視野が狭くて、多少の抗議はマグナスも覚悟していたようよ。でも、殺してやるという脅しですって？　まさか、そんなものがあったとは思えないわ」

「ご主人の机に手紙がありましてね」チャブ警部補が口をはさんだ。「署名のない、タイプで打たれたものです。これを書いた人間は、ひどい怒りに駆られていたと見てまちがいないでしょうな」

「どうしてそう判断できるの？」

「その手紙には、読みちがえようのない脅しが書かれていたからです、レディ・パイ。それに、ご主人の机からは武器も見つかりましたよ。軍用の回転式拳銃がね」

「とにかく、わたしは何も知りません。銃は、いつも金庫に入っていたはずよ。それに、脅迫状のことなんて、マグナスは何も言っていなかったわ」

「それと、これもおうかがいしたいのですが、レディ・パイ……」どこか申しわけなさそうな口調で、ピュントは切り出した。「昨日はロンドンで何をしていましたか？　立ち入ったことをお訊きするつもりはないのですが」あわてた口調でつけくわえる。「この事件については、関係者全員の所在を確認しなくてはならないのです」

「つまり、母さまが関係してるってこと？」フレディが勢いこんだ。「母さまがやったと思ってるの？」

「フレディ、静かになさい！」フランシスはうんざりした目で息子をちらりと見やり、またピュントに視線を戻した。「たしかに、立ち入った質問ね。わたしが何をしていたかについては、すでに警部補にお話しししました。どうしてもというのなら、いいわ。わたしはジャック・ダートフォードと、《カーロッタズ》で昼食をとっていました。とても長く時間がかかったの。投資の話をしていたから。お金のことは、わたしにはさっぱりわからないから、ジャックをとっても頼りにしているのよ」

「ロンドンを発《た》ったのは何時ですか？」

「六時四十分の列車だったわ」そう答えてから、おそらくはそれまでの空白の時間についても、何か説明しなくてはと気づいたのだろう。「昼食の後は、買いものをしていたの。何も買わなかったけれど、ボンド・ストリートをぶらぶらしたり、《フォートナム・アンド・メイソン》に入ったり」

「ロンドンで時間をつぶすのは楽しいものですね」ピュントはうなずいた。「美術館に立ち寄ったりは？」

「いいえ。今回は行っていないわ。コートールド美術館で何か催しがあったようだけれど、そんな気分になれなかったから」

つまり、ダートフォードは嘘をついていたということだ。ロンドンでの午後について、このふたりの話の明らかな矛盾には、さすがにジェイムズ・フレイザーでさえもすぐに気づいたが、誰かがそれを指摘するより早く、電話が鳴った——寝室の電話機ではなく、階下から音が聞こえる。レディ・パイはちらりとかたわらの電話機を見やり、眉をひそめた。「ちょっと下りていって、電話に出てちょうだい、フレディ」息子に声をかける。「誰からでもいいわ、わたしは休んでいて、電話には出られませんと伝えて」

「父さまへの電話だったら？」

「そのときは、いまは電話を取り次げませんとだけ答えればいいわ。いい子ね、お願い」

「わかったよ」部屋から出ていかなくてはならなくなり、フレディはいささか不機嫌な様子だった。しぶしぶ椅子から立ちあがり、廊下に向かう。フランシスとともに残った三人は、階下から響く電話の呼び出し音に耳を傾けていた。一分と経たないうちに、音はやんだ。

「ここの電話は壊れているの」フランシス・パイは説明した。「この屋敷は古いから、いつもどこかの調子が悪いのよ。それが、いまは電話というわけ。先月は電気系統がおかしかったし。木造部分も傷んだり腐ったりしているしね。ディングル・デルのことで文句を言う人たちもいるけれど、少なくとも新しく建つのは現代の設備が整った家でしょ。歴史のある大邸宅とやらに住む苦労なんて、体験してみなければわからないでしょうけれど」

フランシスは巧妙に話題を変え、自分がロンドンで何をしていたのか――あるいは、何をしていなかったのか――という事実から目をそらさせようとしているのだと、フレイザーは感づいた。だが、ピュントはまったく意に介していないようだ。「ご主人が殺された夜、屋敷に帰りついたのは何時ごろでしたか？」

「ええと、どうだったかしら。列車が到着したのは八時半ごろだったはずよ。かなりゆっくり走る列車だったわ。バースの駅に車を駐めてあったから、屋敷に戻ってきたのは九時二十分くらいね」フランシスは言葉を切った。「ここに着いたとき、一台の車が出ていったの」

チャブ警部補はうなずいた。「その話はうかがいましたよ、レディ・パイ。運転手の顔は見えなかったんでしたね」

「ちらりと見えたような気もするわ。自分でも自信はないのよ。だって、それが男だったかどうかも確信は持てないんだもの。ともかく、緑色の車だったわ。これはもうお話ししたわね。登録番号には、ＦＰの文字が入っていたの。残念ながら、車種はわからないのよ」

「乗っていたのはひとりだけですか？」

「そうよ。運転していた人間だけ。肩と後頭部が見えたの。帽子をかぶっていたわ」

「車が出ていくのを見たわけですね」ピュントは確認した。「どんな運転ぶりでしたか？」

「急いでいるようだったわ。ハンドルを切って通りに出るとき、タイヤがスリップしていたもの」

「向かったのは、バースの方角でしたか？」

「いいえ。逆方向よ」

「そして、あなたは屋敷の玄関へ向かったわけですね。明かりは点《つ》いていた、と」

「そうよ。そして、中に入ったの」フランシスは身ぶるいした。「そのとたん、夫が目に入って、すぐに警察を呼んだわ」

　長い沈黙。レディ・パイは、心底から消耗しているように見える。やがて、ようやくピュントがまた口を開いたとき、その声は優しかった。「ひょっとして、ご主人の金庫の暗証番号はおわかりですか？」

「ええ、知っています。わたしの高価な装身具も、いくつかあそこに入れているの。あれは開けられてはいなかったんでしょ？」

「だいじょうぶでしたよ、レディ・パイ」ピュントは請けあった。「ただ、最近どうやら一度は開けられているものと思われます。金庫を隠してあった絵が、完全に平らにはなっていなかったので」

「それは、きっとマグナスよ。夫はあそこに現金を入れていたから。それから、私的な書類もね」

「それで、暗証番号は？」チャブ警部補が尋ねた。

フランシスは肩をすくめた。「左へ十七、右へ九、左へ五十七、そしてダイヤルを二度回すの」

「ありがとうございました」ピュントは思いやりのこもった笑みを浮かべた。「お疲れになったでしょう、レディ・パイ。もう、さほど長くはかかりません。あとふたつだけ、お尋ねしておきたいことがあります。まず、これもやはりご主人の机から見つかった走り書きで、どうやらご主人の筆跡かと思われますが」

先ほどのメモ帳は、チャブ警部補が証拠品を入れるビニール袋に納めていた。警部補からビニール袋を受けとったフランシスは、鉛筆書きの三行のメモに、ざっと目を走らせた。

アシュトンH
MW
娘

「たしかにマグナスの筆跡ね。これには、とくに謎めいたところはないけれど。夫はよく、電話中にこんなメモをとっていたの。話したことを、すぐに忘れてしまうから。アシュトンHというのが誰なのか、それとも何なのかはわからないわね。MW？　こっちは、誰かの名前の頭文字かもしれないわね」

「しかし、Mは大文字ですが、wは小文字ですよ」ピュントが指摘した。

「だったら、何かの言葉の略かもしれないわ。それも、夫の癖だったの。出かけるついでに新聞《ニュースペーパー》を買ってきてと頼むと、夫はNpとメモするのよ」

「このMwが、何らかの理由でご主人を怒らせたとは考えられませんか？　メモの文字はこれだけでしたが、線が何本も引かれています。あまりの筆圧に、紙が破れかけるほどの力で」

「何も思いあたらないわ」

「では、この〝娘〟はどうです？」チャブ警部補が口をはさんだ。「誰か、思いあたる人物は？」

「こちらも、何も思いあたらないわね。もちろん、うちでは新しい家政婦を探さなくちゃいけなかったから、誰かがどこかの娘を推薦してきたのかもしれないけれど」

「前の家政婦、メアリ・ブラキストンのことですが――」ピュントは切り出した。

「そう、そのことでね。こんなひどいめぐりあわせってあるものかしら――本当に、ひどすぎるわ。その事故のときには、わたしたちは南フランスに出かけていたんだけれど。メアリはずっとうちで働いてくれていて、マグナスとはとても近しい間柄だったの。マグナスを、まさに崇拝していたのよ！　あの使用人小屋に越してきた瞬間から、夫にずいぶん恩義を感じていてね。まるで、マグナスが君主か何かで、自分はその王室護衛隊に誘われたとでも思っているみたいだったわ。正直なところ、わたしから見たメアリは、どちらかというと面倒な人だったわね、まあ、亡くなった人のことを悪く言ってはいけないけれど。もうひとつの質問は何？」

「ご主人の遺体が発見された玄関ホールですが、あの壁にもともと掛けられていた絵が一枚外されているようですね。扉の脇の壁です」

「それ、何か事件と関係があるの？」

「どんな細かいことにも、わたしは興味を惹かれるのです、レディ・パイ」

「あそこに掛けてあったのは、わたしの肖像画よ」この件について、フランシスはあまり話したくはなさそうだった。「マグナスはその絵が好きではなくて、捨ててしまったの」

「それは、最近のことですか？」

「ええ。まだ、一週間も経っていないと思うわ。いつだったか、正確には憶えていないいけれど」フランシスは後ろの枕に深々ともたれかかった。これでもう、充分に話したはずと言いたいようだ。ピュントがうなずき、それを合図にフレイザーとチャブ警部補も立ちあがって、三人は寝室を出た。

「さて、何か発見はありましたかな？」廊下に出ると、チャブ警部補は尋ねた。

「ロンドンでの行動について、レディ・パイはまちがいなく嘘をついていましたね」フレイザーが口を開いた。「ぼくに言わせれば、昨日の午後、あの人とダートフォードはいっしょにすごしたんですよ――買いものなんか、絶対にしていないでしょうがね！」

「たしかに、レディ・パイはもう夫とベッドをともにはしていないようだったね」ピュントはうなずいた。

「どうしてわかるんですか？」

「あの寝室の飾りつけや、枕の刺繍《ししゅう》を見れば明らかだ。あの部屋には、男性がいた気配が感じられない」

「つまり、サー・マグナスを殺害する充分な動機を持った人間が、ふたりは存在するということですな」チャブ警部補はつぶやいた。「いわゆる、もっとも古来からの動機というやつですよ。夫を殺し、愛人と逃げるという」

「そのとおりかもしれませんね、警部補。サー・マグナス・パイの遺言が金庫に入っているか見てみましょう。この屋敷には一族が代々住んでいたようだから、跡継ぎであるひとり息子が、おそらくすべてを相続するのではないかと思いますが」

「あの息子も、まったくろくな大人にならないでしょうがね」チャブ警部補は言ってのけた。

金庫の中からは、さして興味ぶかいものは見つからなかった。装身具が数点、何種類かの通貨で計五百ポンドほどの現金、そして最近のものから二十年ほど前のものまでのさまざまな書類。それらは、チャブ警部補が預かった。

警部補は玄関前でピュントと別れ、妻のハリエットが待つハムズウェルの自宅へ帰っていった。きょうの妻の機嫌はどんなか、家に帰りついた瞬間に読みとれると、かつてチャブ警部補はピュントに語ったことがある。編み針の動く速さを見れば一目瞭然なのだ、と。

ピュントとフレイザーは警部補と握手をし、居心地のよさには疑問符のつく《女王の腕》亭へ引きあげることとなった。

7

村の広場の向こう側、バス待合所の周りには、さらに大勢の人々が詰めかけていた。どうやら、何かを見て大騒ぎしているようだ。昼前、宿に部屋をとったとき、フレイザーはすでにこの人だかりに気づいていた。あのとき集まっていた人々が、さらに噂を広めたのだろう。何かが起きたことはまちがいない。村じゅうの人間が知りたがるようなできごとが。

「いったい、何の騒ぎなんでしょう?」車を駐めながら、フレイザーは尋ねた。

「われわれも見にいってみたほうがよさそうだね」

ふたりは車を降り、広場を横切った。ホワイトヘッド夫妻の骨董屋《こっとうや》と電器店は、すでに店を閉じている。車も通らない静かな夕方だったから、集まった人々の交わす言葉はすぐに聞きとれた。

「まともな神経じゃないな!」

「あの娘には、恥を知れと言いたいね」
「よくもまあ、こんなことをひけらかして！」
ピュントとフレイザーがすぐそこまで近づいてきているのも知らず、村人たちは大声でまくしたてていた。ふたりに気づき、あわてて両側に分かれて、話題となっているものへの道を空《あ》ける。それが何なのか、ふたりはすぐに気づいた。バス待合所の隣には、ガラスの覆いのある掲示板があり、中にいろいろなお知らせがピンで留めてある。地方議会の最新報告、教会の礼拝日程、これからの行事予定。その中に交じり、タイプで打った声明文が貼り出してあった。

関係者各位

ロバート・ブラキストンについて、村ではさまざまな噂が飛び交っています。母親であるメアリ・ブラキストンは、金曜の朝九時に悲劇的な死を遂げましたが、それにロバートがかかわっていたとほのめかす人々さえいるのです。これは人を傷つける、無知な、誤った噂です。その時刻、わたしは修理工場の上の部屋で、ロバートといっしょにいました。ひと晩じゅう、そこでいっしょにすごしていたのです。必要となるなら、わたしはそのことを法廷で誓うつもりでいます。ロバートとわたしは、結婚の約束をしているのです。どうかわたしたちに少しばかり温情を向け、こうした悪意のある噂を広めるのをやめてください。

ジョイ・サンダーリング

ジェイムズ・フレイザーは衝撃を受けた。もともとフレイザーは英国の私立学校ですごすうち、自分の気持ちを人前であらわにするのを恥じる感覚を叩きこまれている。道を歩くときに手をつなぐことさえ、不必要で大げさだと感じてしまうほどだ。ましてやこんな声明を見せられては、度肝《どぎも》を抜かれて顔色を失うのも無理はない。「いったい、あの娘は何を考えているんでしょうね?」待合所を立ち去りながら、フレイザーはつい激しい口調になった。

「きみがいちばん衝撃を受けたのは、あの声明文の内容なのか?」と、ピュント。「ほかに、何も気づかなかったかね?」

「何のことですか?」

「サー・マグナスに送られた脅迫状と、ジョイ・サンダーリングの声明文は、同じタイプライターで打たれたものだ」

「ええっ、まさか!」フレイザーは目をぱちくりさせた。「確かですか?」

「ああ、まちがいない。eの尻尾がかすれ、tがわずかに左に傾《かし》いでいる。同じ型の機械というだけではない、まさに同一のタイプライターによるものだよ」

「それでは、あの脅迫状もジョイ・サンダーリングが書いたということですか?」

「可能性はあるね」

しばし押し黙ったまま、ふたりは歩いた。やがて、ピュントがまた口を開く。「ミス・サンダーリングがあんな行動を起こさなくてはならなくなったのは、わたしが力を貸さなかったからだ。だからこそ、この噂が両親に届く覚悟もしたうえで、あの娘は自分の評判を犠牲にした。そんなことを知ったら両親はどんなに怒り悲しむかと、わたしたちを訪ねてきたときにも怖れていたのにね。これは、わたしのせいで起きたことなんだ」言葉を切り、やがて続ける。「このサクスビー・オン・エイヴォンという村には、わたしを不安にさせる何かがある。人間の邪悪さの本質について、わたしは以前きみに話したことがあったね。誰も目にとめない、気づくこともない、ほんの小さな嘘やごまかしが積もり積もったあげく、やがては火事であがる煙のように、人を包みこんで息の根を止めてしまうのだ」ピュントは足をとめ、薄暗くなりつつある広場と、その周囲の建物を見まわした。「いまや、ここはそんな嘘やごまかしに囲まれている。すでに、ふたりの人間が死んだ。ずっと以前に湖で亡くなった子どもも含めれば、三人だ。どれも、お互いにけっして無関係ではない。四人めの死人が出る前に、われわれは急いで手を打たなくてはならないのだ」

ピュントは広場を横切り、宿へ入っていった。はるか後ろでは、村人たちが依然として声をひそめてささやき交わし、あきれたように頭を振っていた。

第四部　息　子

1

頭痛に襲われ、アティカス・ピュントは眠りからさめた。

目を開く前から、頭が痛いことには気づいていた。だが、目を開けた瞬間、まるで待ち伏せていたかのように、痛みが急激に高まっていく。その激しさは呼吸も止まるほどで、ピュントは必死に手を伸ばし、昨夜ベッドの左のテーブルに載せておいたはずの、ベンスン医師に処方された薬を探った。どうにか薬には手が届いたものの、やはり用意しておいたはずの水のグラスはどこにいったのだろう。もう、かまってはいられない。ピュントは錠剤を口に入れ、ざらざらしたものが喉を通っていく感覚をおぼえながら呑みくだした。数分のうちに薬が身体を循環しはじめ、鎮痛成分が血液に乗って脳に送りこまれるうち、水のグラスもようやく無事に見つかり、口に残った苦い後味を洗い流して喉をうるおすことができる。

それから長いこと、ピュントはそこに横たわり、肩を枕に押しつけたまま、じっと薄暗い壁を見つめていた。ゆっくりとひとつずつ、室内のものに目の焦点が合いはじめる。そこに置く画にはいささか大きすぎるナラ材の衣装簞笥《だんす》、まだらに汚れのついた鏡、額縁《がくぶち》に入った複製画——これは弧を描く巨大建築、バースのロイヤル・クレッセントを描いたものだ。くたびれたカーテンが開けたままなのは、墓地の景色を眺めるためだった。そう、これこそ自分にふさわしい風景ではないか。痛みが治まるのを待ちながら、アティカス・ピュントはいまやぐんぐんと目の前に迫りつつある自分の最期に思いを馳《は》せた。

葬儀はしてもらうまい。これまでの人生であまりに多くの死を見てきたからこそ、いまさら死を儀式によって飾りたて、もったいをつけて騒ぎたてる気にはなれなかった。死など……そう、しょせん通過点にすぎないのだから。それに、ピュントは神を信じていなかった。同じように強制収容所を生きのびて、なおかつ揺るぎない信仰を持ちつづけている人間も存在するし、そういう人々には尊敬の念を抱いてさえいる。だが、ピュントは自らの経験により、何も信じないという道を選んだ。人間は複雑な生きものであり、すばらしく善なる行いも、おそろしく邪悪な行いもやってのける——だが、その行動はすべて、自らの自由な意志で選びとったものだ。とはいえ、もしもこの信念がまちがっていたと知らされる日が来るのなら、それはそれで怖ろしくはない。論理を重んじる一生を終えた後、たとえ神の審判の場に呼ばれることがあったとしても、神はきっと自分をお許しくださるだろう。ピュントの理解しているかぎり、神とは寛大なものなのだから。

それにしても、ベンスン医師の見立てはいささか楽観的すぎたようだ。この脳に巣食うものがなすすべもなく増殖していくうち、これからはさらにこんな発作が頻繁に起きるようになり、これまでできていたことができなくなっていく。こうして務めをはたせる時間は、あとどれくらい残っているのだろう？　何よりもいちばん怖ろしいのは、こうやって考えをめぐらすこと自体が、いずれはできなくなってしまうということだ。《女王の腕》亭の自室でひとり横たわったまま、ピュントはふたつのことを心に誓った。ひとつは、サー・マグナス・パイを殺した犯人を絶対に突きとめ、ジョイ・サンダーリングに重荷を負わせてしまった償《つぐな》いをはたすということ。

もうひとつの誓いを、ピュントはあえて言葉にしようとはしなかった。

一時間後、いつものようにアイロンの効いたスーツ、白いシャツにネクタイというきっちりとした恰好で食堂に下りてきたピュントを見て、その朝の目ざめがどんなふうだったか、見てとれる人間はいなかっただろう。ジェイムズ・フレイザーにしたところで、何ひとつ不審に思うことはなかった。もっとも、この青年はまた人一倍ぼんやりしていて、何か変わったことがあってもなかなか気がつかない。フレイザーとともに臨んだ最初の事件のことを、ピュントはいまさらながら思い出さずにはいられなかった。パディントン駅三時五十分発の列車でたまたま隣に乗りあわせた人物がすでに死んでいることを、この青年はずっと気づかずにいたのだ。こんな性格でよく探偵の助手などという仕事が務まると、これまで何度となく、いろいろな人が感嘆していたものだった。だが、ピュントとしては、むしろこのフレイザーのぼんやりしたところが、助手としてありがたい資質だと思っている。ピュントにとって、フレイザーは自説を思うままに走り書きできる真っ白な紙であり、自分の思考過程をそのまま映し出してくれる透明なガラスでもあるのだ。そのうえ、有能なところもある。ピュントが好む朝食のメニュー、ブラックのコーヒーと茹で卵ひとつを、フレイザーはすでに注文してくれていたのだ。

ふたりは無言のまま朝食をとった。フレイザー自身は英国風朝食の全品そろったものを注文しており、その量のあまりの多さに、ピュントはいつもながら辟易《へきえき》せずにはいられない。ようやく食べおえたところで、ピュントはその日の予定を明らかにした。「われわれはもう一度、ミス・サンダーリングに会いにいかなくてはいけないね」

「ええ、ぜひ。実のところ、昨日はあの娘を訪ねるところから始めるのかと思っていましたよ。あんな声明文を出すなんて、ぼくはいまだに信じられませんがね。そのうえ、サー・マグナスに脅迫状まで――」

「脅迫状を書いたのがあの娘である可能性は、わたし自身は低いと思っているよ。ただ、同じタイプライターで打たれたというだけだ。そのことに疑いはないがね」

「だとしたら、誰かが同じタイプライターを使ったということなのかな」

「あの娘は診療所で働いていると言っていたね。診療所を訪ねていけば、ミス・サンダーリングに会えるだろう。まずは、開業している時間を調べてくれ」

「まかせてください。ぼくたちが訪ねていくことを、予告しておいたほうがいいですか？」

「いや。できれば、ふいをついて姿を現したいと思っている」ピュントはカップに数センチ、お代わりのコーヒーを注いだ。「それから、例の家政婦、メアリ・ブラキストンの死についても、もっと詳しいことを知りたいいね」

「今回の事件に関係していると思いますか？」

「それはまちがいない。家政婦の死、空巣《あきす》、サー・マグナスの殺害、これらはすべて、一本の道をたどる三つの段階なのだよ」

「あなたの見つけた手がかりから、チャブ警部補は何を発見するんでしょうね。暖炉の灰から見つかった、あの紙片ですよ。指紋もついていたでしょう。あそこから、きっと何かがわかると思うんです」

「あの紙片は、すでに多くのことをわたしに教えてくれたよ」ピュントは答えた。「あの手がかりの興味ぶかい点は、けっして指紋ではないのだ。あの指紋の持ち主にすでに犯罪歴があり、記録が残っていないかぎり、指紋は何の役にも立たないし、その望みは薄いとわたしは考えている。だが、どうしてあの紙片が暖炉の中にあったか、なぜ焼かれたか、そのふたつの問いこそが、この事件の核心に迫るための鍵を握っている気がするのだよ」

「あなたがどんな頭脳の持ち主か、ぼくはよく知っていますからね。当然、そのふたつの答えも、すでにつかんでいるんでしょう。いや、実のところ、もうすべての謎を解いてしまっているんでしょうね、まったく、あなたという人は！」

「いや、それはまだだ。まあ、後でチャブ警部補に会ったら、どうなったか訊いてみよう……」

フレイザーはもっと踏みこんだ話を聞きたかったが、ピュントが何も漏らさないであろうことはわかっていた。何か尋ねたところで、返ってくるのはどうせほとんど意味のわからない答えで、何も答えてもらえなかったときより、もっと苛立《いらだ》ってしまうのが落ちなのだ。ふたりは朝食の席を立ち、数分後には宿を出た。村の広場に立ち、真っ先に気づいたことは、バス待合所の隣の掲示板に、何も貼られていないことだった。ジョイ・サンダーリングの声明文は、いつのまにか剝《は》がされていた。

2

「ああ、あれはあたしが剝がしたんです。今朝のことよ。貼ったことは、まったく後悔してません。あなたとロンドンでお会いしたときに、こうしようと心を決めてたんです。とにかく、あたしがどうにかしないと、と思って。でも、こうなってしまったら――つまり、サー・マグナスのことがあって、警察が事情を訊いてまわったりしてるでしょ――あんなものを出しておくのもどうかと思ったんです。それに、あれはもう充分に役割をはたしてくれたんですよ。この村じゃ、誰かひとりが読めば、村の全員に知れわたるの。そういう土地柄なんです。たしかに、あたしを変な目つきで見る人もいるし、牧師さまはきっとおかんむりだと思うけど、あたしはぜんぜん気にしてません。ロバートとあたしは結婚するんですから。あたしたちが何をしようと、それはあたしたちが決めることだし、ロバートやあたしについて嘘を触れまわるような人たちを、そのままにしておくつもりはないんです」

ジョイ・サンダーリングは、診療所のいつもの自分の席に坐っていた。この現代ふうの平屋の診療所は、サクスビー・オン・エイヴォンの北側で、同じころ建てられたであろう家々に囲まれている。見るからに安価な材料を使い、実用しか考えていない設計の、あまり魅力のない建物だ。レッドウィング医師の父親は、完成したばかりのこの診療所を見て、公衆トイレに喩《たと》えたものだった。そんな父親自身は、もちろん診療を自宅で行っていた。だが、レッドウィング医師は、仕事と私生活をきっぱり分けるのも悪くないと考えたのだ。いまや、父親のエドガー・レナードが医師をしていた時代に比べ、村人の数ははるかに多くなっているのだから。

訪れた患者がガラスをはめた扉を開くと、そこはすぐ待合室になっていて、合皮張りのソファがいくつか並び、コーヒー・テーブルには《パンチ》や《カントリー・ライフ》といった古雑誌が雑多に積まれている。いくつか備えつけてある子どもの玩具《おもちゃ》は、レディ・パイが寄付したものだが、それもうかなり昔のことで、いまはくたびれて見る影もない。ジョイが坐っているのは隣接した事務室——調剤室も兼ねている——で、カウンターの窓を開けると、患者とじかに話をすることができる。目の前には診察予約帳、かたわらに電話機とタイプライター。背後には医療器具や薬品の入った戸棚、患者のカルテを納めた書類棚、冷蔵の薬剤や病院に送らなくてはならない試料などを保管しておく小さな冷蔵庫が並んでいた。扉は左右に一ヵ所ずつ。左側の扉は待合室に、右側はレッドウィング医師の診察室に通じている。電話機の脇には電球があって、医師が次の患者を診察室に送りこんでほしいとき、これを点滅させる仕組みになっていた。

墓掘りのジェフ・ウィーヴァーも、孫が全快したことを確認するため、付き添いとして診療所に来ていた。九歳のビリー・ウィーヴァーはようやく百日咳が治り、さっさとすませて帰ろうという決意を顔に浮かべ、診療所に駆けこんできたのだ。予約帳にほかの患者の名はなく、扉が開き、アティカス・ピュントが金髪の助手を連れて入ってきたのを見て、ジョイは驚いた。ふたりが村に来ているのは知っていたものの、ここに訪ねてくるとは思っていなかったのだ。

「あなたが書いた声明文のことを、もうご両親は知っていますか?」ピュントは尋ねた。

「いいえ、まだ。でも、きっとすぐに誰かが知らせるわ」ジョイは肩をすくめた。「両親が知ったからといって、どうってことはないでしょう? あたしがロバートのところへ引っ越せばすむことだもの。もともと、あたしはそうしたかったんです」

フレイザーから見て、前回ロンドンで会ったときに比べ、ジョイはどこか変わったように思えた。あのとき、フレイザーはこの娘に好感を抱いたし、ピュントが力を貸せないと答えたときは、ひそかに落胆したものだ。いま、受付の窓の向こうに坐っている娘は、すばらしく魅力的なことは変わりない。体調が悪いとき、こんな娘に話を聞いてもらえるのは心強いだろう。しかし、きょうのジョイには、どこか尖ったものが感じられる。また、事務室を出てふたりを迎えようとはせず、あくまで受付の窓をはさんで応対しようとしていることも、フレイザーは意識せずにはいられなかった。

「あなたがいらっしゃるとは思わなかったわ、ミスター・ピュント」と、ジョイ。「何をお望みですか?」

「ロンドンへせっかく訪ねていったのに、わたしにはひどい対応をされたと、あなたは思っているでしょうね、ミス・サンダーリング。わたしはあなたにお詫《わ》びすべきなのかもしれない。あのとき、わたしは率直に事実をお伝えしただけなのです。あなたの話していたような状況で、あなたの力になれるとはとうてい思えなかった。しかしながら、サー・マグナス・パイが亡くなったという記事を読んだとき、わたしは自分がこの事件を捜査するしかないと悟ったのです」

「あたしがお話ししたことが、この事件に何か関係があると思っているんですか？」

「その可能性も充分に考えられます」

「それでも、あたしがお手伝いできることは何もないいんじゃないかしら。あたしが犯人だと思っているのなら、話は別ですけど」

「あなたには、サー・マグナスの死を願う理由がありますか？」

「いいえ。実のところ、ほとんど知らないかたなんです。時おり見かけることはありましたけど、あたしとは何のつながりもありませんでしたし」

「それでは、あなたの婚約者、ロバート・ブラキストンは？」

「まさか、あの人を疑ってるんじゃないでしょうね？」ジョイの目に、何かが燃えあがった。「サー・マグナスはずっと、ロバートにはすごく親切だったんです。仕事を探してくれたりもしました。ぶつかったことなんて、一度もないんですよ。そもそも、最近ではほとんど顔を合わせてないはずだし。あなたは、そのためにここに来たんですか？　あたしを言いくるめて、あの人に不利な証言をさせるために？」

「誤解にもほどがありますよ」

「だったら、いったいどうしたいんですか？」

「実を言うと、わたしはレッドウィング先生に会いにきたのですよ」

「先生なら、いまは診察中です。もうすぐ終わるはずですけど」

「ありがとう」ジョイが向けてきた敵意にも、ピュントは気を悪くした様子はなかった。だが、フレイザーから見て、どこか悲しげな視線をこの娘に注いでいるようにも思える。「あらかじめお知らせしておきますが、ロバートからも一度、話を聞かせてもらうことになるでしょう」

「どうして？」

「それは、メアリ・ブラキストンがロバートの母親だったからです。たとえば母の死について、サー・マグナスもある程度その責めを負うべきであるとロバートが思っていたとしたら、それだけでも殺人の動機になりうるでしょう」

「復讐ってこと？　とうてい信じられないわ」

「どちらにせよ、ロバートはかつてパイ屋敷の地所《じしょ》に住んでいたわけです。サー・マグナスとの関係がどんなものだったのか、わたしは探り出さなくてはなりません。どうしてこんなことをお話ししたかというと、もしロバートの話を聞くとしたら、あなたも同席したいのではないかと思ったのですよ」

ジョイはうなずいた。「どこでロバートと会うつもりですか？　いつ？」

「よかったら、ロバートの時間があるときに、わたしの宿に来てもらえませんか？　わたしは《女王の腕》亭に泊まっていますから」

「あの人の仕事が終わったら、あたしが連れていきます」

「ありがとう」

レッドウィング医師の診察室の扉が開き、ジェフ・ウィーヴァーが姿を現した。半ズボンに学校の制服の上着姿の少年の手を引いている。ジョイはふたりが出ていくのを待ち、やがて立ちあがって診察室へ通じる扉へ歩みよった。「あなたがたが来ていることを、レッドウィング先生にお伝えしますね」

そして、扉の向こうへ姿を消す。まさにこの瞬間こそ、ピュントが待ちかまえていた機会だった。探偵の合図に応え、フレイザーはすばやくポケットから一枚の紙を取り出すと、窓越しに手を伸ばし、逆側からタイプライターに紙を差しこんだ。それから、さらに身を乗り出し、いくつかのキーを適当に叩くと、紙を抜きとってピュントに手渡す。打たれた文字を見て、ピュントは満足げにうなずくと、またフレイザーに返した。

「同じものですか?」フレイザーは尋ねた。

「ああ、同じだ」

ジョイ・サンダーリングが受付に戻ってきた。「診察室に入っていただいてかまいません。レッドウィング先生は、十一時まで空《あ》いているそうです」

「ありがとう」ピュントは答え、それから、ふと思いついたかのように尋ねた。「ここの事務室を使うのは、あなたおひとりですか、ミス・サンダーリング?」

「レッドウィング先生がときどき出入りしますけど、それだけです」ジョイは答えた。

「それは確かですか？　これを使える人は、ほかにいませんか？」ピュントはタイプライターを手で示した。

「どうしてそんなことを知りたいんですか？」ピュントが答えずにいると、やがてジョイは続けた。「この部屋に入ってくるのは、あとはウィーヴァー夫人だけです。いま出ていった小さな男の子の母親で、毎日二時間、この診療所の清掃を頼んでるんです。でも、ウィーヴァー夫人がタイプライターを使うとは思えないし、使うにしても、きっとあたしに声をかけるんじゃないかしら」

「せっかくここにいるうちに、サー・マグナスの住宅建設計画の件についても、あなたの意見をうかがっておきましょう。その計画は、ディングル・デルと呼ばれる森を更地《さらち》にして――」

「そのせいで、サー・マグナスは殺されたと思っているんですか？　あなたは英国の村というものを、あんまりご存じないんじゃないかしら、ミスター・ピュント。それは、さすがに馬鹿げているわ。たしかに、サクスビー・オン・エイヴォンに新しい住宅なんて必要ないし、建てるなら、もっといい場所はたくさんあります。木が切り倒されるのを見るのはつらいし、それは村の誰もが同じ気持ちでしょうね。でも、そのためにサー・マグナスを殺そうなんて考える人はいません。地元の新聞に投書したり、村の酒場で愚痴《ぐち》ったりするのがせいぜいよ」

「この計画を進めようとしていたサー・マグナスが亡くなった以上、住宅建設も中止になるかもしれませんね」

「それはそうですけど」

確かめたかったことは、すでに確かめた。ピュントはにっこりし、診察室の扉へ向かった。さっきの紙を二つ折りにし、上着のポケットに入れたフレイザーも、その後に続く。

3

そこは、四角くこぢんまりした診察室だった。ちょうど待合室のテーブルに載せてあった古い《パンチ》誌の漫画などによくある、〝医師の診察室〟という言葉から誰もが思いうかべるような部屋だ。中央に骨董《こっとう》ものの机を据え、その前に患者用の椅子が二脚。壁ぎわには木製の書類戸棚と、医学書の並ぶ書棚があった。片側の一角には、別の椅子と組み立て式のベッドが置かれ、目隠しのカーテンを引いて仕切ることができる。壁の鉤《かぎ》には白衣が引っかけてあった。この部屋でただひとつ、思いがけないものがあるとしたら、それは壁に寄りかかった黒髪の少年を描いた油彩画だろう。明らかに素人の作品ではあるが、オックスフォード大学で美術を専攻していたフレイザーから見ても、なかなかすばらしい出来映えだ。

レッドウィング医師は背筋を伸ばして椅子にかけ、目の前に広げたカルテに何ごとか書きこんでいるところだった。年のころは五十代前半、どことなく厳しそうな雰囲気の女性だ。とにかく、何もかもが角ばっている——肩の輪郭も、頰骨も、あごも。いっそ、定規だけを使って肖像画が描けそうなほどだ。とはいえ、ふたりに椅子を勧める身ぶりはもの柔らかだった。カルテへの書きこみが終わると、ペンをひねって芯を引っこめ、ふたりにむかってほほえみかける。「ジョイから聞きましたが、警察に協力していらっしゃるそうですね」

「ここには私人として来ています」ピュントは説明した。「たしかに、ときには警察の捜査に力添えしてきましたし、いまはチャブ警部補に協力しているのも事実ですが。わたしの名は、アティカス・ピュント。こちらは助手のジェイムズ・フレイザーです」

「お名前は存じています、ミスター・ピュント。とても頭が切れるかただそうですね。どうか、この事件も解決してくださることを願っています。あんな怖ろしい事件が、この小さな村に起きるだなんて。しかも、可哀相なメアリの死の直後に……本当に、なんと言っていいのかわからないわ」

「ブラキストン夫人は、あなたのお友だちだったそうですね」

「そこまで言ってしまっていいかどうか――でも、そうね、お互いによく会う間柄ではありました。この村の人たちは、メアリのことを過小評価していたんじゃないかと思います。本当は、とても頭のいい女性だったのに。子どもをひとり亡くし、もうひとりを女手ひとつで育てて、ずいぶん苦労の多い人生だったはずです。それでも、そんな不幸も懸命に乗りきってきたし、この村の多くの人たちに、喜んで手を貸してきたんですよ」

「事故が起きたとき、最初に発見したのはあなただったと聞きましたが」

「実のところ、最初に気がついたのはブレントでした。パイ屋敷の庭園管理人です」ふと、医師は言葉を切った。「あら、あなたがたが調べているのはサー・マグナスの事件のほうでしたね」

「ブラキストン夫人とサー・マグナス、両方の件にわたしは興味を持っています」

「そういうことなら。ブレントは、厩舎《きゅうしゃ》からわたしに電話をかけてきました。玄関ホールに倒れているメアリを窓越しに見つけ、最悪の事態を予想したんです」

「ブレントは、中に入ってはみなかったんですか？」

「鍵を持っていなかったんですよ。結局、わたしたちは裏口の扉のガラスを割り、中に入りました。メアリの鍵は、その裏口の扉の内側に刺さったままでしたね。玄関ホールの階段の下に、メアリは倒れていました。階段の天辺《てっぺん》に掃除機があったから、おそらくはそのコードに足を引っかけ、転がり落ちたんじゃないかしら。首の骨が折れていました。亡くなってから、さほど時間は経っていなかったと思います。わたしが見つけたときは、まだ身体が温かかったので」

「あなたにとっては、ひどくつらいできごとだったでしょうね、レッドウィング先生」

「ええ、本当に。もちろん、わたしは死には慣れています。これまで、何度となく見てきたことですから。でも、個人的に知っていた相手となると、やはりどうしても割りきれないものですね」医師はふと、ためらったように言葉を切った。いかにも真面目そうな黒い瞳に、さまざまな思いがせめぎあっているような色が浮かぶ。だが、やがて、レッドウィング医師は覚悟を決めたように口を開いた。「それだけじゃないんです」

「というと？」

「そのときも、警察にお話しすべきかどうか迷いました。おそらく、そうすべきだったのでしょう。そしていま、ここであなたにお話しするのはまちがっているのかもしれません。実を言うと、こんなことはメアリの死に関係あるまいと、そのときは自分に言いきかせてしまったんです。なにしろ、当時はみなが、あれは単なる悲劇的な事故にすぎないと言っていましたからね。でも、いまやあんな事件が起きて、あなたまで捜査に来ているわけですし……」

「どうぞ、続けてください」

「あれは、メアリが亡くなるほんの数日前のことでした。この診療所で、ちょっとした事件が起きたんです。ひどく忙しい一日で——三人の患者さんが立てつづけに来たり——それに、ジョイにも二度ほどお使いに行ってもらいました。まずは村のお店で、昼食を買ってきてもらったんですよ。ジョイは気立てのいい娘で、そんな雑用も気持ちよく引き受けてくれるんです。それから、自宅に忘れてきてしまった書類があったので、それもジョイにとりにいってもらって。そんなこんなでようやく一日が終わり、後片付けをしてみると、調剤室から壜がひとつ消えていたんです。ご想像のとおり、わたしたちはいつもすべての薬品にきっちりと目を配っているんですよ。危険な薬品となれば、なおさらね。だからこそ、そんな薬品のひとつが消えてしまったことが、わたしは不安でならなかったんです」

「消えたのは、どんな薬品ですか？」

「フィゾスチグミンというものです。ベラドンナ中毒の治療薬で、ちょうどオズボーン牧師の夫人、ヘンリエッタのために使ったところだったんですよ。ヘンリエッタはディングル・デルで、たまたまベラドンナの藪を踏んでしまったんです。あなたもご存じだと思いますが、ミスター・ピュント、あの植物にはアトロピンが含まれていますからね。微量なら、フィゾスチグミンの投与はそうした症状に効果的なんですよ。とはいえ、大量に服用すれば容易に死を招きます」

「その薬品を、誰かが盗んでいったということですか」

「そうは言っていません。そう信じるだけの理由があれば、すぐに警察へ届けていました。そうじゃないんです。たとえば、どこかに置きまちがえてしまった可能性もあります。これだけ多くの薬品があると、どんなに気をつけていても、前にも一度そんなことが起きたんです。あるいは、ここの掃除に来ているウィーヴァー夫人が、ついうっかり落として割ってしまったのかもしれません。けっして信用ならない女性ではないんですが、あわてて残骸を片づけ、そのまま口を拭って知らん顔をしているというのは、充分ありそうなことですから」レッドウィング医師は眉をひそめた。「わたし、そのことをメアリ・ブラキストンに話したんです。もしも村の誰かが何らかの理由で壜を持ち出したとすると、メアリならきっとその人物を見つけ出せると思ったんですよ。メアリにはどこか、あなたに似たところがありました。探偵めいたところ、というのかしら。他人の秘密を探り出すのが得意なんです。現にそのとき、メアリはひとつふたつ心当たりがあると言っていたんですよ」

「そして、その数日後、ブラキストン夫人は死んだわけですね」

「二日後なんです、ミスター・ピュント。たった二日後だったんです」ふいに、沈黙が広がる。その事実がほのめかす――あえて言葉にはされなかった――ずっしりと重い意味が、目の前に浮かびあがってきたのだ。レッドウィング医師の不安げなそぶりは、ますますひどくなるばかりだった。「メアリの死が、その件と関係がなかったことはわかっているんです」医師は続けた。「あれは、ただの事故ですし。それに、サー・マグナスだって、別に毒を盛られたわけじゃないでしょう。剣で首を刎《は》ねられてしまったんですから！」

「そのフィゾスチグミンが消えた日ですが、診療所に来た顔ぶれを思い出せますか？」ピュントは尋ねた。

「ええ。その日の予約帳を調べてみたんです。さっきもお話ししたように、午前中に三人の患者さんが来ていました。オズボーン夫人が治療に通っていたことは、すでに説明しましたよね。それから、村の広場で骨董品店を営んでいる、ジョニー・ホワイトヘッド。手にかなりひどい切り傷を負って、そこが化膿してしまっていました。そして、クラリッサ・パイが――サー・マグナスの妹です――胃の具合が悪いと訴えて。実のところ、クラリッサの症状は、まったくたいしたことはなかったんです。クラリッサはひとり暮らしをしていて、ちょっと心気症の気味があるんですよ。たぶん、誰かとちょっとおしゃべりがしたくなるんだと思います。この壜が消えてしまった件は、今回の事件とは何のかかわりもないと、わたしは思っているんですが、どうしても良心がとがめてしまって。それに、あなたにはすべてをお知らせしておいたほうがいいでしょうから」医師はちらりと腕時計に目をやった。「ほかに、まだ何かありますか？不作法なことをするつもりはないんですが、そろそろ往診に出なくてはいけなくて」

「いえいえ、とても参考になりましたよ、レッドウィング先生」立ちあがったピュントは、そのとき初めて油彩画に気づいたらしい。「ここに描かれた少年はどなたですか?」

「実を言うと、わたしの息子で――セバスチャンといいます。この絵は、十五歳の誕生日の数日前に描かれたものなんですよ。息子は、いまはロンドンに住んでいるんです。もう、あまり顔を合わせることもなくて」

「すばらしい絵ですね」フレイザーの言葉には、心からの感嘆がこもっていた。

医師は、いかにも嬉しそうな顔をした。「夫のアーサーが描いたんですよ。夫はすばらしい芸術家だと思うのに、あの人の才能が世に認めてもらえないことが、わたしは悔しくてならないんです。わたしの絵も何枚か描いてくれましたし、レディ・パイの本当に素敵な肖像画も――」そこで、ふと言葉を呑みこむ。なぜ、医師がこんなにも動揺した様子をふいに見せたのか、フレイザーは不思議に思わずにはいられなかった。「そういえば、サー・マグナス・パイについては、何もお訊きにならないんですね」医師は話題を変えた。

「何か、とくに話しておきたいことはありますか?」

「ええ」まるで自分を奮いたたせようとするかのように、医師は言葉を切った。ふたたび口を開いたとき、その声は冷たく抑制の効いたものに変わっていた。「サー・マグナス・パイは自分勝手で思いやりがなく、自己中心的な人間でした。例の住宅建設計画は、この村のすばらしく魅力的な一角を破壊しようとするものでしたが、かといって、それがあの人の悪行のすべてというわけでもないんです。そもそも、あの人は生涯に一度だって、他人に親切にしたことなどないんですから。待合室に置いてある玩具《おもちゃ》に気がつきましたか? あれを寄付しただけのことで、レディ・パイは村人たちがみな、顔を合わせるたび自分にぺこぺこして当然だと思っているんですよ。この国は、世襲によって富を受け継いでいくうちに滅ぶでしょう。ミスター・ピュント、これが偽らざる真実です。あの夫婦は本当に不愉快な人間ですし、わたしの意見を言わせてもらうなら、あなたもきっとお仕事を切りあげて帰ることになるでしょう」医師は最後にもう一度、ちらりと肖像画に目をやった。「実のところ、この村の人間の半分は、サー・マグナスが死んでせいせいしているんです。容疑者を捜すというのなら、そうね、そんな人たちがきっと行列を作るわ」

4

パイ屋敷の庭園管理人、ブレントのことなら誰もが知っている。だが、それは同時に、実際には誰もあの男を知らないということでもあるのだ。ブレントが村の通りを歩いていたり、《渡し守》亭のいつもの席に腰をおろしたりするのを見かけると、村人たちはみな「ああ、ブレントのおっさんだ」とつぶやくかもしれない。だが、その〝おっさん〟がはたして何歳なのか、誰も知るものはいないのだ。名前すら、ある意味では謎だった。ブレントというのは、あの男の姓なのか、それとも名のほうなのだろうか？　ブレントの父親を憶えている人間も、それなりに残ってはいる。父親もまたブレントと呼ばれ、同じ仕事をしていたものだ――実のところ、父子《おやこ》でともに働いていた時期もしばらくあった。老ブレントと若ブレントが、一輪の手押し車を押したり、地面を掘ったり。とはいえ、ブレントの両親は、いまはもう亡くなってい る。どうして亡くなったのか、いつのことだったのか、誰もはっきりとは憶えていない。どこか別の地方――デヴォンシャーでのできごとだったと言うものもいる。自動車の事故だった、と。若ブレントは、いまやすっかり〝ブレントのおっさん〟となり、生まれ育ったダフネ・ロードの小さな家にそのまま住んでいる。壁を共有するテラスハウスのうちの一軒ではあるが、近隣の住人を家に招いたことはない。カーテンは、いつもぴったりと閉じられている。

教会のどこかを探せば、出生記録は見つかるかもしれない。一九一七年五月生まれ、ネヴィル・ジェイ・ブレント。つまり、どこかでネヴィルと呼ばれていた時期もあったのだろう――学校に通っていたころ、あるいは地域防衛義勇隊に参加していたころに(農業従事者という立場のおかげで、兵役には就かずにすんだ)。言ってみれば、地面に影を落とさない男――いや、むしろ本体のない影のようなものだろうか。よく目につく、しかし何ひとつ目立つところのない人間。まるで、聖ボトルフ教会の尖塔にとりつけられた風見のようなものだ。ある朝ふと目をさましたとき、尖塔から風見が消えていたら、初めて誰もがその存在に気づくことだろう。

アティカス・ピュントとジェイムズ・フレイザーはパイ屋敷の庭園を探し、ブレントを見つけた。雑草をとったり、咲きおえたバラの花を摘《つ》んだり、まるで変わったことなど何も起きていないかのような仕事ぶりだ。三十分ほどその作業を中断し、話を聞かせてほしいとピュントが説きふせた結果、三人はバラ園のただ中に、千ものバラのつぼみに囲まれて腰をおろすこととなった。ブレントが手にしているのは、土まみれの手で巻いたばかりのタバコだ。あんなものに火を点《つ》けても、土の味しかしないにちがいない。見たところ、どことなく大人になりきれていない、子どもじみたところのある男だ。いかにも居心地が悪そうにむっつりとして、いささか大きすぎる服の中でもぞもぞと身じろぎし、まとまりのない巻き毛を額に垂らしている。隣に坐っていると、フレイザーもどこかおちつかない気分にさせられた。ブレントには奇妙な、かすかに嫌悪感を呼びおこすところがあるのだ。まるで、誰にも明かしたくない秘密を抱えこんでいるかのような。

「メアリ・ブラキストンという女性を、きみはどれくらい知っていた？」ピュントはまず、最初の死の件から質問にとりかかった。だが、フレイザーははっと気づいた――この庭園管理人こそが、ふたつの死のもっとも重要な目撃者ではないか。考えてみると、家政婦にしろ、屋敷の主人にしろ、生きていた最後の姿を見たのは、ほかならぬこのブレントなのだ。

「おれは何も知らねえですよ。向こうだって、おれのことなんか知っちゃいねえし」どうしてか、ブレントはこの質問に気を悪くしたようだ。「ブラキストン夫人は、いつだっておれに威張りちらしてましたよ。あれをしろ、これをしろってね。あの女の家に呼びつけられて、家具を動かしたり、水回りの修理をさせられたり。そんな権利、あの女にはありゃしねえんだ。おれの主人はあんたじゃねえ、サー・マグナスなんだからって、何度そう言ってやったことか。誰かがあの女をあんなふうに階段から突き落としたからって、おれは何も驚かねえです。のべつまくなし、いろんなことに首を突っこんでたんだから。苛《いら》ついてた人間はいっぱいいたんじゃねえかな」荒々しく、鼻を鳴らす。「死んだものを悪く言いたかねえが、あんなお節介焼きもいなかった、そいつだけはまちがいねえ」

「夫人は突き落とされたと思っているのだね？　警察は、あれは事故だったと考えているようだが」

「そんなの、おれがどうこう言うこっちゃねえですから。事故か？　誰かに突き落とされたか？　どっちだって、別に驚きゃしねえです」

「玄関ホールに倒れている夫人を最初に発見したのは、きみだったそうだが」

ブレントはうなずいた。「おれはちょうど、玄関脇の花壇で作業をしてたんです。窓から中をのぞいたら、階段の足もとに夫人が伸びてたんで」

「何か、音はしなかったかね？」

「何も聞いてません。夫人も死んじまってたし」

「屋敷の中には、ほかには誰もいなかったそうだね」

「おれは誰も見てねえです。ひょっとしたら、誰かいたかもしれねえが。まあ、あそこで何時間か作業をしてる間は、中からは誰も出てこなかったです」

「それで、きみはどうした？」

「窓を叩いてみました。ひょっとしたら、ブラキストン夫人が目をさますんじゃねえかと思って。だが、いくらやってもぴくりとも動かねえんで、おれは厩舎《きゅうしゃ》へ行って、庭用の電話機からレッドウィング先生を呼び出したんです。先生はおれに、裏口の窓を割らせてね。旦那さまはえらくおかんむりでしたよ。後で空巣《あきす》に入られたのは、おれのせいだって言い出してね。おれのせいなんかじゃあるもんか。おれだって、割りたくて割ったんじゃねえ。言われたとおりにしただけなんです」

「その件で、きみはサー・マグナスと言いあらそったのかね？」

「いいや。そんなこたしませんよ。とにかく、旦那さまはご機嫌が悪かったし、ご機嫌が悪いときにゃ、そばに寄らないのがいちばんなんでね」

「サー・マグナスが死んだ夜も、きみはここにいたそうだね」

「おれは毎晩ここにいますよ。この季節にゃ、なかなか八時前に帰れねえんでね。あのときは、たしか八時十五分くらいだったかな――別に、割り増しの給金がもらえるわけじゃねえんだが」奇妙なことに、話せば話すほど、ブレントの舌はますます雄弁に回りはじめた。「旦那さまも奥さまも、財布に手を突っこむのは嫌いなたちだから。あの夜、旦那さまはおひとりでしたよ。奥さまはロンドンに出かけておいでてね。遅くまで旦那さまが仕事をなさってるのを、おれも見ましたよ。書斎の明かりが点《つ》いてたし、きっと誰かお客を待ってたんじゃねえかな。おれがちょうど帰るとき、誰かが訪ねてきたんですよ」

ブレントはこのことを、すでにチャブ警部補に話していた。残念ながら、その謎めいた客の詳しい特徴を描写することはできなかったようだが。「その客の顔は、きみには見えなかったそうだね」ピュントは確認した。

「見てねえです。そのときは、誰だかわからねえままでした。ただ、後になって考えてみたら、そいつが誰だったかに思いあたってね」この発言にはさすがのピュントも仰天し、管理人が先を続けるのを待った。「そいつは葬儀に来てましたよ。ブラキストン夫人を墓に埋めたとき、そいつも参列してたんです。どうも、前に見たような気がしてたんだ。列の後ろに立ってるのを目にとめてて――とはいえ、あんまり目にとまらねえような男だったんですよ、わかってもらえますかね。ほかの連中と距離を置いてて、誰にも気づかれたくねえみたいにね。それで、顔はまったく見えなかったんで。だけど、同じやつなのは確かでしたよ。まちがいねえ、同じ男でした――帽子でわかりましたよ」

「帽子をかぶっていたのかね？」

「そうなんですよ。昔ふうの、十年くらい前に流行《はや》ってたようなやつを、顔が見えねえように深々とね。あの夜、八時十五分にお屋敷を訪ねてきたやつと同じやつでした。そう、まちがいねえです」

「ほかに、その男について何か憶えていることはあるかね？　年齢は？　背の高さはどれくらいだった？」

「そいつは帽子をかぶってました。言えるのはそれだけなんで。葬儀に来てたこと。誰ともしゃべらなかったこと。そのままいなくなっちまったこと」

「その男が屋敷を訪ねてきたときには、何があった？」

「その後どうなったかは、見ねえで帰っちまったんですよ。《渡し守》亭へ行って、パイでビールを一杯やるつもりでね。ホワイトヘッド氏にもらった金で、ふところも暖かかったし。とにかく、おれはさっさと帰りたかったんです」

「ホワイトヘッド氏か。たしか、骨董品店《こっとうひんてん》の主人だったね——」

「あの人がどうかしたんですかね？」ブレントの目が、疑うようにすっと細くなった。

「きみに金を支払ったということだね」

「そんなこと、おれは言ってません！」ついうっかり口が滑ってしまったことを悟り、ブレントは必死に言いのがれる道を考えた。「貸しになってた五ポンドを返してもらってね。それだけのことなんです。とにかく、おれはビールを飲みにいったんですよ」

その件について、ピュントはひとまず見のがすことにした。ブレントのような男は、すぐにへそを曲げてしまう。いったんそうなってしまったら、もう何も話してはくれなくなるだろう。

「では、きみはパイ屋敷を八時十五分に出たわけだね。その時点からサー・マグナスが殺害されるまで、一時間もなかったというわけだ。玄関の脇の花壇で見つかった手形について、何か聞かせてもらえることはあるかね？」

「そのことは刑事さんにも訊かれて、もう答えましたがね。あれは、おれの手形じゃねえです。いったい何だって、おれがあそこの土に手なんか突っこまなきゃいけねえんですか？」その口もとに、奇妙な笑みが浮かんだ。

さらに別の方向から、ピュントは踏みこんでみることにした。「ほかに、誰か見かけなかったかね？」

「実を言うと、見かけてましてね」探偵とその助手を、ブレントはずるそうな目で見やった。

さっき巻いたものの、ずっと手に持ったままだったタバコを、ようやく口にくわえて火を点ける。「さっきも言ったように、おれは《渡し守》亭に向かったんですよ。歩いてたら、いきなりオズボーン夫人に出くわしてね。そう、牧師さまのかみさんですよ。あんな夜遅くに、いったい外で何をやってたんだか――しかも、こちらさんもあまり人目につきたくなさそうなそぶりでね。それでも、おれに訊いてきましたよ、ご亭主を見かけなかったかって。何があったのか、えらくうろたえててね。怯えてるふうでもあったな。あのときのオズボーン夫人の顔ったら、見せたかったですよ。それで、もしかしたら、いましがたお屋敷へ行くとこを見かけたかもしれねえって教えてやってね。実のところ、ほんとに牧師さまはあそこにいたのかもしれねえし……」

ピュントは眉をひそめた。「屋敷に向かうのを見たという帽子の男のことなら、葬儀にいた人物だったと、きみはさっき言ったばかりだが」

「自分が何を言ったかはわかってますよ。つまり、そいつも牧師さまも、両方そこにいたかもしれねえってことです。いいですか、ちょうど一杯やってたときのこと、おれは牧師さまが自転車で走ってくのを見たんだから。夫人に出くわして、だいぶ経ってからのことですよ」

「どれくらい後だった？」

「店に入って三十分くらいかな。まあ、せいぜいそれくらいです。自転車が走ってく音がしたんですよ。あの自転車ときたら、キーキー、ギシギシ、村の反対側にいたって聞こえるしろものでね。おれが酒場にいたときに外を走ってったのは、まちがいなくあの自転車です。それに、あっちから走ってきたとなりゃ、お屋敷以外にどこにいたっていうんです？　まさか、はるばるバースから走ってきたわけじゃあるまいし」反論できるものならしてみろといわんばかりの目つきで、ブレントはくわえタバコ越しに探偵をにらみつけた。

「きみの話は、実に参考になったよ」ピュントは答えた。「あとひとつだけ、訊いておきたいことがある。ブラキストン夫人が住んでいた使用人小屋のことだ。さっきの話だと、きみはときどきあの家で、夫人に頼まれた用事をしてやっていたようだね。ひょっとして、あそこの家の鍵を持ってはいないかね？」

「いったい、どうしてそんなことを訊くんです？」

「あの家の中に入ってみたいからだ」

「さあ、そいつはどうかな」ブレントはつぶやいた。口にくわえたタバコをくるくる回しながら考えこむ。「あそこに入りたいんなら、奥さまに話を通したほうがいいと思いますがね」

「これは警察の捜査なんだ」フレイザーが口をはさんだ。「われわれは、行きたいところへ行くことができる。協力しないというのなら、面倒なことになるかもしれないよ」

ブレントは疑うような表情を見せたが、言いあらそおうとはしなかった。「じゃ、いまご案内しますよ」バラの花に向かって、あごをしゃくってみせる。「それが終わったら、またここに戻って続きをやらねえと」

ピュントとフレイザーは、ブレントの後に続いて厩舎へ立ち寄った。そこから大きな木の札をつけた鍵を持ち出すと、私道の外れにある使用人小屋に向かう。傾斜屋根にどっしりとした煙突、ジョージ王朝様式の窓、頑丈な玄関扉のある二階建ての家だ。サー・マグナス・パイの家政婦として働いていた間、メアリ・ブラキストンはずっとここに住んでいたことになる。最初は夫にふたりの息子のいる暮らしだったが、ひとり、またひとりと家族が抜けていき、最後にはひとり暮らしとなって。たまたま現在の太陽の位置のせいか、それとも家を囲むナラやニレの木立《こだち》のせいか、そこはまるで永遠に影に覆われた家のように思えた。見た目も、雰囲気も、いかにも寂《さび》れている。

ブレントは厩舎からとってきた鍵で、玄関の扉を開けた。「おれもいっしょに中に入ったほうがいいですか？」

「もうしばらくつきあってくれれば、そのほうがありがたい」ピュントは答えた。「もう、さほど時間はとらせないよ」

三人は狭い玄関に足を踏み入れた。扉がふたつ並んだ廊下と、二階へ上がる階段。いかにも時代遅れな、花模様の壁紙。英国の鳥やフクロウを描いた、いくつもの絵。古めかしいテーブルにコート掛け、姿見。何もかもが、ずっと昔からここにあったように見える。

「何が見たいんですかね？」ブレントが尋ねた。

「それはなんともいえないな」ピュントは答えた。「いまは、まだ」

一階には、とくに見るべきものはなかった。台所は何の変哲もなく、ぱっとしない居間には大きな古めかしい振り子時計がどっしりと鎮座している。この時計の音を聞きながら、ロバートの母親にいい印象を与えようと奮闘していたことを語ったジョイ・サンダーリングの話を、フレイザーは思い出さずにいられなかった。まるで、メアリの幽霊がさっきまで来ていたかのように、何もかも清潔に保たれている。ひょっとしたら、ずっとここに住みついたままなのかもしれない。誰かが郵便物をまとめて、台所のテーブルに置いたようだが、それもごくわずかで、何も興味を惹くものはなかった。

三人は二階へ上がった。廊下の突きあたりにメアリの寝室、その隣に浴室がある。どうやら、メアリはかつて夫とともに眠っていたベッドを、そのままずっと使いつづけていたのだろう。夫が出ていった後に、こんなにも重くあつかいにくい夫婦用のベッドをわざわざ新調するとも思えない。寝室は、通りを見晴らす位置にあった。実のところ、パイ屋敷を眺めることのできる窓は、この家の主だった部屋には存在しない。まるで、雇い人は主人の屋敷をひと目見ることもまかりならぬと、わざわざそう設計したかのようだ。さらにふたつの寝室が並んでおり、開けはなしたままのそれらの扉の前を、ピュントは通りすぎた。どちらも、しばらく誰も眠っていないようだ。シーツは剝《は》がされ、マットレスにはかびが生えかけている。廊下の向かいに位置する三つめの扉は、鍵を無理やり壊してあった。

「警察が壊したんです」ブレントは説明した。どこか非難がましい声だ。「刑事さんがたは入りたがったんだが、鍵が見つからなくてね」

「ブラキストン夫人は、いつもこの部屋の鍵をかけておいたのかね？」

「この部屋にゃ、けっして入りませんでしたよ」

「どうしてわかる？」

「さっきも話しましたがね。おれは、この家にはしょっちゅう来てるんです。水回りを直したり、一階の絨毯《じゅうたん》を敷いたり、この家にはさんざん呼びつけられたんで。だが、この部屋には入っちゃいねえ。夫人は、この扉はけっして開けようとしなかったんです。鍵を持ってたかどうかもあやしいもんだ。だから、警察だって壊して入らなきゃならなかったんですよ」

三人はその扉をくぐった。だが、期待は外れた。この家のほかの部屋と同じように、ここもまた、生活の匂いがまったくしない。シングル・ベッドがひとつ、空《から》っぽの衣装簞笥《だんす》がひとつ、そして突き出た庇《ひさし》の下の窓と、その前に置かれた作業台。ピュントはその窓に歩みより、外を眺めた。ここからは木立越しに湖岸の一部と、いまや伐採《ばっさい》の危機にさらされている、その奥のディングル・デルがちらりと見える。作業台の中央には引き出しがひとつあり、ピュントはそれを開けてみた。フレイザーも、横からのぞきこむ。そこには黒い革で作られた輪があり、小さな金属の丸い札がぶらさがっていた。犬の首輪だ。フレイザーは身を乗り出し、その首輪を手にとった。

「〝ベラ〟と書いてある」札に記された文字を読みあげる。その名は、大文字で綴《つづ》られていた。

「ベラってのは、犬の名です」ブレントが、いらない口をはさんだ。フレイザーはいささかうんざりした。そんなことは、誰でもわかるに決まっている。

「誰の犬だね？」ピュントが尋ねた。

「下の子のです。死んじまったほうですよ。犬を飼ってたんだが、それも短い間でね」

「何があった？」

「逃げちまったんですよ。それっきりでね」

　フレイザーは首輪を引き出しに戻した。ごく小さな首輪だ――これをしていたのなら、まだほんの子犬だったにちがいない。空の引き出しの中にぽつんと置かれたその首輪からは、どうにも言葉にしようのない悲しみが伝わってくる。「じゃ、ここがトムの部屋だったんだな」フレイザーはつぶやいた。

「ああ、そうかもしれないね」

「だとすると、ブラキストン夫人がこの部屋に鍵をかけていたのも説明がつきますよ。可哀相に、きっとこの部屋に入るのもつらかったんでしょう。どうして引っ越さなかったのかな」

「引っ越したくても、そうできなかったのかもしれない」

　まるで過去の記憶をそっとしておこうと気づかうかのように、ふたりは声をひそめて言葉を交わしていた。その間も、ブレントは仕事に戻りたくてそわそわしていたが、ピュントのほうは、いっこうに早く切りあげる様子はない。ピュントは手がかりを探しているというよりも、ここの空気を感じとろうとしているのだということが、フレイザーにはわかっていた――犯罪そのものの記憶、事件の超自然的な名残《なごり》のようなものが、悲しみや暴力的な死によってその場に刻みつけられているのだと、かつて何度も聞かされたことがあったからだ。ピュントの執筆している著作にも、わざわざそのために一章が割《さ》かれている。たしか、「情報と直感」という項だっただろうか。

　ようやく家を出ると、ピュントは口を開いた。「参考になりそうなものは、すでにチャブ警部補が持ち去っているのだろう。何を見つけたのか、早く知りたいものだね」そして、すでにかなり先を足早に屋敷に向かっているブレントに、ちらりと視線を投げる。「それに、あの男もずいぶんいろいろなことを教えてくれたな」鬱蒼《うっそう》と生い茂る周囲の木立を、ピュントは見まわした。「わたしはこんなところに住みたくはないね。何も見えやしない」

「なんだか気の滅入る場所ですよね」フレイザーもうなずいた。

「さて、われわれはホワイトヘッド氏がどんな理由で、いくらブレントに金を渡したのか、それを突きとめなくてはいけない。それから、オズボーン牧師からもあらためて話を聞かなくてはならないな。牧師は何らかの理由があって、事件の夜、ここを訪れたのだ。そして、牧師夫人のこともある……」

「夫人は何か怯えているようだったと、ブレントは話していましたね」

「ああ。いったい、何に怯えていたのだろうね」最後にもう一度、ピュントは使用人小屋をふりかえった。「あそこには、なんとも言いがたい空気がただよっていたね、ジェイムズ。怯えてもおかしくないことが、あそこにはたっぷりとあるのだ」

5

レイモンド・チャブ警部補は、殺人事件が好きではなかった。そもそも警察官になったのも、小奇麗な村や生垣、昔ながらの野原が広がるここサマセット州こそは――世界一とまでは言わないものの――英国でもっとも整然としている文明の地だと信じていたからだ。だが、殺人事件はすべてを変えてしまう。生活の穏やかなリズムを打ち壊し、隣りあって住む人々を反目させるのだ。ふいに誰もが信用できなくなり、これまで夜も開けたままにしておいた扉に鍵がけられる。殺人事件こそはまさに破壊行為であり、美しい風景を見晴らす窓めがけてレンガを投げるにも等しい。そして、割れて散らばった破片を拾いあつめ、つなぎ合わせるのが、ある意味では警察官としての自分の仕事なのだ。

バースのオレンジ・グローヴにある警察署の執務室で、警部補は捜査の状況をふりかえっていた。このサー・マグナス・パイ事件の捜査は、けっして幸先のいい滑り出しとは言えなかった。そもそも、自宅で刺されるというならまだしも、夜遅く中世の剣で首を刎《は》ねられるなど、あまりに常軌を逸《いっ》しているではないか。それも、あんなにも穏やかだった、サクスビー・オン・エイヴォンのような土地で！　例の家政婦、つまずいて階段から転がり落ちた女性の件も、こうなると何か裏があったのかもしれない。あのあたりに建ちならぶジョージ王朝様式の家に暮らし、教会に通い、地元のクリケット・チームに参加し、日曜の朝には芝生を刈って、村の祭りでは自家製のマーマレードを売るような村人のひとりが、実は殺人狂だなどということが、本当にありうるのだろうか？　その問いの答えは――そう、その可能性は高い。そして、その人物の手がかりは、いま目の前の机に置かれた日記帳に記されているかもしれないのだ。

サー・マグナスの金庫からは、手がかりになりそうなものは何も見つからなかった。使用人小屋の家宅捜索も、どうやら時間の無駄に終わるかに思えた。だが、そのとき、ワシのような鋭い目で何ものをも見のがさない巡査、ウィンターブルック青年が、メアリ・ブラキストンの台所にあった料理本の中から、すばらしい発見をしてのけたのだ。あの若いのは、きっとこれからぐんぐん昇りつめていくことだろう。いまより真剣な勤務態度を見せ、ほんの少しばかり野心を抱けば、あっというまに警部くらいにはなれそうだ。ブラキストン夫人はこれを、わざと台所に隠しておいたのだろうか？　誰かが家にやってくることを怖れていたのかもしれない――おそらくは息子か、それともサー・マグナス本人か？　まちがいなく、これは夫人がそのへんに放り出しておけるようなしろものではない。村の誰彼について、さまざまな悪意ある観察が書きとめられているのだから。たとえば、ターンストーン氏（肉屋の主人）がわざと客の釣り銭をごまかしているだの、ジェフリー・ウィーヴァー（墓掘り）が自分の飼い犬にひどい仕打ちをしているだの、エドガー・レナード（引退した医師）が賄賂《わいろ》を受けとっていただの、ミス・ドットレル（村の雑貨店の店員）が酒ばかり飲んでいるだの、そういった話だ。村人は誰ひとりとして、ブラキストン夫人のあら探しを逃れることはできなかったらしい。

読みきるのには、まる一日かかった。ようやく最後まで到達したときには、自分がすっかり汚れてしまったかのような気がしたものだ。生気のない目を見ひらき、パイ屋敷の階段の下に倒れたまま、すでに冷たくなっていたメアリ・ブラキストンを、チャブ警部補はよく憶えている。あのときは、心から気の毒に思うばかりだった。しかし、いまとなってみると、この女性はいったい何に駆りたてられて、つねに疑り深い目を周囲に向けながら村じゅうを歩きまわり、自ら面倒ごとを追いもとめていたのだろうといぶかしまずにはいられない。何でもいい、他人の美点を見つけたことは、生涯にただの一度もなかったのだろうか？　筆跡には癖があり、のたくるような筆づかいではあるが、おそろしく几帳面《きちようめん》に書きつらねてある——まるで、邪悪な存在に仕える会計士か何かのように。おっと、これはうまい言いまわしだ！　ピュントなら気に入ってくれるだろう。まさに、あの探偵が言いそうな台詞《せりふ》ではないか。どの文章にも、きっちりと日付が入っている。この日記帳に記されている内容は、ここ三年半ばかりのできごとであり、チャブ警部補はすでにウィンターブルックに命じて使用人小屋へ戻らせ、それより前の日付のものがないかどうかを探させていた——個人的には、ここにある分だけでも、ほとほとうんざりしてはいるのだが。

ブラキストン夫人にはとくに注目しているお気に入りが二、三人いたらしく、ページをめくるたびに名前が登場してくる。奇妙なことに、あれだけ刺々《とげとげ》しい言葉を投げあったにもかかわらず、息子のロバートはそんなお気に入りに数えられてはいないようだ。その反面、ジョージー——別名ジョイ——のほうは、紹介されたその瞬間から、すっかり軽蔑の対象とされてしまっている。夫人が心の底から嫌っていたのは、庭園管理人のブレントらしい。その名前は何度となくくりかえしノートに記されていた。不作法だの、怠けものだの、遅刻しただの、ちょっとしたものをくすねただの、ディングル・デルでキャンプをしていたボーイスカウトたちをのぞいていただの、酔っぱらっていただの、嘘をついただの、手を洗わないだの、もう枚挙にいとまがない。どうやら、夫人はこうした意見をサー・マグナス・パイにも伝えていたようだ。

少なくとも最後のころの記述には、それを示唆する内容が含まれている。

七月十二日
ブレントはひどく不機嫌だ。今朝もひどいしかめっつらで、オダマキの花壇をどすどすと踏みつけていった。あたしが見ているのも承知の上で！　こんなことをわざとやるのは、もう何をしようと結果が同じなのはわかっているからだ。パイ屋敷であの顔を見るのも、もうさほど長いことではないと思うとせいせいする。ほんの一週間前、ブレントに一ヵ月の猶予つきで首を申しわたしたと、サー・Mが教えてくださった――あたしに言わせれば、もう何年も前にそうしておくべきだったのに。いったい何度、あたしは旦那さまにそう勧めたかわからない。ブレントは根っからの怠けものだし、そのうえずるくて信用がならない。働いているべき時間に、坐りこんでタバコを吸ってたりして。そんな光景を、もうどれくらい見たことか。サー・Mがあたしの意見に耳を傾け、行動を起こしてくださって本当に嬉しい。この季節、お庭はすばらしく美しいんだから、《ザ・レディ》誌に広告でも出せば、すぐに次の庭師が見つかるだろう。まあ、それより斡旋《あっせん》業者に頼むほうが賢いかもしれないけれど。

この三日後に、ブラキストン夫人は死んだ。そして、その二週間後にはサー・Mも。これは偶然だろうか？　まさか、ふたりの殺された理由が、庭園管理人に暇を出したからだというわけではあるまいが。
チャブ警部補が印をつけた記述は、このほかに七件あった。それぞれ、何らかの理由で事件に関係しているかもしれないと判断した内容だ。一件をのぞき、どれも最近のものばかりで、ますますサー・マグナス殺害と関連のある可能性が高い。チャブ警部補はもう一度ノートをめくり、印のついた記述を、内容が理解できる順に読んでいった。

七月十三日
レッドウィング先生から興味ぶかい話をうちあけられた。いったい、この村にはどれだけ盗人《ぬすっと》がいるのだろう？　今回は、ひどく深刻な問題だ。診療所からお薬が盗まれたらしい。お薬の名前は、先生に書いてもらった。フィゾスチグミン。大量に服用すると、生命にかかわるそうだ。警察に行ったほうがいいと、あたしは先生に勧めたけれど、先生は嫌がった。行ったら自分が責められることになると思っているからだ。R先生は好きだけれど、その判断はときどきどうかと思うことがある。たとえば、あの娘を診療所で働かせていることとか。それに、先生は自分でそう思っているほど注意ぶかくはない。あの診療所にはさんざん顔を出しているけれど、あたしだって、やろうと思えば勝手に入って、好きなことができてしまう。盗まれたのはいつか？　R先生の推測はまちがっているんじゃないかと思う。先生の考えている日じゃなく、その前の日だったはず。その日、診療所から出てきた人物を、あたしは見た……ほかでもない、ミス・パイだった！　何かがおかしいと、すぐにあたしは感づいた。顔に浮かんだ表情、それに、ハンドバッグを握りしめていたあの手つき。入ってみると、診療所には誰もいなかった（あの娘も、どこにもいやしなかった）。ミス・パイはまちがいなく、あそこにひとりきりでいたことになる。薬棚は開いていたし、中のお薬を持ち出すのは簡単だったはず。いったい、どうしてあんなものを盗んでいったんだろう？　兄のお茶にでも垂らすつもりだろうか――おそらくは、復讐のために。二番めに生まれつくなんて、そりゃ嬉しくはないでしょうよ！　とはいえ、いきなり責めたてるわけにはいかない。これは、よく考えてみないと。

七月九日

アーサー・リーヴは動揺のあまり、まともに口がきけないほどだった。大事なメダルのコレクションが消えたんだとか！　いやなことが起きるものだ。泥棒は台所の窓を割り――自分もガラスでどこかを切ってしまったらしい。これはすごく有力な手がかりになりそうなものだけれど、予想どおり、警察はたいして興味がなさそうだった。子どものしわざにちがいないというのが警察の意見だけれど――あたしはそうは思わない。この泥棒は、まちがいなく何をねらうべきか知っていたはず。ギリシャのメダル一枚でも、けっこうな売値になるだろうに。いつものことだけれど、誰ももう気にしていない。あたしはちょっと立ち寄って、アーサーとお茶を飲んできた。この事件に、例の〝われらが友人〟はかかわっているのだろうか、気になったけれど何も言わずにおく。ちょっと出かけていって、確かめてみないと――でも、くれぐれも気をつけよう。豹はその斑点を変えられないと聖書にあるとおり、人間の本性はけっして変えられやしないんだから！　あんな人間が、この村に住んでいると思うと怖ろしい。しかも、危険なのでは？　もっと早く、サー・マグナスにうちあけておくべきだったかもしれない。ヒルダ・リーヴは、この件にまったく興味がないようだ。夫の力になろうともせず――何をそんなに大騒ぎしているのか、さっぱりわからないなどと言っていた。馬鹿な女だ。アーサーは、どうしてあんな女と結婚してしまったのか。

七月十一日
夫人が留守のときを見はからって、ホワイトヘッドの店を訪ね、知っていることを話してやった。もちろん、ホワイトヘッドはすべて否定した。まあ、それは当然というものよね？　だから、あたしが見つけた新聞記事を見せてやると、それは何もかも終わったことだと、あの男は言いはった。そのうえ、自分を面倒ごとに巻きこもうとしていると、あたしを非難さえしたものだ。あら、それはちがうでしょ、とあたしはあの男に言ってやった。この村で面倒を起こしているのはあんたのほうだ、と。あの男は、アーサーの家になんか近づいたこともないという。でも、あの店にはあんなにがらくたが山ほど並んでいるんだから、どこで手に入れたんだか不思議に思うのは当然のことでしょう。出るところに出たっていいと、あの男はすごんだ。あたしのことを訴えてやるって。さあ、どうなるか見ものだね！

このふたつの記述については、チャブ警部補はよっぽど無視しようかと思ったものだ。アーサー・リーヴとその妻は年輩の夫婦で、かつて《女王の腕》亭を切りまわしていた。サー・マグナスの死に、これほど無関係な人間もいまい――それに、こんなメダル泥棒が、どうして事件にかかわっているはずがあろうか。ホワイトヘッドに会った話も、まったく意味がわからない。だが、日記帳の裏表紙に差しこんである、色あせて破れやすくなった新聞記事を見つけ、警部補はこれらの記述について、あらためて考えてみざるをえなくなった。

裏社会の故買屋、釈放される

〃お屋敷窃盗団〃――もっぱらケンジントン・アンド・チェルシー区の高級住宅街に的を絞った空巣《あきす》狙いの専門集団に連《つら》なり、一時は悪名を馳《は》せた人物だ。かつて盗品を受けとったかどで逮捕されたジョン・ホワイトヘッドは、七年という判決のうち四年の刑期を終えたのみで、ペントンヴィル刑務所から釈放となった。ホワイトヘッド氏には妻がおり、どうやら夫妻でロンドンを離れる見こみ。

記事に写真は添えられていなかったので、チャブ警部補はすぐに確認させた。ロンドンで逮捕されたというジョン・ホワイトヘッドと、この村に妻と住むジョニー・ホワイトヘッドは、たしかに同一人物にまちがいないという。戦時中、そして戦後すぐ、ロンドンは犯罪者組織が跳梁跋扈《ちょうりょうばっこ》する街となっていた。中でも、〝お屋敷窃盗団〟は悪名をとどろかせていたものだ。その一味の故買屋だったホワイトヘッドが、いまやまさに骨董屋《こっとうや》を営んでいるとは！　メアリ・ブラキストンが綴《つづ》ったひとことを、警部補はあらためてじっくりと眺めずにはいられなかった——〝しかも、危険なのでは？〟この疑問符は、まさに適切な使いかただといえよう。もしもホワイトヘッドが前科者で、そのことをブラキストン夫人が暴こうとしたのなら、そうさせないために手を下したとも考えられるのではないか？　さらに、その事実を夫人がサー・マグナスにもうちあけていたとしたら、ホワイトヘッドはこちらも口をふさがなくてはと考えるのでは？　チャブ警部補は注意ぶかく記事の切り抜きを脇に寄せ、ふたたび日記帳に戻った。

七月七日
仰天した。前々から、オズボーン牧師夫妻には何かおかしいところがあるとは思っていたのだ。でも、さすがにこれは!!　前のモンターギュ牧師さまが残ってくださっていたらよかったのに。まったく、本当にまったく、何を言うべきか、何をすべきか見当もつかない。言わないでおくのがいいのかも。だって、誰があたしの言うことを信じる？　ああ、ぞっとする。

七月六日

レディ・パイがロンドンからお帰りになった。そう、また。こうして奥さまがロンドンに出かけていくたび、何をしているのかはみんなが知っている。でも、誰もけっして口にはしない。たぶん、あたしたちが生きているのはそういう時代だってことなんだろう。サー・マグナスがお気の毒でならない。あんなにすばらしいかたなのに。いつも、あたしには親切にしてくださる。旦那さまはご存じなのだろうか？　あたしが、何か言ってさしあげたほうがいい？

チャブ警部補が印をつけたうち、残りのひとつはもう四ヵ月近く前のものだ。ジョイ・サンダーリングについて書かれた日記は何件かあるが、これは初めて顔を合わせたときのことを書いたものだった。この部分だけは、ほかの日記よりはるかに太いペン先を使い、黒インクで記されている。ページ一面に散らばった文字を見ていると、ペンを走らせたときの怒りと蔑《さげす》みの感情がひしひしと伝わってくるかのようだ。この日記を通して、ブラキストン夫人はかなり公平な観察者である。言いかえれば、出会った誰に対しても、公平に意地の悪いあら探しをしていたということだが。とはいえ、ジョイだけは、夫人にとって特別な存在だったらしい。

三月十五日
お可愛らしいミス・サンダーリングとお茶。本当はジョージーという名前だけれど、「ジョイと呼んでください」だそうだ。そんな名で呼ぶ気はないけれど。この結婚に喜び《ジョイ》などあるはずがない。あの娘には、どうしてそれがわからないんだろう？　結婚など、あたしがさせはしない。十四年前、あたしは息子をひとり失った。あたしからロバートを引き離すなんて、そんなことをあの娘にさせておくもんか。お茶とビスケットを出してやると、あの娘は間抜けな笑顔を浮かべたまま、ただひたすらそこに坐っているだけだった――あまりに若すぎ、あまりにものを知らなすぎる。ぺちゃくちゃと、自分の両親のことだの、家族のことだの、いろいろしゃべっていったけれど。なんと、兄はダウン症なんだそうだ！　いったい、どうしてあたしにそんな話をしなくちゃいけないんだろう？　ロバートもただそこに、何も言わずに坐っているだけだった。その間じゅう、あたしは忌《い》まわしい病がこの娘の家族を蝕《むしば》んでいくことを考え、早くここから出ていってほしいと願うばかりだったのに。あのとき、いっそそのまま言ってきかせてやればよかった。でも、あの娘はいかにも、あたしのような人間の言うことには耳を傾けない性格に見える。あとでロバートに話してきかせないと。結婚など、あたしは絶対に許さない。許すものか。いったい、どうしてあの馬鹿な娘はサクスビーに来なきゃいけなかったんだろう？

ここにいたって、チャブ警部補は初めて、心の底からメアリ・ブラキストンが嫌いになった。あんなふうに死んだのも当然の報いとさえ、こっそり思ってしまいそうだ。ほかの誰にもこんな感想をうちあけるつもりはないが、この日記帳には最初から最後まで毒しか詰まっていないし、とくにこの日の記述は許しがたい。とりわけ、ダウン症についてのブラキストン夫人の言葉に、警部補はどうにも腹が立ってならなかった。〝忌まわしい病〟だって？　そもそも、その認識がまちがっている。あれは状態を指す言葉であって、けっして病気ではないのだ。それを、自分の血筋を脅《おびや》かす危険としてとらえるとは、いったいどういう女なのだろう。未来の孫がある種の汚染にさらされるとでも思いこみ、それを防ごうとして息子の結婚を徹底的に妨害していたのか。とうてい信じがたい話だ。

メアリ・ブラキストンの日記帳がこれ一冊だけであることを、心のどこかでチャブ警部補は願っていた。こんな陰気な憤懣《ふんまん》ばかりを書きつらねた日記を、まだまだ読まなくてはならないかと思うとぞっとする——誰かを褒めようと思ったことが、この女には一度もないのだろうか？　とはいえ、自分がたまたま手に入れることのできたこの日記帳にどれほど価値があり、とうてい無視できない情報が含まれているかはよくわかっている。これはぜひ、すべてアティカス・ピュントに見てもらわなくては。

サマセット州にあの探偵が来てくれたことを、チャブ警部補は心から喜んでいた。観劇中に校長が殺された、モールバラで起きた事件で、ピュントとはともに捜査をした間柄だ。今回の事件は、いろいろな点であのときによく似ている。もつれあう容疑者、さまざまな動機、そして関連があるのかどうかわからないふたつの死。自宅という私的な場では、チャブもきっと素直に事実を認めただろう、この事件がどうなっているのか、自分にはかいもく見当がつかないと。ピュントはものごとを別の角度から見るすべを心得ている。もともと、そういう気質なのかもしれない。警部補は口もとがほころびそうになるのをこらえきれなかった。これまでの人生、自分はずっとドイツ人は敵だと教えこまれてきたのに。こうしてドイツ人のひとりを味方に得ているというのは、なんとも不思議な気分だった。

同じくらい不思議なのは、あのジョイ・サンダーリングがピュントをここへ連れてきたということだ。あの娘と婚約者のロバート・ブラキストンには、メアリ・ブラキストンの死を願う誰よりも強い理由があると、チャブ警部補はすでに気づいていた。ふたりは若く、愛しあっている。そして、ブラキストン夫人のほうは、これ以上ないほどの下劣な、唾棄《だき》すべき理由で、ふたりの結婚を阻止しようとしていたのだ。ほんの一瞬、警部補はふたりの気持ちがわかるような気がした。だが、もしもふたりがブラキストン夫人殺害にかかわっていたのなら、どうしてピュントを捜査に呼びこんだりしたのだろう？　これは、一種の巧妙な煙幕なのだろうか？

こんなことをあらためて思いめぐらせながら、レイモンド・チャブ警部補はタバコに火を点《つ》け、もう一度、日記のページをめくりはじめた。

6

畢生《ひっせい》の著作『犯罪捜査の風景』に、アティカス・ピュントはこう書いている。〝真実とは、深い谷《フェアティフンク》のようなものと考えることもできる——遠くからは見えないが、あるとき突然、目の前にふっと現れるのだ。そこに到達するためには、さまざまな方法がある。一見して何のかかわりもないように思える質問を重ねていくことも、実はめざす地点へ近づく有効な方法である。犯罪の捜査に、無意味な回り道というものは存在しない〟言いかえれば、ピュントがまだメアリ・ブラキストンの日記を目にしておらず、その内容について何も知らないとしても、さして問題にはならないということだ。ピュントとチャブ警部補は、いまは別々の道をたどって真実をめざしているが、どこかの地点できっと出会うのだから。

使用人小屋を後にしたピュントとフレイザーは、そこからさほど遠くない牧師館へ向かった。フディングル・デルを抜ける近道ではなく、午後の暖かい陽射しを楽しみながら通りを歩く。フレイザーはこのサクスビー・オン・エイヴォンという村に、いまやかなり惹きつけられており、ピュントがまったく村の魅力に興味を示さないことを、いささか不思議に思っていた。考えてみると、ロンドンを離れてからというもの、ピュントはどこかいつもの様子とはちがう。ふいに長いこと黙りこんでは、ひたすらもの思いにふけっているのだ。いま、ふたりは牧師館の居間に腰をおろし、ヘンリエッタからお茶とお手製のビスケットをふるまわれているところだった。そこは明るく、楽しげな雰囲気の部屋で、暖炉にはドライ・フラワーが飾られ、フランス窓からは手入れのゆきとどいた庭と、その向こうの森が見晴らせる。壁ぎわにはアップライト・ピアノと、いくつかの本棚が並び、フランス窓の両側には、冬には引くであろうカーテンが束ねられていた。何もかも、居心地のいい家具ばかりだ。どれひとつとして、そろいではないのに。

ロビンとヘンリエッタのオズボーン夫妻は、ソファに並んで腰かけ、このうえなく気まずそうな、というより、率直に言ってしまえば後ろめたそうな顔をしていた。ピュントはまだほとんど質問を始めてはいなかったが、夫妻はすでに身がまえて、次に何が来るかと怯えている様子だ。ふたりが何を感じているか、フレイザーにはよくわかっていた。こうした場面は、前にも見てきたからだ。たとえ非の打ちどころない、尊敬すべき人間であっても、この探偵と話しはじめたとたん、否応なく容疑者のひとりとなってしまう。どんなふうに答えようと、その言葉が額面どおりに受けとってもらえるとはかぎらない。ピュントの質問に答えるというのは、そういうゲームなのだと考えるしかないだろう。オズボーン夫妻は、どうやらこのゲームが苦手なようだ。

「サー・マグナス・パイが殺害された夜ですが、オズボーン夫人、あなたは外に出かけていますね。時刻は八時十五分ごろだったとか」この指摘を否定するかどうか、ピュントはしばらく見まもっていたが、ヘンリエッタは口をつぐんだままだったので、さらに尋ねた。「何のためだったのですか?」

「いったい、誰がそんなことを言ってたんですか?」ヘンリエッタは尋ねかえした。

ピュントは肩をすくめた。「実のところ、誰が言っていたかはたいした問題ではないのですよ、オズボーン夫人。殺害の時刻に、誰がどこにいたかを確認し、いわゆるジグソー・パズルを組み立てていくのがわたしの仕事です。そのために質問をし、答えていただく。それだけのことです」

「誰かにひそかに見はられてると思うと、それがいやでいやで。村の暮らしって、こういうところが面倒なんです。いつも、誰かしらに見られてるんだから」妻の手の甲を、牧師がなだめるように優しく叩く。ヘンリエッタは先を続けた。「はい、外に出てました。そのくらいの時間に、夫を探しにいったんです。つまり、その……」しばし言いよどむ。「わたしたちふたりとも、あることを聞かされてすっかり動転し、夫はひとりでここを飛び出していってしまったんです。暗くなってきても、夫が戻らなかったので、いったいどこに行ってしまったのだろうと思って」

「それで、そのときあなたはどこにいたのですか、ミスター・オズボーン?」

「教会に行っていました。心を整理しなくてはならないときは、いつもそうしているんです。あなたにも、きっとわかってもらえると思いますが」

「歩いてですか、それとも自転車に乗って?」

「その口ぶりからすると、ミスター・ピュント、あなたはもう答えを知っているようですね。自転車です」

「帰宅したのは何時ごろでしたか?」

「九時半ごろだったかと」

ピュントは眉をひそめた。ブレントによると、《渡し守》亭に入って三十分ほどの後、牧師が店の外を自転車で走っていったという。おそらく、およそ九時から九時十五分くらいの時刻だろう。そうなると、ふたりの証言には食いちがいが出てくる。少なくとも、十五分の空白が。

「その時間に、まちがいはありませんか?」

そこにずっといっしょにいたんです」

「絶対にまちがいありません」ヘンリエッタが割って入った。「さっきもお話ししたように、わたし、夫を心配してたんです。だから、ずっと片目で時計をにらんでて。夫が帰ってきた時間は、たしかにちょうど九時半でした。取り置いてあった夫の夕食を出して、食べおわるまで、そこにずっといっしょにいたんです」

この件について、ピュントは深追いしないことにした。いまのところ、三つの可能性が考えられる。まず、もっともありそうなのは、オズボーン夫妻が嘘をついているということだ。夫人のほうはいかにも怯えていて、それでも夫を守らなくてはとがんばっているように見える。ふたつめは、ブレントの思いちがいだが——あの話は、かなり信頼できそうに聞こえたのは確かだ。そして、三つめは……？　「推測するに、あなたがたをそんなに動揺させたのは、新しい宅地開発の発表だったかと思いますが」

「まさに、そのとおりです」窓の外に広がる景色を、オズボーン牧師は指さした。「予定地はそこなんですよ。うちの庭に面した土地です。まあ、もちろん、この牧師館はわたしたちの持ちものではありません。教会の所有する建物であって、わたしと妻もここに永遠に住むわけではないんです。しかし、これはあまりにも非道な破壊行為に思えましてね。そんなことをする必要など、何もないのに」

「結局は、そうならずにすむかもしれませんよ」フレイザーが口をはさんだ。「サー・マグナスが亡くなったいま……」

「まあ、わたしとしても、誰であろうと人の死を祝うつもりはありません。それは、断じてまちがった行いですからね。しかし、実を言うと、この発表を目にしたとき、わたしの心にはまさにそんな思いが浮かんでしまったんです。これは、わたしの過《あやま》ちにほかなりません。個人的な感情にまかせ、悪《あ》しき判断をすることなど、けっしてあってはならないんです」

「ね、ぜひディングル・デルをごらんになっていってくださいな」ヘンリエッタが口をはさんだ。「まだあそこを歩いたことがなければ、あの森がわたしたちにとってどんなに大切な意味を持つか、きっとわかってはもらえないと思うんです。どうか、案内させていただけません?」

「ええ、喜んで」ピュントは応じた。

一同は紅茶を飲みおえた。フレイザーはこっそり手を伸ばし、ビスケットをもうひとつとると、開いていたフランス窓から、みなに続いて庭に出た。牧師館の庭は、奥行きが二十メートルほど。両側に花壇のある芝生の斜面を下っていくと、牧師館から遠ざかるにつれ、周囲の植物はしだいに野性味を帯び、伸び伸びと枝葉を茂らせはじめる。これは、わざとそういう意匠の庭造りをしているのだろう。牧師館の庭と森の間には、柵も塀も存在していない。どこからどちらが始まっているのか、誰にもわかりはしないのだ。

そして、ふと気がつくと、そこはもうディングル・デルの中だった。木立《こだち》が——ナラやトネリコ、ニレといった木々が、前ぶれもなく一同をとりかこみ、外の世界から切り離す。なんと美しい場所なのだろう。だいぶ傾いた太陽が葉や枝の間から斜めに射しこみ、柔らかな緑に染まった光の中を、何匹もの蝶が飛び交う……「シジミチョウね」と、ヘンリエッタがつぶやいた。足の下の地面は軟らかい。草、苔《こけ》、そして花の咲く茂み。この森には、どこか奇妙なところがあった。そもそも、これは森ではない。ごくごく小さいものの、ここはたしかに渓谷だ。小さいとはいえ、この中にいると、果ても出口も見あたらない。何もかもが、しんと静まりかえっている。木々の周りを飛びまわっている鳥は何羽かいるものの、その音も聞こえてはこないのだ。ふと一匹のマルハナバチが飛んできて、その低い羽音が静寂を破ったものの、来たときと同じくらいのすばやさで、ハチはすぐに見えなくなってしまった。

「ここの木々の中には、二百年、三百年と経っているものもあるんですよ」牧師が口を開いた。そして、周囲を見まわす。「サー・マグナスの祖先がこの森で、土に埋まっていた宝を発見したのをご存じですか？　古代ローマの貨幣や装身具ですが、おそらくは誰にも盗まれまいと埋蔵されたんでしょうね。散歩に来るたび、ここはちがった顔を見せてくれるのです。秋になると、色鮮やかなキノコも生えてきますよ。もしも興味がおありでしたら、ありとあらゆる昆虫もいますし……」

目の前に、ふと星のような白い花が咲きみだれる野生のニンニクの茂みが現れた。その先にはまた別の植物が、先端の尖った葉を広げて小径《こみち》に広がっている。

「アトローパ・ベラドンナですね」ピュントが指摘した。「怖ろしい毒草です。たしか、オズボーン夫人、先日あなたはこの植物を踏み、毒にかぶれてしまったとか」

「そうなんです。わたしったら、本当にそそっかしくて。それに、運も悪かったんですよ――踏んだはずみに、足を切ってしまって」ヘンリエッタはどこかぴりぴりした笑い声をあげた。

「いったい何を血迷ったのか、こんなところまで靴をはかずに出てきてしまうなんてね。たぶん、苔を踏んだ感触を、自分の足で確かめてみたかったんだと思います。まあ、これで身にしみたわ。これからは、絶対にこんなものを踏んだりしませんから」

「もう少し奥まで行ってみますか?」牧師が尋ねた。「パイ屋敷は、このすぐ先ですよ」

「ええ。ぜひ、屋敷をもう一度見てみたいですね」

小径と呼べるほどの小径はない。緑にけむる空間を進むうち、入ったときと同じくらい突然に、一同は森の出口に着いた。ふいに目の前の木立がぱっと分かれ、その向こうには黒い静かな湖面が広がっている。パイ屋敷から湖岸までは、ゆるやかな傾斜の芝生が延びていた。フレディ・パイがサッカーのボールを蹴りまわし、ブレントは花壇の前に膝をついて、剪定《せんてい》ばさみを使っているのが見える。どちらも、森の中から現れた一行にはまだ気づいていないようだ。湖岸のこのあたりからは、使用人小屋はその周囲の木立に隠れ、まったく姿が見えない。

「さあ、着きました」牧師が口を開いた。「パイ屋敷は本当に、本当にすばらしい建築です。ここは、かつては修道院だったんですよ。その後は、同じ一族が何世紀にもわたって住みつづけてきました。その一員ともあろうものが、これだけは絶対にしてはいけないことでしょう――森を切り倒すだなんて!」

「多くの死を見てきた屋敷ですね」ピュントはぽつりと言った。

「そうですね。どこの地方のお屋敷も同じでしょうが……」

「いや、この屋敷ほど最近の話ではないでしょう。メアリ・ブラキストンが死んだとき、あなたがたは旅行にいらしていたんでしたね」

「前にもお話ししたでしょう、教会の前でお会いしたときに」

「デヴォンシャーにお出かけだったと聞きました」

「ええ、そのとおり」

「正確には、デヴォンシャーのどちらへ？」

牧師は困惑した表情を浮かべた。夫が視線をそらすのと同時に、ヘンリエッタが怒りを爆発させる。「いったい、どうしてそんなことを訊くんですか、ミスター・ピュント？　ロビンとわたしが旅行に出かけてたなんて、嘘だったとでも思ってるの？　わたしたちがこっそり舞い戻って、可哀相なブラキストン夫人を階段から突き落としたと？　いったい何の理由があって、わたしたちがそんなことをしなくちゃいけないんですか？　きっと、サー・マグナスの首を刎《は》ねたのも、わたしたちがディングル・デルを守るためにしたことだと思ってるんでしょ、あの人が死んだからって何も変わらないかもしれないのに。結局のところ、あの鼻持ちならない息子が、後を引き継いでそのまま計画を進めないともかぎらないのよ」

両手を広げ、アティカス・ピュントはため息をついた。「オズボーン夫人、あなたは警察や探偵の仕事というものを理解されていないようですね。当然ながら、わたしはそんなことを本気で考えているはずはないし、こうした質問を楽しんでいるわけでもありません。ただ、とにかくすべてを確認しなくてはならないのですよ。誰の発言であっても裏づけはとりますし、どんな行動も吟味しなくてはなりません。どこにいたか、わたしには話したくないというなら、それでもいい。最終的には、警部補に話さなくてはなりませんが。立ち入ったことを訊きすぎだとお思いなら、残念です」

オズボーン牧師が、ちらりと妻を見やる。ヘンリエッタは口を開いた。「もちろん、あなたに話すのはかまいません。ただ、容疑者あつかいされるのは、あまり嬉しいものじゃないから。《シェプレー・コート・ホテル》の支配人に問い合わせてもらえれば、わたしたちが一週間ずっとそこにいたと確認できるはずです。ダートマスの近くよ」

「ありがとう」

一行はきびすを返し、ディングル・デルを戻っていった。ピュントとロビン・オズボーンが先に立ち、ヘンリエッタとジェイムズ・フレイザーが後に続く。「もちろん、ブラキストン夫人の葬儀はあなたが取り仕切ったんでしたね」

「ええ、そうです。まにあうように戻れたのは幸運でした。まあ、わたしはいつも休暇を途中で切りあげるはめになってしまうようですが」

「その葬儀で、この村の住民ではない人間を見かけませんでしたか？　その男はたったひとりで、ほかの会葬者たちからは少し離れて立っていたようです。昔ふうの帽子をかぶっていたという話も聞いています」

オズボーン牧師は考えこんだ。「そう、中折れ帽をかぶっていた男がいたような気がします。たしか、急に帰っていってしまったんですよ。しかし、残念ながらわたしが憶えているのはそれくらいですね。おわかりいただけるでしょうが、ほかのことで頭がいっぱいだったので。葬儀の後、《女王の腕》亭での集まりに、その男が来ていなかったのはまちがいありません」

「葬儀のとき、ロバート・ブラキストンの様子がどんなだったか、憶えていますか？　あの青年がどんなふうにふるまっていたか、あなたの印象をうかがいたいのですが」

「ロバート・ブラキストン？」ちょうど例のベラドンナの茂みにさしかかり、牧師は注意ぶかくそれを避けた。「どうしてロバートのことをお訊きになるのか、わたしにはわかりませんね。わたしとしては、むしろあの青年を気の毒に思っています。母親と口論になった話は聞いていますよ。ブラキストン夫人が亡くなってからしばらく、村はその噂で持ちきりでしたからね。人間は集団になると、ときにひどく残酷に――あるいは、軽率に――なるものです。多くの場合、そのふたつは同じなんですよ。わたし自身は、ロバートをよく知っているというわけではありません。しかし、ずいぶん苦労をしてきて、ようやくお似合いの相手とめぐりあえたことを、わたしは心の底から嬉しく思っているんです。ミス・サンダーリングというのは、診療所で働いているお嬢さんでしてね。あの娘ならきっと、ロバートを支えてくれると思いますよ。ぜひ聖ボトルフ教会で結婚式を挙げたいと、すでにふたりから申し出がありました。いまから、その日が楽しみでなりませんね」

　牧師は言葉を切り、やがて続けた。

「ロバートは母親と口論をしました。それは、誰もが知っていることです。しかし、葬儀のとき、わたしはあの青年を観察していて――ロバートとジョイは、わたしのすぐ近くに立っていましたからね――母親の死を心から悲しんでいる気持ちに、けっして偽りはないと感じましたよ。説教の最後のくだりにさしかかったとき、ロバートは泣き出し、涙を隠そうと目を覆っていましてね、ジョイが腕をとって慰めていたものです。息子にとって、母親を亡くすということがどれほどつらいものか、それは、たとえ仲たがいしていたとしても変わりません。ロバートはきっと、自分が口にしてしまった言葉を、苦い思いで悔やんでいることでしょう。あわてて口走り、ゆっくり後悔すると、昔からのことわざにあるとおりです」

「メアリ・ブラキストンについては、あなたはどう思っていましたか？」

この問いに、オズボーン牧師はすぐには答えなかった。しばらくそのまま歩きつづけ、森を抜けてふたたび牧師館の庭に戻ったころ、ようやく口を開く。「ブラキストン夫人は、まさに村の一部ともいえる存在でした。村の人々はみな、夫人の死を惜しむことでしょう」

「葬儀でどんな説教をされたのか、わたしは興味がありますね」と、ピュント。「ひょっとして、まだ原稿をお持ちですか？」

「本当ですか？」牧師は目を輝かせた。あの説教には、さんざん苦労したのだ。「実のところ、ちゃんととってありますよ。部屋にあります。もう一度、お入りになりますか？　いやいや、お気になさらず。わたしがとってきましょう」

牧師は急ぎ足で、フランス窓から家の中へ姿を消した。ピュントがふりかえると、ちょうどフレイザーとオズボーン夫人がディングル・デルから出てくるところだった。その後ろから、傾いた太陽の光が射しこむ。たしかに聞いたとおりだったと、ピュントは考えた。この森はすばらしく特別な場所だ。ここは、まちがいなく守る価値がある。

そのために、どこまでする覚悟があるのかは、また別の話だが。

7

その日の午後、またしても別の人物が死を迎えることとなった。

今回は夫を同伴し、レッドウィング医師はアシュトン・ハウスに車を走らせた。午後になり、介護士長から電話があったのだ。何か特別なことを言われたわけではないが、その口調を聞けば、何を意味するかはとりちがえようがなかった。「ご家族をお呼びしたほうがいいと思いまして。どうか、ぜひこちらにいらしてください」レッドウィング医師も、同じような電話を何度もかけてきたものだ。老いたエドガー・レナードは、先日のちょっとした転倒からついに回復することはなかった。それどころか、あの転倒でどこかを痛めたか、あるいは骨でも折れてしまったのか、容態は急激に悪化していくばかりだった。前回、レッドウィング医師が面会してからというもの、父親はもうほとんど目をさましていないという。食事はまったくとっておらず、水を何口か飲んだだけだ、と。父親の生命は、いまやまさに燃えつきようとしていた。

アーサーとエミリアのレッドウィング夫妻は、こうこうと明るすぎる部屋の坐り心地の悪い椅子にかけ、毛布の掛かった老人の胸がかすかに上がったり下がったりするのをじっと見つめていた。夫妻とも、お互いが何を考えているのかはわかっていたが、あえて口にしたくはなかった。いったい、あとどれくらいここに坐っていなければならないのだろう？　いったい何時になったら、きょうの面会は切りあげて、いったん家に帰りますと伝えてもかまわないのだろうか？　もしも死に目に会えなかったら、ひどく後悔することになる？　そもそも、死に目に会うということは、そんなにも重要なことなのだろうか？

「よかったら、あなたは帰ってもいいのよ」やがて、ついにエミリアが口を開いた。

「いや。きみのそばにいるよ」

「いいの？」

「ああ、もちろんだ」一瞬の間をおいて、アーサーは尋ねた。「コーヒーでもいれてこようか？」

「嬉しいわ」

死にかけた人間と同じ部屋にいては、とうてい会話などできるものではない。アーサー・レッドウィングは立ちあがり、廊下の突きあたりにある簡易キッチンに向かった。エミリアはひとり、部屋に残る。

そのとき、思いがけないことに、ふいにエドガー・レナードが目を開いた。まるで、テレビの前でふと居眠りをしてしまっただけだというように。父親はすぐエミリアに目をやったが、娘がそこにいることに驚いた様子はなかった。どうやら父親の頭の中では、二日前に娘が面会に来ていたときから、時間がそのままつながっているらしい。たちまち、そのときの会話の続きに戻る。「あの男には知らせたか？」

もしれない。

「えっ、誰のことなの、父さん？」アーサーを呼びもどすべきか、エミリアは迷った。しかし、大きな声を出したり、何かよけいなことをしたりしては、死にぎわの父の心を乱してしまうかもしれない。

「これでは、あまりに不公平だ。どうしても知らせないと。知らせておかなくてはならんのだ」

「父さん、看護婦さんを呼びましょうか？」

「呼ぶな！」父親の声が、ふいに怒りをはらむ。まるで、自分の生命があと数分で尽きると悟り、わずかな時間を無駄にすまいと焦っているかのように。それとともに、瞳には明晰《めいせき》な光が戻った。後にこのときのことを思い出し、レッドウィング医師はきっと、父親は生命が燃えつきる寸前、人生の最後の贈りものとして、これだけの力を奮い起こすことができたのだと語るにちがいない。ついに最期というこのとき、ようやく痴呆症の症状はどこかに消え失せ、父の本来の人格が戻ってきたのだ。「あの子どもたちが生まれたとき、わしはその場にいたのだよ」

若さ、強さのよみがえった声で、父親は語った。「パイ屋敷で、わたしがあのふたりをとりあげたのだ。レディ・シンシア・パイのお産でな。美しい女性だったよ、伯爵《はくしゃく》の令嬢で——だが、身体はあまり強くなくてな、双子のお産に耐えられるかどうかはわからなかった。もしかしたら死なせてしまうかもしれんと、わしは気を揉んだよ。だが、結局のところ、お産はうまくいった。十二分の間を空《あ》けて、ふたりの子ども、男の子と女の子が元気に生まれてきたのだ。

だが、そのすぐ後、お産がどうなったか誰もまだ知らないうちに、サー・メリル・パイがわしのところへやってきた。サー・メリルがな。あれは、けっして善良な男ではなかった。誰もが怖れていた人物だ。しかも、えらく不機嫌でな。なぜかというと、つまり、先に生まれてきたのが女だったからだ。財産は、先に生まれた子が相続する……奇妙に聞こえるだろうが、そういう決まりなのだ。必ずしも長男が相続するわけではないのだよ。だが、サー・メリルは息子に継がせたかった。自分も父親から屋敷を受け継いだし、その父親もまた父親から受け継いで――あの一族は、ずっと息子が相続してきたのだよ。わかるかね？　全財産が娘に渡るなど、サー・メリルにはとうてい耐えられなかった。だから、わしに……わしに命じたのだ……先に生まれたのは男だということにしろ、とな」

枕に頭を載せたまま、まるで光輪のように白髪を逆立て、必死に説明しようと目をぎらつかせている父親を、エミリアはただ見つめるばかりだった。「それで、父さんはどうしたの？」

「わしがどうしたかって？　そのとおりにしたよ。サー・メリルには、暴君のようなところがあった。あの男に逆らえば、わしの人生は悲惨なものになりかねなかったのだ。わしはそのとき、自分にこう言いきかせたよ。言うとおりにしたからといって、何の問題がある？　結局のところ、ここにいるのはふたりの赤んぼうにすぎん。どちらも、何も知りはしないのだ。それに、どっちにしろ、このふたりは屋敷でいっしょに育つことになる。誰も傷つけるわけではない。そのとき、わしはそんなふうに考えたのだよ」ひと筋の涙が父親の目尻から流れ、頰を伝った。「だから、わしはサー・メリルに言われたとおり、出生届にも嘘を書いた。午前三時四十八分――男児誕生、午前四時――女児誕生、とな。そんなふうに、わしは記入したのだ」

「ああ、父さん！」

「わしがまちがっていたのだ。いまははっきりとわかる。マグナスがすべてを受け継ぎ、クラリッサは何ひとつ受けとれなかったのだからな。クラリッサに話さなくてはならない、あの双子どちらにも真実をうちあけなくてはならないと、わしはよく考えたものだよ。だが、話したからといってどうなる？　誰もわしの言葉を信じはすまい。サー・メリルが亡くなって、すでに久しい。レディ・シンシアもな。もはや、どちらも記憶の彼方《かなた》さ！　だが、わしはこのことを忘れられなかった。いつもずっと、わしの心に重くのしかかっていたのだよ。自分が嘘を書いたことを。男児だったと！　男児が先に生まれたと！」

アーサーがコーヒーを手に戻ってきたときには、エドガー・レナードはすでに息を引きとっていた。呆然と坐っている妻を見て、アーサーは当然ながら、父親を失った悲しみにくれているものと推察し、介護士が駆けつけて必要な手配をする間、ずっと妻のそばに付き添っていた。レナードはかの有名な《ラナー&クレイン》社の葬儀保険に加入していたので、明日の朝いちばんに保険会社に連絡を入れなくては――さすがに、その日はもう時間が遅すぎたのだ。それまでは、こんなときのためにアシュトン・ハウス内に付設された礼拝堂に、遺体を安置しておくこととなる。やがて、レナードはキングズ・アボットの、かつての自宅の近くにある墓地に葬られることだろう。医師を引退したときに、本人がそう決めていたのだ。

父親から聞かされたことを、エミリア・レッドウィングがようやく夫にうちあけたのは、自宅へ戻る車の中だった。ハンドルを握っていたアーサーは、この話に度肝《どぎも》を抜かれたようだ。「なんということだ！」思わず叫ぶ。「お父さんは、自分が何を言っているのか理解できていたのかな？」

「それはもう、完璧に。すっかり正気をとりもどしていたのよ——あなたが席を外した五分間だけはね」

「すまなかったね。呼んでくれればよかったのに」

「気にしないで。ただ、あなたもいっしょに聞いていてくれたらとは思ったわ」

「ぼくがいたら、証人になれたかもしれないな」

そんなことは、エミリアは思いつきもしなかった——だが、あらためて考えてみると、うなずくしかない。「本当にね」

「それで、きみはどうするつもりなんだ？」

エミリアは答えなかった。窓の外に目をやり、バース峡谷の景色が流れていくのをじっと見つめる。線路の向こう側では、点々と散らばった牛たちが、のんびりと草を食《は》んでいた。夏の太陽はまだ沈んではいないものの、いまやすっかりその光も和らぎ、山腹は影に覆われはじめている。「わからないの」やがて、ようやくエミリアは口を開いた。「いっそ、父がこんなことをうちあけずにいてくれたらと、そんなふうにさえ思ってしまう。父はずっと罪の意識に苦しめられてきたけれど、これからはわたしが同じ罪の意識を背負うことになるんだもの」ため息をつく。「たぶん、誰かに話すべきなんでしょうね。話しても、何も変わるとは思えないけれど。たとえあなたもあの話を聞いていたとしても、何の証明にもならなかったはずよ」

「例の探偵に、この話を伝えるべきじゃないかな」

「ピュント氏に？」エミリアは自分に腹が立った。いまのいままで、この話と探偵との関係に、まったく思いあたっていなかったのだ。しかし、こうなってみると、この話をピュントに伝えるのは当然の義務だろう。巨万の相続財産からの利益で暮らしていたサー・マグナス・パイが、惨《むご》たらしい方法で殺された。だが、その財産はそもそも故人のものではなかったと、いまや明らかになったのだ。ひょっとしたら、これが殺害の動機だということもありうるのだろうか？

「そうね」エミリアはうなずいた。「ピュント氏にこのことを知らせないと」

ふたりは押し黙ったまま、しばらく車を走らせた。やがて、また夫が口を開く。「あと、クラリッサ・パイはどうする？　あの人にも、このことを知らせるのか？」

「知らせるべきだと思う？」

「わからないな。いや、本当にわからないんだ」

車は村に入った。消防署の前を走りぬけ、《女王の腕》亭、そして教会の前も通りすぎる。その間じゅう、夫も妻もお互い気づかないまま、同じ疑問を心に抱きつづけていた。もしも、クラリッサがすでにこのことを知っていたら？

8

まさにそのころ、《女王の腕》亭では、ジェイムズ・フレイザーがトレイに飲みものを五つ載せ、片隅の静かなテーブルに運んでいるところだった。ビールが三杯——これはフレイザー自身、ロバート・ブラキストン、そしてチャブ警部補に——、デュボネのビター・レモン割りをジョイ・サンダーリングに、そしてシェリーの小さなグラスをアティカス・ピュントに。本来なら、フレイザーはポテト・チップスも二袋ほど添えたいところだったが、さすがにそれはまずいだろうと、心の片隅で何かがささやいた。腰をおろしながら、一同をここに連れてきた人物に目をやる。ロバート・ブラキストン、母親と幼いころからの後ろ盾《だて》を、二週間のうちに続けて亡くした青年は、仕事を終えてまっすぐこの酒場に来た。つなぎは脱いで、上着を羽織ってはいるものの、手にはまだ黒い油脂の染《し》みがべっとりとついている。あの染みは洗えばとれるものなのだろうかと、フレイザーはいぶかった。いかにも奇妙な印象を与える青年だ。けっして魅力がないわけではないのに、みっともない髪の切りかた、目立ちすぎる頬骨、蒼白い肌のおかげで、下手な自分自身のスケッチのような姿に見える。ジョイの隣に坐り、おそらくテーブルの下で手を握りあっているのだろう。目には、思い悩んでいるような表情が浮かんでいた。こんなところにだけは来たくなかった、そんな内心の思いがにじみ出している。

「心配しなくていいのよ、ロブ」ジョイが声をかけた。「ミスター・ピュントは、あなたの力になりたいだけなんだから」

「きみがロンドンに行ったとき、力になってくれたようにか?」ロバートのほうは、そんなお為《ため》ごかしをまったく信じるつもりはなかった。「この村の連中は、おれたちをそっとしておいてくれるつもりはないんだ。最初は、おれが自分のおふくろを殺したと噂してただろ。指一本だって、おれはおふくろに触れちゃいないのに。きみも、それは知ってるよな。どうやらそれだけじゃ足りないらしくて、今度はサー・マグナスのことまで噂になって」ピュントに向きなおる。「そのために、あんたはここに来たんですか、ミスター・ポンド？　おれを疑ってるから？」

「サー・マグナスに危害を加えたいと願うような理由が、きみにはあったのかね？」ピュントは尋ねた。

「いや。あのかたは、たしかにつきあいやすい人間じゃなかったですよ、それは確かだ。でも、おれにはいつだってよくしてくれました。あのかたがいなかったら、おれは仕事だって見つかってなかった」

「これまでの人生について、きみにはさまざまなことを聞かせてほしいのだ、ロバート」ピュントは続けた。「それは、村のほかの住民たちに比べて、きみがあやしいからではない。だが、パイ屋敷でふたりの人間が死んだ。そして、きみがあの場所に深いかかわりを持っているのも事実だからね」

「好きでそうなったわけじゃありません」

「もちろん、そうだろう。だが、あの場所でこれまで起きたこと、あの場所にこれまで住んでいた人々について、きみならいろいろなことをわれわれに教えてくれるのではないかと思ってね」

ロバートがテーブルの上に出しているほうの手は、ビールのジョッキをしっかりと握っていた。そのまま、上目づかいで挑むようにピュントをにらむ。「あんたは警察の人間じゃないだろう。いったい、どうしておれがそんなことを話さなきゃいけない？」

「だが、わたしは警察官なんでね」チャブ警部補が割って入った。ちょうどタバコに火を点《つ》けようとしていたマッチを、顔から十センチばかりの位置で止める。「そして、ピュント氏はわたしといっしょに捜査しているんだ。きみは、もう少し礼儀というものに気をつけるべきだな。もしも協力を拒むというなら、留置場にひと晩泊まってもらって、気が変わるかどうか試してみたっていい。きみが留置場に入るのは、けっしてこれが初めてじゃなかったはずだ」言いおえると、警部補はタバコに火を点け、マッチを吹き消した。

ジョイは婚約者の腕に片手を置いた。「ねえ、お願い、ロバート……」

ロバートは肩をすくめ、その手を振りはらった。「別に、何か隠してることがあるわけじゃない。何を訊いてもらってもいいですよ」

「それでは、そもそもの最初から始めることとしようか」ピュントが切り出した。「思い出すのがつらくなければ、パイ屋敷ですごしたきみの子ども時代について話してほしい」

「つらくはないですよ、まあ、あんまりいい思い出じゃないですが」ロバートは答えた。「母親が雇い主のことばっかり気にかけて、父親を放ったらかしにしてるってのは、あんまり気分のいいもんじゃない——あの使用人小屋に引っ越してきた日から、うちはずっとそんなふうだったんですよ。サー・マグナスがこうおっしゃった、サー・マグナスがああなさった、ってね！　しょせんただの下働きのくせに、おふくろは旦那さまにかかりきりだった。おやじにしても、そりゃ愉快じゃありませんでしたよ。もともと、他人の土地にある他人の家に住むこと自体、おやじはずっと嫌がってましたからね。それでも、しばらくはそうして暮らすしかなかった。戦争前は、おやじはあまり仕事が見つからなくてね。少なくとも住む場所がもらえて、決まった収入がある暮らしだったから、おやじも我慢するしかなかったんです。

あそこに引っ越してきたとき、おれは十二歳でした。それまではシェパード農場にいたんです。おれのじいさんがやってた農場でね。ひどく寂《さび》れてはいたけど、うちの家族はみんな、あそこでの暮らしを気に入ってました。何でも、自分たちの好きなようにやれたんですよ。おれとトムは、サクスビー・オン・エイヴォンの生まれでね、ずっとこの村に住んでました。おれから見れば、この村の外の世界なんて、存在しないようなもんだった。前の家政婦のばあさんが辞めちまったんで、サー・マグナスは代わりに屋敷の世話をしてくれる人間を探してたんですよ。おふくろはずっと村でいろんな雑用をしてたんで、まあ、おちつくとこにおちついた、ってわけです。

最初の一年は、まあまあうまくいってました。使用人小屋は家としちゃ悪くないし、シェパード農場のときに比べたら、部屋もたくさんあったし。おれたちはそれぞれ自分の部屋がもらえて、あれは嬉しかったな――おやじとおふくろは、廊下の突きあたりの部屋でね。見栄えのいい住所が嬉しくて、おれはよく学校で自慢したもんですよ。みんなにはからかわれただけですが」

「弟さんとは、仲はよかったのかね？」

「あの年ごろの男の子ですからね、そりゃ、よく喧嘩もしましたよ。でも、仲は本当によかったな。いつも、屋敷の地所《じしょ》じゅうで追いかけっこをしてたもんです。海賊ごっこやら、宝探しやら、兵隊ごっこやら、スパイごっこやらね。トムはいつも、いろんなゲームを思いついてました。弟ではあるけど、あいつのほうがずっと頭がよかったんですよ。夜中には、いつも壁を叩いて、暗号で何か言ってよこしてたな。暗号は、あいつがひとりで考えてね。おれには一語もわからなかったけど、本当なら寝てなきゃいけない時間に、よく壁を叩く音が聞こえてきたもんです」その思い出に、ロバートはかすかな笑みを浮かべ、ほんの一瞬、さっきまでのこわばった表情が消えた。

「きみたちは犬を飼っていたそうだね。ベラという名の犬を」

またしても、表情がこわばる。使用人小屋の一室で見つけた犬の首輪を、フレイザーは思い出した。今回の件に、あれがいったい何のかかわりがあるというのだろう。

「ベラはトムが飼ってた犬です。シェパード農場を出たころにおやじがもらってきて、あいつにやったんですよ」この先を続けるべきか迷っているかのように、ロバートはちらりとジョイを見た。「だけど、引っ越してから——どうも、いやな終わりかたになっちゃって」

「何があった？」

「結局のところ、よくわからないままでね。まあ、これだけは言っとくと、サー・マグナスは自分の地所にあの犬を置きたくなかったんです。それは確かですよ。ベラは羊を追いまわすから、って。だから、さっさとあの犬を処分しろって言いわたされたんだけど、トムは犬をえらく可愛がってたんで、おやじは断ったんですよ。そうしたら、ある日、ふっと犬が消えちまって。おれたちはいろんなところを探しまわったんだけど、どこにもいなかったんです。で、それから二週間くらいして、結局ディングル・デルで見つかったんですが」ロバートは口ごもり、視線を落とした。「誰かに喉を切られてて。トムはずっと、ブレントのしわざだって言ってました。でも、だとしたら、それはサー・マグナスの言いつけにしたがっただけのことですよ」

長い沈黙。やがて、ようやくピュントが口を開いたとき、その声はごく低かった。「きみには、もうひとつの死についても訊かなくてはならない。きみにとって、ひどくつらいことなのはわかっている。だが、どうか……」

「トムのことですね」

「そうだ」

ロバートはうなずいた。「戦争が始まると、おやじはボスクーム・ダウンで飛行機の整備をするようになりました。一週間ずっと帰ってこないことも多くて、たまにしか顔を合わせませんでしたね。もしもおやじがこっちにいたら、うちでおれたちに目を光らせてたら、あんなことにはならなかったのかな。おふくろが、いつもそう言ってたんですよ。あんたがうちにいなかったせいだって、おやじを責めたんです」

「いったい何があったのか、詳しく聞かせてもらえるかね？」

「あればっかりは、絶対に忘れられませんよ、ミスター・ポンド。おれが生きてるかぎり、ずっとね。あのとき、おれは自分のせいだって思ったもんです。いろんな人がそう言ってたし、きっとおやじもそう思ってたんだろうな。あの事件について、おやじは結局おれに何も言いませんでした。そもそも、あれからほとんど話してないし、もう何年も会ってないんですがね。まあ、おやじの考えてるとおりなのかもしれません。トムはおれの二歳下だったんだから、おれがちゃんと面倒を見てやんなきゃいけなかったんだ。それなのに、おれはあいつをひとりにしちまった。気がついたらあいつは湖から引っぱりあげられてる最中で、もう溺れちまってたんですよ。まだ、たったの十二歳でした」

「あなたのせいなんかじゃないわ、ロバート」ジョイはそう口をはさむと、腕を婚約者の身体に回し、ぎゅっと抱きしめた。「事故だったのよ。あなたはその場にいたわけでさえないのに……」

「あいつを庭園に連れ出したのはおれだったんだ。そして、あいつをひとりぼっちにした」ピュントを見つめるロバートの目に、ふいに涙があふれた。「あれは夏で、そう、きょうみたいな日でしたよ。おれたちは宝探しをしてたんです。しょっちゅう、いろんなものをいっしょに探してて――銀とか、金とか――なにしろ、サー・マグナスがディングル・デルで、お宝を山ほど発見した話を知ってましたからね。埋蔵されたお宝！　男の子なら、誰だって夢中になりますよ。おれたちは《マグネット》や《ホットスパー》みたいな子ども向け新聞で、そういうお話をさんざん読んでたんで、どうしても実際にやってみたくてね。サー・マグナスも、いつもおもしろがっておれたちをけしかけてました。何かをわざと隠して、おれたちに探させてくれたり。ある意味じゃ、あのかたにもちょっとばかり責任があるのかもしれないな。わかりませんけど。どうしてこう、すぐに誰のせいかって話になっちまうんだろうな、ねえ？　ああいう事件が起きるとどうしても、みんな筋の通った説明を探したくなっちまうんですよ。

トムは湖で溺れちまいました。いまとなっても、いったいどうしてそんなことになったのか、おれたちにはわからないんです。服はちゃんと着てたから、泳ぐつもりじゃなかったはずなんですよ。湖に落ちちまったのか。頭でも打ったのか。溺れてるトムを見つけ、引きあげてくれたのはブレントでした。おれはブレントの叫び声を聞いて、芝生を突っ切って走っていったんです。おれも手を貸して、トムを乾いた地面に引きずりあげました。蘇生法も試してみたんですよ、学校で習ったとおりにね。でも、何もできることはありませんでした。おふくろが駆けつけておれたちを見つけたときには、もう手遅れだったんです」

「その当時、ネヴィル・ブレントはもうここで働いていたのかね？」チャブ警部補が尋ねた。

「そのときは、父親がまだ庭園管理人をしていたと思ったが」

「ブレントのおやじさんはだんだん年をとってきてたんで、ネヴィルも手伝ってたんですよ。おやじさんが死んでから、ネヴィルがその職を継いだんです」

「きみにとっては、さぞかしひどい衝撃だっただろうね。どんなにうろたえたことかと思うよ、弟さんのそんな場面を見てしまって」

「おれは湖に飛びこみましたよ。あいつの身体を必死につかんでね。さんざん叫んで、さんざん泣いて。あのいまいましい場所を、おれはいまでもまともに見られないんです。使用人小屋にも住んでいたくなかった。もしも自分の好きなようにできたら、おれはきっとサクスビー・

オン・エイヴォンを出ていっただろうな。まあ、いまもこんなことになっちまって、結局は出ていくかもしれませんけどね。とにかく、その夜おやじが帰ってきたんです。おやじはおふくろをどなりつけてくれなかった。ただ、怒りをぶつけただけですよ。おれのこともね。おれたちを支えようとなんかしてくれなかった。結婚はもう終わった、って言ってね。それっきり、おれたちは出ていきました。一年後、おれたちを置いて、おやじは出ていきました。それっきり、おれたちはおやじの顔を見てないんです」

「それだけのことがあって、お母さんはどんな反応を見せた？」

「おふくろは変わらずサー・マグナスに仕えてました。おふくろにとって、まずはそれがいちばん大事なことだったんですよ。何があろうと、旦那さまのもとを去るなんて、おふくろは夢にも考えなかったんじゃないかな――そこまで、サー・マグナスを崇《あが》めてましたからね。仕事に行くときには、毎日あの湖の脇を通るんですよ。湖のほうは絶対に見ない、いつも顔をそむけてるって、おれには言ってたけど――どうしてそんなことができるのか、おれにはぜんぜんわかりませんでしたね」

「きみへの愛情は変わらなかったかね？」

「変わらないように気を遣ってましたよ、ミスター・ポンド。でも、実を言うと、それをありがたいと思ったことは一度だってないんです。トムが死んでからは、何もかもがうまくいかなくなっちまった。学校でもさんざんな目に遭いましたよ。子どもってのは、おそろしく残酷になれるもんですからね。それで、おふくろはおれのことをひどく心配して。もう、家から出してもらえなくなっちまったんですよ！　ときには囚人みたいな気分になったもんです。いつも、おふくろに見はられててね。おれに何かあって、自分がひとり残されちまったらって、それが怖かったんでしょう。おれとジョイの結婚に反対してるのも、たぶんそのせいじゃないかな。おれがおふくろから離れていくわけだから。そんなおふくろのせいで、おれは息苦しくてね、そのせいでおれたち親子はうまくいかなくなっちまったんですよ。これも、もう認めてもいいだろうな。結局のところ、おれはおふくろを憎むようになっちまったんです」

ロバートはジョッキを持ちあげ、幾口か喉に流しこんだ。

「あなたはお母さんを憎んだりしてなかった」静かな口調で、ジョイが声をかけた。「ただ、お母さんとの間で、うまくいかないことがいろいろとあった、それだけよ。過去に起きてしまったことの影が、あなたとお母さんにずっとのしかかっていたの。そのことにどれだけ傷ついているか、自分でもわかっていなかったのよ」

「きみは母親を脅したそうだな。そのすぐ後に、母親は死んだ」チャブ警部補が口をはさんだ。こちらは、とっくに自分のビールを飲みおえている。

「おれ、そんなことしてません。本当に、脅してなんかいないんです」

「まあ、その話はいずれ」ピュントがさえぎった。「そして、最終的にきみはパイ屋敷を出たわけだね。まずは、ブリストルへ移ったときのことを話してほしい」

「あれは、長くは続かなかったんですよ」いまやむっつりとした声で、ロバートは答えた。「サー・マグナスの口利きだったんです。おやじが出ていってから、ある意味であのかたが父親代わりにいろいろやってくれてて。けっして悪い人じゃないんですよ——まあ、何もかも悪いってわけじゃなかったんです。サー・マグナスは《フォード》の工場の見習いの口を見つけてきてくれたんですが、まるっきりうまくいかなかったんですよ。おれがへまをやらかしちまって。知らない街にひとり暮らしで、おれ、気分が沈んでたんです。つい飲みすぎて、《青蛇》亭って酒場で、喧嘩に巻きこまれちまったんだ。たいしたことじゃなかったのに……」チャブ警部補に向かってうなずく。「この人の言うとおりです。おれ、留置場にひと晩ぶちこまれて、本当はもっと面倒なことになりそうだったんだけど、そこでまたサー・マグナスが助け船を出してくれたんですよ。あっちの警察に口を利いてくれて、おれは厳重注意ってことで釈放されたんだけど、それで仕事は首になっちまってね。サクスビーに戻ってきたおれに、いまの仕事を世話してくれたのもサー・マグナスでした。おれは、いつだって車をいじるのが好きでね。それだけはおやじからもらったもんだと思いますよ、ほかには何ももらってないにしても」

「お母さんが亡くなる週に口論をしたというのは、いったい何が原因だったのかね？」ピュントは尋ねた。

「たいしたことじゃありません。明かりが点《つ》かなくなったのを直してと言われて。それだけのことだったんです。たかがそんなことで、おれが母親を殺したりすると思いますか、ミスター・ポンド？　おれはおふくろのそばにも行ってません——そもそも行けなかったし。ジョイがお話ししましたよね。あの夜、おれはジョイといっしょにいたんです！　あの夜ずっと、朝になるまで。朝、おれの部屋をいっしょに出たんですよ。だから、おれが嘘をついているとしたら、ジョイも嘘をついていることになるけど、そんなことをしなきゃならない理由はないですよね?」

「申しわけないが、必ずしもミス・サンダーリングが嘘をつく必要はないのだ」ピュントに向きなおられ、ジョイは何を言われるかと身がまえた。「ロンドンへわたしを訪ねてきたとき、あなたはずっとロバートといっしょだったと言っていましたね。しかし、つねにお互いが見えていたと断言できますか? シャワーを浴びたり、お風呂に入ったりはしなかった? 朝食も作ったのではないですか?」

ジョイは赤くなった。「ええ、どちらもしました、ミスター・ピュント。たぶん、十分か十五分くらいは、ロバートの見えないところにいたかも……」

「そして、あなたのスクーターは部屋の外に駐めてあった。歩いていくには遠すぎるとしても、ロバートがあなたのスクーターに乗れば、二、三分でパイ屋敷に着くわけです——ロンドンで、あなた自身がそう言っていましたね。部屋から屋敷までスクーターを飛ばし、これまでさんざん息子を苦しめてきたあげく、結婚にも断固として反対しつづけた母親を殺し、あなたが依然として台所で料理をしていたり、お風呂に入ったりしている間に戻ってくることは、けっして不可能ではありません」発言の余韻があたりにしみわたるのを待って、次はロバートに向きなおる。「サー・マグナスのときはどうだった? あの事件の夜八時半に、きみはどこにいたのかね?」

ロバートは打ちひしがれ、沈みこんだ。「それについては、何も証明なんかできません。おれは自分の部屋で、ひとりで夕めしを食ってました。だって、ほかにどこへ行きようがあるっていうんですか？　そもそも、おれがサー・マグナスを殺したっていうんなら、その理由を聞かせてくださいよ。あのかたは、おれにひどい仕打ちをしたことなんて一度もないのに」

「きみのお母さんはパイ屋敷で亡くなったね。だが、サー・マグナスはさして心を痛めた様子もなく、葬儀にも出席しなかった！」

「そんな残酷なこと、よくも言えるわね！」ジョイが叫んだ。「あなたは何の事実の裏づけもないのに、想像をたくましくしてるだけだわ、それも、ロバートを責めるためだけにね。スクーターのことなら、あたしはあれが走ってくエンジン音を聞いてません。お風呂にいたって、あの音は聞こえるはずよ」

「もう終わりですかね？」ロバートは尋ねた。ビールの残りにはまったく手をつけないまま、席から立ちあがる。

「わたしの質問は、これで終わりだ」ピュントが答えた。

「じゃ、かまわなければ、おれはこれで帰りますよ」

「あたしもいっしょに帰るわ」ジョイが申し出た。

本当にこれで終わりにしていいのかというように、チャブ警部補がちらりとピュントを見やる。ピュントがかすかにうなずくと、若いふたりは酒場を出ていった。

「あの男が母親を殺したと、あなたは本当に考えているんですか？」ふたりの姿が見えなくなるやいなや、フレイザーは尋ねた。

「その見こみはほぼないと、わたしは考えているよ、ジェイムズ。いま、こうしてロバートが母親を語るのを聞いていてね……その口調に怒りはあったし、苛立《いらだ》ちも、おそらくは怖れもあったのだろう。だが、憎しみは感じられなかった。それに、ロバートが婚約者のスクーターを飛ばしてパイ屋敷に向かったなどと、実のところ、わたしは考えていないのだ。まあ、その可能性を示唆したらどうなるかという興味があっただけでね。どうしてか？　その理由は、スクーターの色だよ。憶えているかね？　罪を犯すため、ミス・サンダーリングがわれわれを訪ねてきたとき、わたしがこのことに触れたのを。村をすばやく通りぬけたいと思っている人間が、スクーターを拝借することはあるかもしれないが、明るいピンクのスクーターには手を出すまい。すぐに人目についてしまうからね。では、ロバートにはサー・マグナスを殺す動機があったのかどうか？　可能性は必ずしも否定できないが、これまでのところ、何も見つかっていないことは認めざるをえまい」

「では、少しばかり時間を無駄にしてしまった、というところですな」チャブ警部補が締めくくった。「とはいえ、《女王の腕》亭のビールはすばらしい。そうだ、あなたにお見せしたいものがあったんですよ、ヘル・ピュント」チャブ警部補は荷物に手を伸ばし、メアリ・ブラキストンの日記帳を取り出した。どうやってこれが発見されたかを、ふたりに手短に説明する。「村じゅうのほとんどの人間について、あれこれと書きとめてあるしろものでね。これを読むと、ごみを皿に盛りつけて出された気分になりますよ！　しかも、まだまだバケツにごみは山盛りときた！」

「まさか、ブラキストン夫人はその情報を、脅迫のために使っていたなんてことはあるんでしようか？」フレイザーは言ってみた。「そうなると、誰かが夫人を階段から突き落とそうとしても、けっして不思議じゃありませんね」

「そう、そこなんだよ」チャブ警部補はうなずいた。「日記の中には、曖昧《あいまい》にぼかした記述もありましてね。自分が何を書くかについて、夫人は慎重になっていたようです。だが、こうした情報をブラキストン夫人に知られていることが広まったら、かなりの数の敵を作ることになったでしょうな。サー・マグナスとディングル・デルの件と同じでね。これが、この事件のやっかいなところなんですよ。容疑者が多すぎる！　だが、問題はここですよ。サー・マグナスとブラキストン夫人を殺したのは、本当に同一人物なのか？」そう言うと、席から立ちあがる。「その日記帳は、またわたしに返却してくださいよ、ヘル・ピュント。さてと、わたしは家に帰るとします。うちの奥方が鶏のアンシエンヌ風フリカッセ《フリカッセ・ドゥ・プーレ・ア・ランシエンヌ》を作って待っていますからな、やれやれ。おっと、その前に署にも寄らないと。それでは、また明日」

チャブ警部補は帰っていった。フレイザーとピュントが後に残される。

「警部補の言ったことは、まさにそのとおりだね」ピュントが口を開いた。

「容疑者が多すぎるということですか？」

「サー・マグナス・パイとその家政婦を殺したのは、本当に同じ人物なのかというところだよ。すべてはそこにかかっている。ふたつの死には明らかに関連があるが、それが何なのか、われわれはまだ真相に近づいてはいない。真相が明らかになるまでは、こうして闇の中を歩きつづけるしかないのだ。しかし、もしかするとその答えは、いまわたしの手の中にあるのかもしれない」ピュントは日記帳の最初のページに目をやり、にっこりした。「この筆跡にも見おぼえがあるな……」

「どんなふうに？」

だが、ピュントは答えなかった。すでに読みはじめていたからだ。

第五部　銀

1

バースのオレンジ・グローヴに建つ警察署の建物を、チャブ警部補はこよなく愛していた。まさに完璧なジョージ王朝様式で、重厚な頑丈さの中にも軽やかな優雅さがあり、訪れたものを温かく迎えてくれるのだ……少なくとも、法を守る側にいる人間ならば。この建物に足を踏み入れるたび、自分の仕事の大切さを嚙みしめ、一日の仕事の終わりには、世界がほんの少しだけよりよい場所に変わったことを実感できる。チャブ警部補の執務室は二階の、正面玄関を望める位置にあった。机に向かって坐ると、床から天井までの背の高い窓から見える景色は、なんと心がおちつくことか。つまるところ、自分は法のために目の役割をはたしているのだ。あとはただ、こんなにも広い視野で見わたすことができればいいのだが。

この部屋には、すでにジョン・ホワイトヘッドを連れてきている。ここで話を聞くことにしたのは、理由があっての選択だった。サクスビー・オン・エイヴォンでこの男がこもっていた見せかけの貝殻《かいがら》をこじ開け、中身を引きずり出して、主導権を握っているのが誰かを思い知らせてやらなくてはならない。この場で、嘘はいっさい許されないのだ。目の前には、四人の人間がいた。ホワイトヘッドとその妻、アティカス・ピュント、そして若い助手のジェイムズ・フレイザー。いつもは机の上にチャブ夫人の写真を飾っているのだが、一同が入ってくる前に、警部補はそれを机の引き出しに押しこんだ。どうしてそんなことをしたのか、自分でもわからないまま。

「名前は、ジョン・ホワイトヘッドだな？」

「そうです」骨董店主《こっとうてんしゅ》はむっつりと沈みこんでいた。勝負に負けてしまったことはわかっている。いまさら、そこをごまかすつもりはなかった。

「サクスビー・オン・エイヴォンに越してきたのは何年前だ？」

「六年前ですよ」

「あたしたち、何も悪いことなんかしてません」ジェマ・ホワイトヘッドが口をはさんだ。いかにも小柄な女性で、かけている椅子が大きすぎるようにさえ見える。膝にハンドバッグを載せ、足先は床にぎりぎり届くかどうかといったところだ。「うちの人が誰で、以前には何をやってたか、それはもうご存じなんでしょ。でも、それはもう、みんな過去のことなんです。ちゃんとお務めもはたして、改悛《かいしゅん》の情が見られるということで釈放になったのよ。ロンドンを出たのも、どこか静かなところで夫婦で暮らしたかったから——サー・マグナスの事件なんて、あたしたちには何の関係もないんです」

「関係ないかどうかの判断は、こちらがすることでね」チャブ警部補が答えた。メアリ・ブラキストンの日記帳も、机の上に置いてある。いっそ、それを開きたい誘惑が、ふと頭をよぎった。だが、そんな必要はない。この件にかかわる情報は、すでに頭の中に入っているのだから。

「七月九日、アーサー・リーヴという住民の家に押し入りがあってね。リーヴ氏はかつて《女王の腕》亭を経営しており、いまは妻とともに隠居生活を楽しんでいる。窓が割られ、居間にあったメダルのコレクションを盗まれて、氏はひどい打撃を受けているそうだ。コレクションには、ギリシャ製の貴重なジョージ六世のメダルも含まれていたそうでね。全体で百ポンド以上の値打ちのあるコレクションだったうえに、もちろん、氏にとっては愛着のある品々だからな」

ジョニーが身体を起こす。いっぽう、隣の妻は顔からすっと血の気が失せた。おそらく、これまでそんな事件は知らずにいたのだろう。「どうして、おれにそんな話を聞かせるんです？」ホワイトヘッドは食ってかかった。「そんなメダルのことなんて、おれは何も知らないんだ」

「その窃盗犯は、窓を割った際に切り傷を負っている」チャブ警部補は続けた。

「押し入りの翌日、七月十日に、きみはレッドウィング医師の治療を受けているね」ピュントも言葉を添えた。「手にひどい切り傷を負っており、縫合が必要だった」心に浮かんだ思いに、ピュントはそっと笑みを浮かべた。この犯罪捜査の風景は、いまちょうど小さな側道が二本、広い十字路にぶつかったところだ。

「あれは、台所で手を切っちまっただけですよ」ジョニーはちらりと隣に目をやったが、どうやら妻はその話を信じてはいないらしい。「リーヴ氏の家にも、メダルにも、おれは近づいてもいないんです。そんな話、全部嘘っぱちだね」

「それでは、七月十一日にメアリ・ブラキストンが訪ねてきた件についても説明してもらおうか。ブラキストン夫人が死ぬ四日前だ」

「そんなこと、誰から聞いたんです？　おれを見はってたんですか？」

「否定するのかね？」

「何を否定するっていうんですか？　ええ、夫人は店に来ましたよ。うちの店には、いろんな客が来るんでね。メダルのことなんて、夫人はひとことも言ってませんでした」

「それでは、ひょっとして夫人は、きみがブレントに支払った金のことを話しにきたのかな」

ピュントの口調は柔らかく淡々としていたが、すでにすべてを知っていて、言いのがれはできないといわんばかりだ。もっとも、フレイザーはそれがはったりなのを知っていた。あの金の出所《でどころ》について、ブレントはほとんど何も明かさなかったのだから。ホワイトヘッドに貸しがあった金を受けとっただけだと言っていたが、それは、たとえば引き受けた雑用の手間賃かもしれない。ピュントはただ、かまをかけただけなのだ。しかし、その効果はすぐに現れた。

「わかりましたよ」ジョニーは認めた。「夫人は店に来て、いろいろ探りまわって、おれにあれこれ尋ねていきました——いまのあんたがたみたいにね。で、何が言いたいんです？　口をふさぐために、おれが夫人を階段から突き落としたって？」

「ジョニー！」ジェマ・ホワイトヘッドが必死の悲鳴をあげる。

「だいじょうぶだ、心配するなよ」ジョニーが伸ばした手を、妻が振りはらう。「おれは何も悪いことをしちゃいないんだ。メアリの葬式の二日ばかり後、たしかにブレントは店に来ましたよ。売りたいものがあるってね。ベルトの銀のバックルでした。古代ローマの、なかなかの品でね、紀元前四世紀くらいのものかな。二十ポンドで売りたがってましたよ。結局、五ポンドで買いとったんですが」

「いつのことだ？」

「忘れちまったな。そう、月曜日だ！　葬式のあった翌週ですよ」

「どこでその品物を手に入れたかについて、ブレントは何か言っていたか？」チャブ警部補が尋ねた。

「いや、何も」

「訊かなかったのかね？」

「なんで訊かなきゃならないんです？」

「ほんの数日前に、パイ屋敷も空巣《あきす》に入られていたことを、きみは気づいていたはずだ。サー・マグナスの所有する銀の装身具や貨幣のコレクションが盗まれた。ブラキストン夫人の葬儀があった日だよ」

「ああ、その話は聞いてます。ええ」

「聞いていながら、ブレントの持ちこんだ品とは結びつけなかったのか？」

ジョニー・ホワイトヘッドは息を吸いこんだ。「うちの店には、いろんな人間が来るんでね。おれも、いろんな品を買いとりますよ。リーヴ氏からウースターのコーヒー・マグのセットを買ったり、フィンチ家から手提《てさ》げ時計を買ったり――これは、つい先週の話ですがね。そのたびに、いちいち出所を訊いたりするとでも思ってるんですか？　サクスビーの連中を端《はな》から犯罪者あつかいしてた日にゃ、うちの商売もあがったりですよ」

チャブ警部補も息を吸いこんだ。「だが、きみは犯罪者じゃないか、ミスター・ホワイトヘッド。盗品を売り買いした罪で、四年の刑期を務めている」

「約束したじゃない！」ジェマがささやいた。「もう二度と、あんな暮らしには戻らないって」

「いいから黙ってろ、ジェマ。この連中は、おれのことをはめようとしてるだけなんだ」ジョニーはチャブ警部補に、憎しみのこもった視線をちらりと投げた。「あんたは何もかも読みちがえてますよ、警部補さん。そう、たしかにおれはブレントから、銀のベルトのバックルを買いとった。そう、パイ屋敷に押し入った空巣のことも、たしかに聞きましたよ。じゃ、そのふたつを結びつけなかったかって？　いいや、考えてもみませんでしたね。おれを間抜け呼ばわりしたっていいですよ、だが、間抜けだなんて理由で罪には問えないはずでしょう――こっちにしてみりゃ、ブレントが家族から受け継いで二十年間しまいこんでた品かもしれないわけだし。もしも、それがサー・マグナスの屋敷から盗まれたものだっていうんなら、おれじゃなく、ブレントを尋問してくださいよ」

「そのバックルは、いまどこにある？」

「ロンドンの友人に売りましたよ」

「五ポンドどころじゃない金を受けとったんだろうな、まちがいなく」

「それがおれの仕事ですからね、警部補さん。そうやって、おれは金を稼いでるんだ」

このやりとりに、ピュントはずっと無言のまま耳を傾けていた。やがて、眼鏡の角度を直すと、静かに口を開く。「ブラキストン夫人がきみの店を訪ねたのは、パイ屋敷が空巣に入られる前のことだ。メダルの盗難の件が、夫人の注意を惹いたのだろう。夫人はきみを脅迫したのかね？」

「ただの詮索好きのばあさんでしたよ——自分には何の関係もないことを、あれこれと訊いてきて」

「ブレントから、何かほかに買いとったものは？」

「何も。あの男が持ちこんだのはそれだけです。サー・マグナスのお宝の残りを見つけたいんなら、あの男の家でも捜索したらいいでしょう、おれを相手に時間をつぶしてないで」

ピュントとチャブ警部補は目を見交わした。このまま尋問を続けても、これ以上の情報は引き出せまい。とはいえ、警部補は最後に念を押しておくことにした。「きみがサクスビー・オン・エイヴォンに越してきてから、ちょっとした窃盗事件がかなり増えている。窓を割り、骨董品や装身具を盗み出すという手口だ。われわれは、そのすべてをじっくりと調べあげるつもりでいる。この三年間に売り買いしたものすべての記録を、きみには提出してもらうからな」

「記録なんて、つけてませんよ」

「それはそれで、税務署がいい顔をしないだろうな。これから数週間は、村を離れずにいることだ、ミスター・ホワイトヘッド。また連絡させてもらう」

骨董屋の店主とその妻は立ちあがり、見送るものもないまま部屋を出ていった。踊り場に出て、階段を下りる。ふたりとも無言のままだったが、建物の外に出たとたん、ジェマが爆発した。「ああ、ジョニー！　よくもまあ、あたしに嘘をついてくれたわね」

「嘘なんかついていないさ」ジョニーはしょんぼりと答えた。

「あれだけ、さんざん話しあったのに。あれだけ、先の計画もいろいろ立てたのに！」そんな答えなど聞こえなかったかのように、ジェマは続けた。「ロンドンで会った相手は誰だったの？　その銀のバックルだけど――誰に売ったわけ？」

「それは、もう話したじゃないか」

「デレクとコリンよね。あんた、あのふたりにメアリのこと話した？　メアリがあんたの正体に気づいたことを」

「いったい、何の話をしてるんだ？」

「あたしが言いたいことはわかってるはずよ。昔、あんたが窃盗団の一味だったころ、誰かがまずいことになると、ふいに事件が起きたりしたじゃない。あえてそんなことを口に出したことはないし、あんたがそんなことに手を貸してないのはわかってる。でも、あたしが何を言ってるかはわかってるはずよ。邪魔な人間が、ふいに姿を消したりしてたでしょ」

「何だって？　まさか、おれがメアリ・ブラキストンを消すよう頼んだとでも言いたいのか？」

「それで、頼んだの？」

ジョニー・ホワイトヘッドは答えなかった。無言のまま、ふたりは車へ向かった。

2

ブレントの自宅の家宅捜索からは、殺人事件についても、宝物の盗難事件についても、関係がありそうなものは見つからなかった。

ブレントはダフネ・ロードにあるテラスハウスの一軒で、ひとり暮らしをしていた。一階に二室、二階に二室という単純な構造の家で、玄関ポーチは隣家と共有、玄関扉は斜めに向かいあっている。外から見ると、どこかチョコレートの箱めいた可愛らしさのある建物だ。屋根は藁葺《わらぶ》きで、藤棚や花壇はよく手入れされている。だが、中へ足を踏み入れたとたん、すべてが一変した。洗っていない食器が積まれた流しから、乱れたままのベッド、床に脱ぎ捨ててある衣服まで、何もかもがだらしない。室内には、ある種の臭いがたちこめている。いままで、チャブ警部補は何度となくこの臭いに遭遇したことがあるが、そのたびに顔をしかめずにはいられない。まぎれもなく、男のひとり暮らしの臭いだ。

新しいものも、贅沢《ぜいたく》なものも、何ひとつ見つからなかった。戦時中の〝直して使おう〟運動が忘れ去られてもう何年にもなるが、いまだにその時代のままのようだ。皿はところどころ欠けているし、椅子は壊れたところを紐で固定してある。かつてはここにブレントの両親も暮らしていたというが、おそらくは両親が死んでから、何ひとつ手入れをしていないのだろう。寝ているシングル・ベッドや毛布、羽根布団も、少年時代からずっと使ってきたものにちがいない。寝室の床には、漫画本が散らばっていた。そして、ボーイスカウトの雑誌も。まるで、いまだに大人になりきれていない少年のような部屋だ。サー・マグナスのお宝、古代ローマの銀製品を盗んだのが、もしもブレントだったとしたら、どうやらまだ売らずに抱えこんでいることになる。銀行の口座には、百ポンドばかりしか入ってはいなかった。家の中には、何ひとつ隠されていない。床板の下にも、屋根裏にも、煙突の中にも。警察は、徹底的な捜索を行ったのだ。

「おれ、そんなもの盗んでません。ほんとです。おれじゃねえんだ」パイ屋敷から警察の車で自宅に連れてこられたブレントは、このみすぼらしい聖域を踏みにじった警察官に囲まれ、打ちひしがれた表情で椅子にかけていた。アティカス・ピュントとフレイザーも、その中に交じっている。

「それでは、ジョン・ホワイトヘッドに売った銀のベルトのバックルは、いったいどこから手に入れた?」チャブ警部補が尋ねた。

「拾ったんだ!」警部補の目に浮かんだ、とうてい信じられないという表情を見て、ブレントはあわてて言葉を継いだ。「ほんとです。葬式の翌日にね。日曜日でした。おれ、週末には働かねえんですよ、そう決めてるんです。だけど、サー・マグナスとレディ・パイは旅行先から帰ってきたばかりだったから、ひょっとしたら何かおれに頼みたいことがあるんじゃないかと思って。やる気があるところだけでも見せておこうかと、屋敷へ出かけていったんですよ。庭園を歩いてたとき、芝生の上で、何かきらきら光っててね。それがなんだか、さっぱりわからなかったけど、どうも古いものみたいで、男の姿が彫りこんであって。素っ裸で立ってる男がね」下卑《げび》た冗談を共有しようとするかのように、ブレントは一瞬にやりと笑った。「それをポケットに突っこんで、月曜日にホワイトヘッド氏の店に持ってったら五ポンドももらえてね。思ってたより倍の値段でしたよ」

　そうだろう、だが、実際の値打ちの半分だ、とチャブ警部補は思った。「日曜には通報があって、パイ屋敷には警察がいたはずだ。空巣《あきす》に入られたと、サー・マグナスが届けてきたのでね。それについては、どう説明するつもりだ?」

「昼めし前には、おれはもう帰ってきてたんでね。警察が来たのは見てません」

「だが、空巣に入られたことは聞いただろう」

「後から聞きましたよ。だけど、そのときはもう遅かったんでね。見つけたものは、もうホワイトヘッド氏に売っちまってたし、あちらさんもさらに売りとばした後だったかもしれねえし。店のウィンドウをのぞいたけど、どこにも飾ってませんでしたからね」ブレントは肩をすくめた。「悪いことなんて、おれは何もしてねえんだ」

　ブレントの話は、何もかもあやしげなところばかりだ。とはいえ、さすがのチャブ警部補も、それだけではごく軽い罪にしかならないと認めざるをえない。もちろん、本当のことを話しているなら、ということだが。「バックルが落ちていたのはどこだ?」

「草の上ですよ。屋敷の正面の」

どうすべきか指示を求めるかのように、警部補はピュントをふりむいた。「それなら、実際にその場所を見てみたいですね」ピュントが提案する。

チャブ警部補も賛成し、四人はパイ屋敷に向かうこととなった。文句を言いどおしのブレントを乗せて、車で現地へ向かう。またしても使用人小屋の前を通りすぎたとき、あの二体のグリフィンの石像が、まるでお互いにささやき交わしているように見えて、フレイザーはここに住んでいたふたりの少年のことを思い出さずにはいられなかった。夜中、ベッドに寝たまま、壁を叩いて暗号で語りあっていたという、ロバートとトムのブラキストン兄弟。ふいに、その子どもの遊びの持つ重要な意味を見すごしていたことに、フレイザーははっと気づいたが、それをピュントに話すより早く、車はすでに問題の場所に到着していた。ブレントの指示で車を停めた場所は、私道のなかばあたり、湖の反対側だ。

「あそこです！」ブレントは一同を連れ、芝生を横切った。目の前には、暗く油のように静かな湖が、森を背景に広がっている。おそらくロバートから聞いた話のせいか、あたりには何かひどく禍々《まがまが》しい気配がはっきりと感じられた。太陽が明るく輝けば輝くほど、湖面は黒さを増す。湖から五、六メートルというところで、一同は足をとめた。寸分の狂いもなく憶えているといわんばかりに、ブレントが地面を指さす。「ここにあったんですよ」

「ただ、ぽつんと落ちていたというのかね？」いかにも信じられないという声で、チャブ警部補が尋ねた。

「陽射しが当たって、きらきらしてたんでね。それで、おれの目についたんですよ」

それがありうる話かどうか、チャブ警部補は考えてみた。「まあ、犯人どもが宝を山ほど抱え、徒歩で急いでいたとしたら、何かひとつ落っことしても気がつかないかもしれませんな」

「考えられますね」ピュントはすでに、その可能性も吟味していた。私道、使用人小屋、そして屋敷の玄関を見わたして口を開く。「しかし、やはり奇妙に思えますね、チャブ警部補。空巣は、どうしてこっちへ来たのでしょう？　屋敷に押し入ったのは、裏口からだったはずですが……？」

「そのとおり」

「だとしたら、門に出るには、そのまま私道の向こう側を歩いていったほうが近いはずですね」

「だとすると、連中はディングル・デルに向かったのかも……」湖の向こうに広がる森と牧師館の輪郭を、警部補はじっと見つめた。「森の中を通れば、誰かに見られる怖れもありませんからな」

「たしかにね」ピュントはうなずいた。「しかし、いいですか、チャブ警部補。泥棒になったつもりで考えてみてください。あなたは銀製品や貨幣を山ほど抱えている。そんな状態で、密生した森を真夜中に通りぬけたいですか？」ピュントの目は、黒い湖面に注がれていた。「この湖は、数知れぬ謎を抱えています。いまだ語られぬ物語がどれほどあることか。実を言うと、警察の潜水夫を手配して、湖底の捜索を行ってはもらえないかと考えているのですが。ひとつ思いうかんだことがあるのですよ、まだ疑いにすぎませんが……」

「潜水夫？」チャブ警部補は頭を振った。「あれは、費用がなかなか馬鹿にならないんですよ。

いったい、何が見つかると考えているんですかね？」

「メアリ・ブラキストンの葬儀の夜、パイ屋敷が空巣に入られた真の理由です」

チャブ警部補はうなずいた。「手配しましょう」

「おれ、そろそろいいですかね？」ブレントが尋ねた。

「きみには、あとしばらくつきあってもらおう、ミスター・ブレント。空巣狙いがどこから入ったのか、その入口に案内してもらいたいのだが」

「かまいませんよ」どうやら捜査の矛先《ほこさき》が自分からそれたらしいことを感じとり、ブレントはほっとしているようだ。「バラ園を突っ切るのが近道です」

「あとひとつ、きみに尋ねておきたいことがある」ピュントが切り出す。歩きながら、フレイザーはふと、探偵の身体がいつもより傾き、杖に体重を預けていることに気づいた。「サー・マグナスはきみに、解雇の通告をしているはずだね」

まるで何かに刺されたかのように、ブレントはびくりとした。「誰から聞いたんです？」

「事実かね？」

「ええ」いまや、ブレントはひどいしかめっつらをしていた。うつむいて背中を丸め、巻き毛が額に落ちかかる。

「前に話を聞かせてもらったとき、どうしてそれを言わなかった？」

「あんたが訊かなかったからですよ」

ピュントはうなずいた。たしかに、そのとおりではある。「サー・マグナスはなぜ、きみを辞めさせようと思ったのかね？」

「さあね。もともと、旦那さまはいつもおれにつらく当たってたんですよ。ブラキストン夫人が、何かとおれのことで文句を言ってましたしね。あのふたりときたら、まったく！　あの夫婦に――ボブとグラディスのグローヴ夫妻にそっくりなんだ」

「そういうテレビ番組があるんですよ」小耳にはさんだフレイザーが解説した。「『ザ・グローヴ・ファミリー』という家族ドラマです」

これは、まさにフレイザーならではの知識だ。そして、ピュントがけっして知らないたぐいの知識でもあった。

「解雇を告げられたのは、いつのことだね？」

「さあ、いつだったか」

「理由は何だった？」

「理由なんかねえですよ。まともな理由はね。おれは子どものときから、ここに通って仕事をしてるんです。おれの前には、おやじが管理人をやっててね。それなのに、旦那さまはいきなりおれのところへやってきて、もう来なくていいって言いわたしたんですよ」

一同はバラ園にたどりついた。周囲は塀に囲まれていて、格子に這《は》わせたバラの、濃い緑の葉が形づくる門をくぐると、その先には不ぞろいな石を敷きつめた歩道、可愛らしい智天使《ケルビム》の像、そしてベンチがある。

そのベンチに目をやると、ちょうどフランシス・パイとジャック・ダートフォードが腰をおろし、手を握りあって、情熱的なキスを交わしているところだった。

3

実のところ、この光景にとりたてて驚いたものは誰もいなかった。ピュントにとって――いや、フレイザーにとってさえ――レディ・パイとかつてのテニス相手が関係を持っていることは明らかだったからだ。殺人事件当日、ロンドンで会っていたこのふたりは、ほかに何をしていたというのだろう？　チャブ警部補にもわかっていたし、実のところ、現場を押さえられた恋人たちさえも、さほどあわてた様子は見せなかった。どうせいつかは知れることなのだから、それがいまだろうとかまうまい。ふたりは立ちあがろうともせず、ほんのわずか離れてベンチにかけたまま、目の前の三人と向かいあった。ブレントはすでに放免となり、にたにたしながら帰途についたところだった。

「どういうことなのか、説明していただきたいですな、レディ・パイ」チャブ警部補が口を開いた。

「あらためて説明するほどのこともないわ」そっけない口調で、レディ・パイは答えた。「この二年ほど、ジャックとわたしはこうして会っていました。あの日、ロンドンで……この人とわたしは、ずっといっしょにいたの。でも、買いものもしていないし、美術館にも行っていません。昼食の後は、《ザ・ドーチェスター》に部屋をとったの。五時半まで、ジャックはわたしと部屋にいました。わたしがホテルを出たのは六時でした。信じられないというのなら、ホテルに問い合わせてもらってかまわないわ」

「つまり、わたしに嘘をついていたということですな、レディ・パイ」

「それは申しわけなかったわ、警部補、心からお詫《わ》びします。でも、結局のところ、たいしたちがいはないはずよ。それ以外のことは、すべて本当だもの。列車で帰ってきたことも。八時半に駅に着いたことも。緑色の車を見たことも。重要なのは、このあたりのことでしょう」

「あなたのご主人は殺された。そして、あなたはそのご主人を裏切っていたことになります。これもまた、重要な事実なんですよ、レディ・パイ」

「そういうことじゃないんですよ」ジャック・ダートフォードが口をはさんだ。「この人は夫を裏切っていたわけじゃない。少なくとも、ぼくはそんなふうに考えてはいませんでした。マグナスがどんな人間だったか、あなたがたはご存じないんだ。あいつは暴君でしたよ。この人がどんなあつかいを受けていたか、どんな子どもじみた怒りに翻弄《ほんろう》されていたか、まったく、胸が悪くなりますよ。あんな男のために、フランシスは輝かしい将来を諦めたのに！」

「どんな将来を?」ピュントが尋ねた。

「舞台女優としてのですよ！　フランシスはすばらしい女優だったんです。知り合うずっと以前に、ぼくはこの人の舞台を見ていたんですよ」

「もういいわ、ジャック」フランシスがさえぎった。

「ご主人と出会ったのもそこだったんですか？　舞台に出ていたときに？」チャブ警部補は尋ねた。

「わたしの楽屋に、夫が花を届けてきたの。わたしがマクベス夫人を演《や》っていたときにね」

それがどんな劇なのか、チャブ警部補さえも知っていた。力ある女性が男をそそのかし、殺人を犯させる物語だ。「ご主人と結婚して、幸せだったことはありますか？」

レディ・パイはかぶりを振った。「結婚してすぐ、わたしは過《あやま》ちを悟りました。でも、わたしはまだ若かったし、きっと、それを認めるには自尊心が高すぎたのね。マグナスがやっかいだったのは、あの人がわたしと結婚するだけでは飽き足りなかったことよ。わたしを思うままにしなければ気がすまなかったの。結婚してまもなく、夫はそれをはっきりとわからせてくれたわ。言ってみれば、わたしは詰め合わせの一品にすぎなかったのよ――屋敷に地所《じしょ》、湖、森、そして妻、というわけ。おそろしく時代遅れの価値観で、この世界を見ていた人だったわ」

「ご主人は、あなたに暴力を振るったんですか？」

「実際に殴ったことはないわ、警部補。でもね、暴力には、さまざまな形があるものなのよ。大声をあげたり、脅したり。ものに当たったりすることもあって、わたしはよく怯えていたんです」

「剣の話もしてやったらいい！」ダートフォードが口をはさんだ。

「ああ、ジャック！」

「剣がどうかしたんですか、レディ・パイ？」チャブ警部補が尋ねる。

「わたしがジャックに会いにロンドンへ行った日の、ほんの二日ばかり前のことでした。マグナスという人の本質は、身体の大きな子どもに力を持たせたようなものだったの。わたしに言わせれば、ディングル・デルの件だって、お金になるからというよりも、むしろ村の人たちを怒り悲しませるためにあんな計画を立てたのよ。本当に、ひどい癇癪《かんしゃく》持ちでね。思いどおりにならないことがあると、ときとしてひどく荒れたものよ」レディ・パイはため息をついた。「わたしが誰かと会っているにちがいないと、夫は感づいていて――わたし、しょっちゅうロンドンに行っていたから。わたしたち、もちろん、もう寝室は別にしているんです。マグナスはもう、わたしを求めてはいないのよ、夫が本来の意味で妻を求めるようには。それでも、わたしが別の誰かと会っているかもしれないというのは、マグナスの自尊心を傷つけたんでしょうね。

その朝、わたしたちは喧嘩をしました。何がきっかけだったかは、もう憶えていないわ。とにかく、夫はわたしにどなりちらしたの――おまえはわたしのものだ、けっして自由の身になどしてやるものか、とね。これまで、さんざん聞かされてきたことばかり。ただ、そのときはいつもより荒れかたがひどかったんです。玄関ホールから絵が一枚なくなっていることに、あなたがたは気づいたわね。あれは、わたしの四十歳の誕生日のお祝いに、マグナスが描かせたわたしの肖像画だったの。描いたのは、アーサー・レッドウィングよ」レディ・パイはピュントに顔を向けた。「アーサーには会いました？」

「レッドウィング医師のご主人ですね？」

「ええ」

「別の作品は見ましたが、本人にはすばらしい才能があると思っていませんね」

「そう。わたし、あの人にはまだ会っていないんです。わたしを描いたあの絵を、わたしは本当に愛していたわ。うちの庭園の、湖のほとりに立ったわたしをモデルにして、ほんものの幸せな一瞬を、たしかにキャンバスにとらえてくれた――それって、めったにできることではないのよ。あの年の夏は、本当に美しかった。わたしがモデルを務めたのは三回くらいかしら。マグナスはわずかな画料しか払っていないのに――夫が吝嗇《りんしょく》なのはいつものことよ――わたしから見て、すばらしい作品が仕上がったの。これを夏の展覧会に――ほら、王立芸術院のね――出品したらどうかしらと、わたしたちは話しあったものよ。でも、マグナスはわたしの絵を展示するのを許さなかったの。わたしを、他人と共有することになるからですって！　そんなわけで、あの絵はずっと玄関ホールの壁に飾ってあったのよ。

とにかく、その日、わたしたちは喧嘩になったんです。たしかに、わたしも腹が立つとひどいことを口にしてしまうたちで、そのときも、いくつか思いきり夫の痛いところを突いてしまったの。マグナスは真っ赤になって、いまにも破裂するんじゃないかと思うくらいだったわ。夫は、いつも血圧が高すぎると言われていたから。お酒を飲みすぎては、すぐに癇癪を起こすのよ。ロンドンへ行く予定だって、わたしは夫に話したの。そんなことは許さないと、マグナスは言ったわ。だから、わたしは笑ってやったのよ。あなただろうと誰だろうと、許してもらう必要なんかない、わたしは好きなようにする、とね。そうしたら、ふいに夫はあのおかしな鎧《よろい》に歩みよって、けたたましい叫び声をあげながら剣を抜いたの――」

「その数日後、サー・マグナス自身の生命を奪うことになった、あの剣を？」

「そうです、ミスター・ピュント。剣を後ろ手に握ってこちらに近づいてくる夫を見て、一瞬、わたしは切りつけられると覚悟したわ。でも、次の瞬間、夫はくるりと絵に向きなおり、わたしの目の前で、何度も何度も剣を絵に突きたてたの。その絵を破壊することが、わたしを傷つけると知っていたのね。それと同時に、いつだっておまえを同じ目に遭わせてやれるのだと、わたしに見せつけていたのよ」

「それから、どうなりました？」

「わたしはただ、声をあげて笑いつづけていたわ。あなたには、せいぜいそんなことしかできないのよねと、夫に叫んでやったのを憶えています。たぶん、わたしもちょっとおかしくなっていたのね。それから、二階の自分の部屋に戻って、扉を勢いよく閉めました」

「それで、絵は？」

「あれは、本当に悲しかったわ。修復のしようもないくらいだったから。ひょっとしたらできたのかもしれないけれど、とてつもなく費用がかかったでしょうね。庭で燃やすようにと、マグナスがブレントに渡していました」

レディ・パイは黙りこんだ。

「あの男が死んで、ぼくは嬉しいですね」ジャック・ダートフォードが、ふいにつぶやいた。

「あいつはどうしようもない人でなしでしたよ。他人への思いやりなど、一度だって見せたことはないんだ。フランシスの人生も、悲惨なものにしてしまって。度胸さえあれば、ぼくがこの手で殺してやりたかったくらいですよ。だが、いまやあの男もこの世を去り、ぼくたちはまたやりなおせるんだ」手を伸ばし、レディ・パイの手をとる。「もう、人目を忍ぶ必要はない。嘘をつく必要もない。ぼくたちは、ようやく本来の生活をとりもどせるんです」

ピュントはチャブ警部補にうなずき、三人はバラ園を出ると、来た道をたどって芝生を横切った。ブレントの姿は、もうどこにも見えない。ジャック・ダートフォードとレディ・パイは、さっきの場所から動く気配はなかった。「事件の夜、あの男はどこにいたんでしょうね」フレイザーが口を開いた。

「ダートフォード氏のことかね?」

「事件当時にロンドンにいたというのは、本人がそう言っているだけですよね。ホテルを出たのは五時半だそうですが、だとすると、レディ・パイより前の列車にだって、余裕を持って乗れるはずです。ほんの思いつきですが……」

「ダートフォード氏は人を殺しかねない人間だと、きみは思うのだね?」

「いちかばちか勝負に出るたぐいの人間には思えますね。見ただけでも、そんな印象を受けます。魅力的な女性とたまたま出会い、その相手が夫にひどく虐《しいた》げられていると知ったら——それに、もしも誰かの首を刎《は》ねるとしたら、村の森を守るよりは、もう少し現実的な動機が必要なんじゃないでしょうか。あのふたりには、ほかの誰よりもそんな動機がありますよ」

「たしかに、その見かたにも一理はあるね」ピュントはうなずいた。

車は屋敷の正面からすぐのところに駐めてあり、一同はゆっくりとそちらに向かった。チャブ警部補もまた、ピュントがいつもより杖にすがって歩いているのに気づいていた。単なる小道具のひとつとして、この探偵は杖を持ち歩いているにすぎないのだろうと、かつて警部補は思ったことがある。だが、きょうは明らかに、それがなければ歩けない様子に見えた。

「そういえば、ひとつお話しすべきことを忘れていましたよ、ヘル・ピュント」チャブ警部補はつぶやいた。前夜、ロバート・ブラキストンから話を聞いたとき以来、自分たちだけになれたのは、きょうはこのときが初めてだったのだ。

「あなたが話すべきこととなると、ぜひお聞きしたいですね、チャブ警部補」

「サー・マグナスの書斎の暖炉で見つかった、あの紙片のことを憶えていますかな？　指紋も検出できるかもしれないと、あなたは考えていましたね」

「ええ、よく憶えています」

「実際に、あそこから指紋が見つかったんですよ。ただ、残念ながらほんの一部で、役には立たなかったそうです。あまりはっきりとした指紋ではなく、警察の記録とも照合できないだろうということでした」

「それは残念ですね」

「だが、それだけじゃなかったんですよ。あの紙片には血痕が付いていたんです。サー・マグナスと同じ血液型のものだったそうでね、まあ、本人のものと百パーセント断言できるわけではないですが」

「おもしろいですね」

「いや、実際のところ、頭の痛い話ですよ。ここから何が導き出せるか？　見つかっているのは、手書きの封筒とタイプで打たれた殺害の脅迫状です。だが、この紙片はどちらに属するものでもないし、いつから暖炉にあったものかもわからない。血痕のことを考えれば、殺害後に暖炉に投げこまれたものと思われますがね」

「そもそも、暖炉に投げこまれる前には、どこにあったものなのでしょう？」

「いや、まったく、そこなんですよ。それはそうと、次はどこへ行きますかね？」

「あなたが案を出してくださると助かりますね、チャブ警部補」

「実を言うと、ひとつ提案しようと思っていたんですよ。昨夜、署を出る前に、きわめて興味ぶかい電話をレッドウィング医師からもらいましてね。あの医師の父親が亡くなったのをご存じですかな？　われわれにとっちゃ実にありがたいことに、自然死ですがね。しかし、どうやらちょっとした秘密を明かしていったようで、その内容を鑑《かんが》みるに、ここはクラリッサ・パイと話をしなくてはならんと、わたしは思っているのですよ」

4

クラリッサ・パイはトレイに三人分の紅茶とビスケットをいくらか載せ、居間に運んできた。

トレイの上はきっちりと整理してあるものの、客が偶数だったらもっと望ましい釣り合いがとれていただろうにと思わずにいられない。そもそも、この部屋は四人もの人間が坐るには、あまりに狭すぎた。アティカス・ピュントとその助手は合皮のソファに並んで腰かけていたが、お互いの膝はいまにもぶつかりそうだ。バースから来た丸顔の警部補は、その向かいの安楽椅子にかけている。四方の壁がぐいぐいと迫ってきているかのように、クラリッサは感じていた。とはいえ、レッドウィング医師からあの知らせを聞いてからというもの、この家に対する気持ちも以前とはちがっている。ここは、自分の住むべき家ではない。これは、自分が送るべき生活ではないのだ。これまで、いつも愛読してきたヴィクトリア朝の小説の主人公のように、クラリッサは別の人間と人生をすりかえられてしまっていたことになる。

「レッドウィング先生が、亡くなったお父さまの話を警察に伝えなければならなかった事情は理解しています」クラリッサは切り出した。どこか、つんととりすました口調だ。「とはいえ、その前にわたしにも、ひとこと連絡をくださるべきだったんじゃないかと思いますけれど」

「レッドウィング先生も、よかれと思っての行動だったと思いますよ、ミス・パイ」チャブ警部補が答えた。

「まあ、今回のことを警察に伝えたのは正解なのでしょうね。結局のところ、レナード先生に対する感情はどうあれ、あの人のしたことは犯罪なのですから」クラリッサはトレイを置いた。「出生証明書に嘘を書くなんて。赤んぼうのわたしたちをとりあげたのはレナード先生だったけれど、先に生まれたのはわたしだった。罪に問われて当然の行いです」

「レナード医師は、すでに法の手の届かないところへ旅立ってしまいましたよ」

「人間の法の手という意味なら、たしかにそうですね」

「この事態に、まだ気持ちがついていかないのではありませんか」ピュントが穏やかに口を開いた。

「ええ。知らされたのは、つい昨日ですから」

「あなたにとっては、ひどい衝撃だったでしょうね」

「衝撃？　そんな言葉でとうてい言いあらわせるかどうか、ミスター・ピュント。それより、大地震と形容したほうが近いかもしれません。エドガー・レナードのことは、よく憶えています。村でも本当に愛されていた医師でしたし、マグナスとわたしが子どものころは、よく屋敷にも来ていたものでした。悪人かもしれないなんて夢にも思わなかったのに、実際にはこんな、とてつもなく怖ろしいことに手を染めていたなんて。レナード先生の嘘は、わたしから人生をまるごととりあげたのですよ。それに、マグナスも！　このことは、マグナスも知っていたのかしら？　兄として、わたしにいつも威張りちらしては、これがひどくおもしろい冗談で、わたしだけがその冗談をわかっていないというような顔をしていたものよ。生まれ育った屋敷からわたしが放り出されたことは、あなたがたも知っているでしょう。それ以来、わたしはロンドンで、そして米国で、ずっと自力で生きてこなくてはならなかったのに、そんな苦労はすべて、最初から必要がなかったなんて」クラリッサはため息をついた。「これまでずっと、わたしは手ひどく欺《あざむ》かれてきたんだわ」

「それで、これからどうしようとお考えですか？」

「本来わたしが持っていたはずのものを請求します。当然でしょう？　わたしには、その権利があるはずよ」

チャブ警部補は気まずそうな顔になった。「それは、あなたが思っているほど簡単なことではないでしょうな、ミス・パイ。わたしの知っているかぎり、父親がレッドウィング医師に自分のしたことをうちあけたとき、室内にはほかに誰もいなかった。つまり、その会話の証人となる人間がいないんですよ。まあ、ひょっとしたら、レナード医師の書いたものが残っている可能性はありますな。何か、おぼえ書きでも残しているかもしれない。だが、いまのところは、あなたがそう主張しているだけということになってしまいますよ」

「誰か、ほかの人にも話しているかもしれないでしょう」

「まちがいなく、サー・マグナスには話しているでしょうね」ピュントが割って入った。チャブ警部補を見やると、さらに話を続ける。「事件の翌日、書斎の机の上から発見されたメモを憶えていますね。アシュトンH、Mw、娘。いまとなれば、この意味はすべて明らかです。その電話は、アシュトン・ハウスからかかってきたものでした。自分の生命が残り少ないことを悟ったエドガー・レナードは、良心の呵責《かしやく》のあまり、サー・マグナスに連絡をとったのです。自分が産婆役《Midwife》を務めたこと、先に生まれてきたのは、実は娘だったということを告げるために。そのメモには、その言葉を打ち消す線が何本も引かれていました。その告白に、サー・マグナスがひどく動揺したことは明らかです」

「なるほどね、それでようやく腑《ふ》に落ちました」クラリッサの声には、いまや真の怒りがこもっていた。「あの日、殺されるしばらく前に、マグナスはまさにこの家に来て、あなたのかけているその椅子に坐っていたんです。そして、あろうことか、パイ屋敷で働かないかと、わたしに持ちかけてきたのよ！　使用人小屋へ越してきて、メアリ・ブラキストンがしていた仕事を引き継いでほしいと。とうてい信じられないわ！　真実がまもなく明るみに出てしまうかもしれないと、マグナスは怖れていたのでしょうね。だから、わたしを囲いこもうとしていたんじゃないかしら。言われたとおりに引っ越していたら、首を刎《は》ねられていたのはわたしだったかもしれないわね」

「何もかもうまくいくよう願っていますよ、ミス・パイ」チャブ警部補が口を開いた。「たしかに、あなたはおそろしく不当な仕打ちを受けた。もしもほかの証人を見つけることができれば、あなたにとって有利に働くことでしょう。しかし、どうか気を悪くせずに、わたしの助言を聞いてください。すべてをこのまま受け入れるほうが、あなたにとって幸せだということもあるんですよ。あなたはここに、不自由ないだけの家もお持ちだ。村でもみなに重んじられ、尊敬を集めているじゃありませんか。まあ、わたしが口をはさむようなことじゃありませんがね、世の中には往々にして、何かを必死に追いかけているうちに、そのほかのすべてを失ってしまうこともあるんですよ」

クラリッサ・パイはとまどった顔をした。「助言をありがとうございます、チャブ警部補。でも、あなたがたがここに来たのは、わたしを助けてくださるためだと思っていたのに。レナード先生は犯した罪の償《つぐな》いをまだ終えていないけれど、こちらには娘であるレッドウィング先生の証言しかないわけでしょう。だからこそ、警察はまずこの事件を捜査したいのだろうと思っていたんです」

「正直に言いますがね。それはまったく頭にありませんでしたな」どうにもいたたまれなくなって、チャブ警部補は助けを求めるようにピュントのほうを見た。

「この村で、ふたりの人間が説明のつかない死を遂げていることはご存じでしょう、ミス・パイ」ピュントが口を開く。「あなたが生まれたときの事件を捜査してほしいと願う気持ちはわかりますが、きょう、われわれは別の用件でこちらに来たのです。つらいことの重なった時期に、さらに負担をおかけしたくはないのですが、そのふたりの死――サー・マグナスとメアリ・ブラキストン――をめぐって、あなたにもひとつお訊きしなくてはならないことがあるのですよ。つい最近、レッドウィング医師の診療所から消えたという薬壜のことです。その壜には、フィゾスチグミンという毒薬が入っていました。それについて、何かご存じではありませんか?」

クラリッサ・パイの顔に、次々とさまざまな感情が現れては消えていく。まるで一連の肖像画のように、どれもはっきりと読みとれる表情ばかりだ。まずは、衝撃に呆然とした顔。この質問を、まったく予期していなかったにちがいない――この人たちは、どうしてそれを知っているのだろうか?　そして、恐怖――わたしはどうなるのだろう?　続いて現れた怒りは、おそらく意図的に作った表情だと思われる――そんなことで、このわたしに疑いをかけるなんて！　そして、すべてはほんの一瞬のうちに、受容と諦めの表情に行きつく――あまりにいろいろなことがありすぎて、もう否定しても仕方がないと悟った顔だ。「ええ。盗んだのはわたしです」

「何のために？」

「どうしてわたしだとわかったんですか？　こんなこと、訊いてはいけないかもしれませんけれど……」

「診療所から出てきたあなたを、ブラキストン夫人が目撃していたのです」

クラリッサはうなずいた。「そうでした。あの人に見られたのを憶えています。いてほしくないとき、いてほしくない場所に居あわせることにかけては、メアリは人並み外れた能力を持っていましたからね。どうしてあんなことができたのか」ふと、言葉を切る。「ほかに、このことを知っている人は？」

「ブラキストン夫人は日記をつけていました。その日記帳は、いまはチャブ警部補が保管しています。われわれの知るかぎり、夫人は誰にもうちあけてはいないようですね」

これで、クラリッサもかなり気が楽になったようだ。「あのときは、とっさに手が伸びてしまったんです。たまたま診療所に入ったら誰もいなくて、棚にフィゾスチグミンを見つけて。どういう薬なのかは、よく知っていました。米国に渡る前に、医学を学んだこともあったので」

「何に使おうと思ったのですか？」

「こんなことをお話しするのは恥ずかしいものですね、ミスター・ピュント。自分がまちがっていたことはわかっています。思いつめすぎて、少しばかりおかしくなっていたのかもしれません。とはいえ、さっきの話も考えあわせれば、きっと理解していただけるんじゃないかしら。これまで生きてきて、わたしの願いがかなったことなんて、ほとんどありませんでした。マグナスとあの屋敷のことだけじゃありません。結婚もできませんでした。ほんものの恋も、若かったころさえしたことはありません。ええ、たしかに、わたしには教会も、この村での生活もあります。でも、鏡で自分の顔を見て、いったい何度、こんなふうに問いかけたことか――こんなことを続けて何になるの？　わたしはいったい何をやっているのかしら？　いったい何のために、この先もがんばりつづけなくてはいけないの？

自殺を、聖書ははっきりと禁じています。自分を殺すのは、他人を殺すのと同じくらい、倫理に反することだと。〝神が生命を与えたもう。神が与え、神が奪う〟ヨブ記にもこう書かれているように、われわれ人間には、それを自らの手に握る権利はないのです」クラリッサは言葉を切った。ふいに、その目が激しさを帯びる。「それでも、希望が見えず闇の中にいるとき、死の谷をついのぞいてしまうとき――そして、そこにこの身を投げたいと思ってしまうときはありました。マグナスとフランシス、フレディを眺めるわたしの気持ちがどんなだったか、あなたがたにわかりますか？　あの屋敷に、わたしだってかつては暮らしていたのに！　あの豊かさ、あの快適さは、かつてはわたしのものだったんです！　あれが本当はわたしから盗んだものだったとしても、そんなことはもうどうだっていい、サクスビー・オン・エイヴォンなんかに、わたしは帰ってくるべきじゃなかったんだわ！　わざわざ自分を貶《おとし》めるために、おめおめと皇帝の食卓の下座《しもざ》に戻ってくるだなんて、頭がどうかしていたとしか思えません。そう、つまりはそういうことよ――わたしは、自分の生命を絶つことを考えていたんです。フィゾスチグミンを選んだのは、効き目が早く、苦痛がないことを知っていたからでした」

「それは、いまどこにありますか？」

「二階に。浴室に置いてあります」

「申しわけありませんが、それはわたしに返していただくことになりますね」

「かまいません。あれはもう、わたしには必要のないものですから、ミスター・ピュント」その口調は軽やかだった。目には、かすかに光るものがある。「わたしは、窃盗の罪に問われるのでしょうか？」

「いや、そんな心配はご無用ですよ、ミス・パイ」チャブ警部補が答えた。「それは、われわれがまちがいなくレッドウィング医師に返却しておきます」

それから数分後、一同は引きあげていった。やっとひとりになれたことにほっとしながら、クラリッサ・パイは玄関の扉を閉めた。その場にじっと立ちつくし、胸を上下させながら、自分にかけられた言葉を噛みしめる。毒薬のことは、どうだっていい。いまはもう、そんなことは問題ではなかった。とはいえ、ささやかな盗みのおかげで、かつてあんなにも多くのものを盗まれたことが明らかになったクラリッサのところへ、あの三人が訪ねてきたことを思うと、なんと奇妙なめぐりあわせなのだろう。パイ屋敷が自分のものだということを、はたしてクラリッサは証明できるだろうか？　それとも、やはり警部補の意見のほうが正しいのだろうか。

こちら側の材料としては、病に伏せった男の死にぎわの言葉しかない。証人となれる人間はその場にいなかったばかりか、その話をしたときに老人が正気を保っていたかどうか、それさえも証明するすべはないのだ。たった十二分の差をめぐって、五十年以上も昔にさかのぼる訴訟。

いったい、どこからとりかかればいいのだろう？

そもそも、自分は本当にそんなことを望んでいるのだろうか？

なんとも奇妙なことに、クラリッサはふと気がつくと、両肩から重荷が取りのぞかれたような感覚を味わっていた。ピュントが毒薬の壜を引きとってくれたことも、まちがいなくその理由のひとつだろう。フィゾスチグミンの壜は、さまざまな角度からずっとクラリッサの良心を苛《さいな》みつづけていた。あんなもの、最初から盗まなければよかったと、ずっと後悔していたのだ。だが、けっしてそれだけが理由ではない。チャブ警部補がかけてくれた言葉を、クラリッサは思いかえしていた。〝すべてをこのまま受け入れるほうが、あなたにとって幸せだということもあるんですよ。あなたはここに、不自由ないだけの家もお持ちだ。村でもみなに重んじられ、尊敬を集めているじゃありませんか〟

尊敬を集めている。たしかに、それは真実だった。村の学校でも、優秀な教師として評判が高い。村の祭りでも、クラリッサの出すお菓子がいちばん売れ行きがいいのだ。日曜の礼拝では、活《い》けた花をみなが褒めてくれる。実のところ、ロビン・オズボーン牧師はしょっちゅう、クラリッサがいなければとうていやってはいけないと言っているではないか。ひょっとして、真実を知ったいま、クラリッサはもうパイ屋敷に気圧《けお》されることはないのかもしれない。あの屋敷は自分のものなのだ。これまでも、ずっと自分のものだった。しかも、すべてが明らかになってみれば、あの屋敷を盗んだのはマグナスではなかった。そして、運命のしわざでもなかったのだ。手を下したのは、実の父親だった。いつも愛情をこめて思い出していた父親が――そんなにも頑迷固陋《がんめいころう》な怪物だったとは！　とはいえ、すでに地中に眠って久しい父親をふたたび自分の人生に呼びもどし、戦いを挑むことを、クラリッサは本当に望んでいるのだろうか？

いや、望んでなどいない。

そんなことは超越して、これから自分は生きていける。パイ屋敷にフランシスとフレディを訪ねていっても、これからはもう、クラリッサは冗談をわかっている側なのだ。むしろ、フランシスとフレディが笑われる側かもしれない。

どこか笑みに似た表情を浮かべ、クラリッサは台所へ向かった。鮭団子の缶詰を買ってあるし、冷蔵庫には果物のシロップ煮が冷やしてある。これで、おいしい昼食をとることにしよう。

5

「それじゃ、クラリッサはすばらしい態度で事実を受け入れたんですね」エミリア・レッドウィングはつぶやいた。「わたしたち、人に話すべきかどうか本当に迷ったんです。でも、話してよかったわ」

ピュントはうなずいた。ここに来たのは、フレイザーとふたりきりだ。チャブ警部補はパイ屋敷に戻り、いまごろはもっとも近い大都市であるブリストルから呼びよせた、ふたりの警察潜水夫を迎えていることだろう。湖底の捜索は、まさにきょう行われる予定になっているが、そこから何が発見されるか、ピュントにはすでに予測がついていた。いま腰をおちつけているのは、レッドウィング医師の診察室だ。今回は、夫のアーサーも同席している。だが、その居心地の悪そうな表情を見るに、本当はここにいたくはなかったらしい。

「そうですね。ミス・パイは、実に感嘆すべき女性です」ピュントは答えた。

「それで、捜査の進展はどうなっているんですか?」アーサー・レッドウィングが尋ねた。

レッドウィング医師の夫に会うのは、これが初めてだ。フランシス・パイの——そして、自分の息子の肖像画をも描いた画家。アーサー本人の後ろの壁に掛かっている少年の肖像画を、あらためてピュントはじっくりと眺めた。なんと整った顔立ちの少年だろう。おそらくは父親の若かったころそのままの、どこか陰のある美しい顔を、いかにも英国人らしく、かすかにゆがめた表情。この父子《おやこ》は、お互いにぶつかりあってもいたのだろう。何かしっくりいっていない雰囲気が見てとれる。モデルと肖像画家の奇妙な関係を、ピュントはいつも興味ぶかく観察してきた。絵を見れば、ふたりがどんな関係なのか、けっして隠してはおけないものだ。この肖像画も、けっして例外ではない。絵の中の少年の、いかにも無頓着に肩を壁にもたせかけ、片膝を曲げ、両手をポケットに突っこんだ姿勢……そこからは、画家との親しさ、あるいは愛情さえも読みとれる。だが、アーサー・レッドウィングは、少年の目に浮かんだ、どこか暗い、疑うような表情をもキャンバスに写しとっていた。この少年は、親から離れたいのだ。

「この絵は息子さんでしたね」ピュントは問いかけた。

「ええ」アーサーが答える。「セバスチャンです。いまはロンドンにいますが」そのひとことには、この父親が終生抱きつづけるであろう失望の響きがあった。

「セバスチャンが十五歳のときに、アーサーはこの絵を描いたんです」エミリアが言葉を添えた。

「本当に、すばらしい作品ですね」と、フレイザー。こと芸術となると、ピュントではなく自分こそが専門家であると、この青年は自負していた。自分の強みに光を当てる好機なら、それをぜひ生かさなくては。「展覧会には出品されないんですか?」

「したいのですがね……」アーサーはつぶやいた。

「それより、捜査の進展状況を話してくださるんでしょう?」エミリア・レッドウィングが割って入る。

「ええ、そうでしたね、レッドウィング先生」ピュントはにっこりした。「捜査はもう終わりに近づいています。サクスビー・オン・エイヴォンに滞在するのも、せいぜいあと二晩というところでしょう」

この言葉に、フレイザーははっとして耳をそばだてた。ピュントの捜査が終わりに近づいているなど、まったく気づいていなかったのだ。謎を解くきっかけとなったのは、いったいいつの、誰による、どんな発言だったのだろう。この事件の真相を、早く聞きたくてたまらない

――それに、あの快適なタナー・コートの部屋に戻れるというのも、けっして残念な知らせではなかった。

「サー・マグナスを殺した犯人が誰なのか、あなたにはもうわかっているんですか?」

「すでに仮説を立ててはいる、というべきでしょうか。このジグソー・パズルは、ピースがあとふたつ欠けている状態です。そのふたつが見つかれば、わたしの仮説を立証することができるはずなのですよ」

「そのふたつが何なのか、訊いてもかまいませんか?」にわかに生き生きとした口調で、アーサー・レッドウィングが尋ねる。

「かまいませんとも。ひとつは、いまこうして話している最中にも見つかっているかもしれません。チャブ警部補の監督のもと、いま、警察のふたりの潜水夫がパイ屋敷の湖を捜索しているところなのです」

「何が見つかると考えているんですか? ひょっとして、新たな死体でも?」

「そんな物騒なものではないことを願っています」

それ以上、ピュントが説明する気がないのは明らかだった。「それでは、もうひとつのピースというのは?」エミリアが尋ねた。

「ひとり、どうしても話を聞きたい人物がいましてね。自分では気づいていないでしょうが、その人物こそは、サクスビー・オン・エイヴォンで起きた事件すべての鍵を握っているはずなのです」

「いったい、誰のことかしら?」

「マシュー・ブラキストン。メアリ・ブラキストンの夫であり、当然ながら、ロバートとトムの兄弟の父親でもある人物です」

「マシューの行方を捜しているんですか?」

「チャブ警部補に、照会を頼んでいます」

「でも、マシューならここに来ていましたよ!」エミリアはおもしろがっているようにさえ見えた。「わたし、この目で見たんです。妻の葬儀に参列していたところを」

「ロバート・ブラキストンは、そんなことは言っていませんでしたよ」

「ロバートからは見えなかったんじゃないかしら。わたしも、最初は誰なのかわからなかったんです。ずいぶん目深《まぶか》に帽子をかぶっていたんですよ。誰にも話しかけずに、ずっといちばん後ろに立っていました。そして、終わる前に帰ってしまったんです」

「そのことを、誰かに話しましたか?」

「いいえ、誰にも」この質問に、エミリアは驚いたようだ。「マシューが来ていたのは、いかにも自然なことだと思っていたので。メアリとの結婚生活も長かったし、けっして憎しみあって別れたわけでもないし。原因は悲しみだったんです。あの夫婦は、子どもを亡くしたわけですから。ロバートと話さずに帰ってしまったのは、ちょっと残念に思いました。せっかく来たのだから、ジョイとも会っていけばよかったのに。考えてみると、本当に残念だわ。メアリの死は、もしかしたら家族が和解できるきっかけになったかもしれないのにね」

「ひょっとしたら、あの男がメアリを殺したのかもしれないな！」アーサーは叫んだ。そして、ピュントに向きなおる。「それで、あの男から話を聞きたいと思っているんですか？　あの男が容疑者だから？」

「本人から話を聞いてみないことには、なんともお答えできませんね」ピュントは当たりさわりのない答えを返した。「しかし、いまのところチャブ警部補も、ブラキストン氏の居所をつかめずにいるのですよ」

「マシューなら、カーディフにいます」と、エミリア。

これには、さすがのピュントも虚をつかれた。

「住所はわかりませんけれど、見つけるお手伝いならすぐにできますよ。ほんの数ヵ月前、わたしはカーディフの家庭医から手紙をもらったんです。よくある手続きで、その医師がいま診ている患者について、以前に負った怪我の治療記録を送ってほしいというものでした。その患者というのが、マシュー・ブラキストンだったんです。頼まれた資料はすぐに送ったけれど、そんなことはすっかり忘れていたわ」

「その家庭医の名前はわかりますか？」

「もちろん。記録を残してあります。いま、すぐに出しますね」

だが、エミリアが動くより早く、診療所の玄関扉が開き、ひとりの女が入ってきた。診察室の扉は開けたままだったから、その姿は全員に見えた。四十代の、これといって特徴のない丸顔の女性。毎日この診療所の掃除に通っている、ダイアナ・ウィーヴァーだ。この時間にウィーヴァー夫人が来ることを、ピュントは知っていた。実のところ、まさにこの女性に会うために、診療所を訪れたのだから。

ウィーヴァー夫人のほうは、こんな遅い時間にもかかわらず、診療所に人がいたことに驚いたらしい。「あら——すみません、レッドウィング先生！」医師に声をかける。「よかったら、明日にしましょうかね？」

「いいのよ、入ってちょうだい、ウィーヴァー夫人」

その女性は、診察室に入ってきた。アティカス・ピュントが立ちあがり、自分の椅子を勧める。ウィーヴァー夫人は腰をおろすと、周りを不安そうに見まわした。「ウィーヴァー夫人」ピュントは呼びかけた。「まずは自己紹介をさせてもらいますが——」

「あなたが誰かは存じてます」夫人はさえぎった。

「それでは、わたしがあなたの話を聞きたいと思う理由もおわかりですね」ピュントは言葉を切った。この女性を怯えさせたくはなかったが、そんな気づかいもすでに遅すぎるようだ。「サー・マグナスは死を迎える当日、宅地開発計画の件で一通の手紙を受けとっています。その計画は、ディングル・デルを更地《さらち》にしてしまうものでした。そこでお訊きしたいのですが——手紙を書いたのは、あなたですか？」ウィーヴァー夫人が答えないのを見て、ピュントは続けた。「その手紙は、ここの診療所にあるタイプライターで打たれたことがわかっています。そんな機会があったのは、三人しかいません。ジョイ・サンダーリング、レッドウィング先生、そしてあなただ」ピュントはにっこりした。「つけくわえておきますが、何も心配することはありません。抗議の手紙を送ることは、けっして犯罪ではないのですから。たとえ、いささか乱暴な言葉を使ってしまったとしてもね。さらに、手紙の脅しの内容をあなたが実行してしまったなどと、わたしは一瞬たりとも疑ったことはありません。ただ、手紙がどうやってサー・マグナスのもとに届いたのか、わたしはそれが知りたいだけなのです。それでは、もう一度お訊きしましょう。あれを書いたのはあなたですね？」

　ウィーヴァー夫人はうなずいた。その目には、涙がたまっている。「はい、あたしです」

「ありがとう。あの森が切り倒されてしまうと聞いて、あなたが動揺したのも当然ですし、その気持ちも理解できますよ」

「あたしたちはただ、意味もなくこの村が踏みにじられるのを見たくなかったんです。あたし、うちの人と義父《ちち》にも相談してみたんですよ。ふたりとも、生まれたときからこの村の人間ですから。あたしたちみんな、そうなんです。あそこは、みんなにとって特別な場所なんですよ。あんな場所に、新しい住宅なんかいりません。そもそも、そんなもの必要ないんです。しかも、ディングル・デルに！　手始めにあそこを更地にするっていうんなら、最後にはいったいどんなことになるんだか。トーベリーやマーケット・ベイジングを見てみりゃいいんですよ。道を通して、信号機を立てて、新しいスーパーマーケットも建てて――村はすっかり空《から》っぽになっちゃって、いまや、みんなはあそこを車で素通りしてくだけなんですよ――」ふいに、ウィーヴァー夫人は言葉を呑みこんだ。「すみません、レッドウィング先生。許可もいただかないで、こんなことをしてしまって。かっとした勢いで、ついやってしまったんですよ」

「いいのよ」エミリアは答えた。「わたしは気にしていないから。本当を言うと、わたしだって同じ気持ちよ」

「手紙を届けたのはいつですか？」ピュントは尋ねた。

「木曜の午後です。お屋敷の玄関へ歩いていって、中に押しこんだんですよ」ウィーヴァー夫人は頭《こうべ》を垂れた。「翌日、何があったか聞いて……サー・マグナスが殺されたって……あたし、もう、どう考えていいのかわからなくってねえ。あんな手紙、届けなければよかったと思いましたよ。あんなふうに思いつきで動くなんて、あたしらしくもない。本当です、あたし、実際に乱暴なことをするつもりなんて、ぜんぜんなかったんです」

「くりかえしますが、あの手紙と事件とは、何の関係もありません」ピュントは夫人を安心させた。「しかし、ひとつだけ、あなたに確かめておきたいことがあるのです。ごく慎重に考えてから答えてください。あの手紙が入っていた封筒のことです。わたしが気になっているのは、表書きが……」

「はい？」

だが、その先の言葉は続かなかった。ひどく奇妙なことが起こりつつあったのだ。ピュントは部屋の中央に立ち、体重をいくらか杖に預けていたが、ウィーヴァー夫人とのやりとりが続くにつれ、杖にもたれかかる身体がどんどん斜めになってきていた。そして、いまやゆっくりと、ピュントは床に崩れおちようとしている。最初に気づいたフレイザーが飛びつき、すんでのところで探偵の身体を抱きとめた。危ないところだった。フレイザーがその身体を支えた瞬間、ピュントの膝がくっと折れ、全身がずるずると倒れこむ。レッドウィング医師も、すでに腰をあげていた。ウィーヴァー夫人は、ただただ驚きに目を見はっている。

アティカス・ピュントは目を閉じていた。顔には血の気がない。まるで、呼吸さえしていないかのように見えた。

6

目がさめたとき、そばにいたのはレッドウィング医師だった。

普段は診察に使われる組み立て式のベッドに、ピュントは寝かされていた。意識を失ってから、まだ五分と経ってはいない。医師は首に聴診器を掛け、そばに立ってこちらをのぞきこんでいる。ピュントが意識をとりもどしたのを見て、医師はほっとしたようだ。

「動かないで」声をかける。「あなたは具合が悪くなって……」

「わたしを診察しましたか?」ピュントは尋ねた。

「心音と心拍は確認しました。ただ、疲れが出ただけなのかもしれないわ」

「疲れではありません」こめかみに、ふいに激痛が走る。だが、それにもかまわずピュントは続けた。「どうかお気づかいなく、レッドウィング先生。自分の病状については、すでにロンドンの主治医から説明を受けています。薬も処方されていますし。ただ、あと数分だけ、ここで休ませていただければありがたいのですが。そのほかに、先生にしていただけることはありません」

「もちろん、ゆっくり休んでいってくださいな」そう答えながらも、レッドウィング医師はじっとピュントの目をのぞきこんでいた。「手術はできないんですか？」

「あなたには、ほかの人々に見えないものが見えているようですね。医学の世界では、あなたのほうが探偵役だ」ピュントはかすかに悲しげな笑みを浮かべた。「手の施《ほどこ》しようがないという診断でした」

「別の医師の診断も聞いてみました？」

「その必要はありません。もう、さほど時間が残されていないことは、自分でもわかっています。そう感じるのですよ」

「本当に残念だわ、ミスター・ピュント」しばし考え、医師はまた口を開いた。「助手のかたは、あなたのご病気にはまったく気づいていないようね」

「フレイザーには何も話していません。話さずにすむものなら、このままいきたいと思っています」

「それについては、何も心配はいりません。フレイザー氏には、先に帰るよう伝えておきました。ウィーヴァー夫人とうちの夫もいっしょに、さっき出ていったわ。あなたの具合がよくなったら、《女王の腕》亭までわたしが歩いて送っていくと言ってあります」

「もう、いくらか気分がよくなってきましたよ」

レッドウィング医師の助けを借り、ピュントは身体を起こすと、上着のポケットに入れてあった薬を探った。水の入ったグラスを、医師が運んでくる。それを手渡しながら、医師は薬の包みに記された名前に目をやった――ジラウジッド。「麻薬性鎮痛薬ね。いい選択だわ。これは即効性が高いんですよ。でも、くれぐれも気をつけて。これを服用していると、疲れを感じることがあるし、感情が不安定になるかもしれないから」

「たしかに、疲れは感じています」ピュントはうなずいた。「しかし、感情はきわめて安定していますよ。実のところ、先生には正直にうちあけますが、わたしはいま、とても明るい気分なのです」

「たぶん、それは捜査に携わっているおかげでしょうね。何か集中できるものがあるのは、とてもいいことだから。そういえば、さっきは夫に、捜査がきわめて順調に進んでいると話していましたね」

「ええ、そのとおり」

「それで、この事件が解決したら？　その後はどうするんですか？」

「この事件が解決したら、レッドウィング先生、わたしにはもう何もやり残したことはありません」ピュントはよろよろと立ちあがり、杖に手を伸ばした。「そろそろ宿に帰ります。先生にはお手数をかけますが」

ふたりは連れ立って診療所を出た。

7

村の反対側では、警察の潜水夫たちが湖面に浮かびあがったところだった。草の茂る湖岸に立つレイモンド・チャブ警部補の目の前に、湖底から発見されたものがどさりと置かれる。こんなものが湖底に沈んでいると、どうやってピュントは突きとめたのか、警部補は感嘆せずにはいられなかった。

海の精やトリトンの姿が刻まれた、三枚の皿。縁《ふち》のついたボウルには、裸の女を追いかけるケンタウロスの姿がある。柄《え》の長いスプーンが何本か、貴重な香辛料を保存するために使われたであろう胡椒《こしょう》入れ、ばらばらな貨幣、虎かそのたぐいの動物の小さな像、二本の腕輪。いま自分が目にしているものが何なのか、チャブ警部補にははっきりとわかっていた。これは、サー・マグナス・パイの屋敷から盗まれた宝物だ。どの品も、サー・マグナスが警察に伝えた宝物の目録に含まれている。それにしても、こんなふうにただ湖に投げ捨てるだけなら、そもそも犯人はなぜ盗んだのだろうか？　いまなら、あの話は本当だったとわかる。犯人はひとつだけ途中で落としてしまったのだろう――ブレントが拾ったベルトのバックルを――湖に向かう途中の芝生で。そして、湖岸にたどりつくと、それ以外のすべての宝物を湖に投げこんだ。門に向かう途中、何かが起きて驚いたのだろうか？　いったん湖に投げこんでおいて、後から回収するつもりだった？　いや、それは意味をなさない。

目の前に並べられたさまざまな品を、チャブ警部補は見おろした。どれもこれも銀だ――多すぎるほどの銀が、夕陽を浴びてきらきらと光っている。

第六部　金

1

その家は、カーディフのカイデリン・パーク、すなわちウィッチチャーチ駅とリウビナ駅を結ぶ線路に沿って広がる公園からすぐのところにあった。小規模のテラスハウスの中央に位置しており、左右に三軒ずつ同じ形の家が続く。どの家もくたびれていて、愛情のこもった手入れが必要な様子だ。七つの門のそれぞれ先には、七つの四角い庭があり、土ぼこりをかぶった植物が必死に生きのびようとしている。そして七つの玄関扉、七本の煙突。どれも同じような家に見えるが、中央の家の前には緑のオースティンA40が駐められており、プレートにはＦＰＪ２４７の文字がある。それを見れば、めざす家は明らかだった。

そこには、ふたりを待つ男がいた。立っている様子を見れば、まるで、これまでの人生ずっと待ちつづけてきたかのように思える。車を寄せると、男は手を挙げた。歓迎するというより、ふたりが到着したことを確認するしぐさなのだろう。年齢は五十代後半のはずだが、それよりもずいぶん老いて見える。もはやとっくに負けの決まった戦《いくさ》で、長年にわたって苦闘を続けたあげく、ほとほと疲れはててしまったかのようだ。薄くなりかけた髪、だらしない口ひげ、不機嫌な焦げ茶色の目。夏の午後に着るにはあまりに暑苦しい衣服は、どう見ても洗濯が必要だった。こんなにも孤独をまとった人間を、フレイザーはこれまで見たことがない。

「ミスター・ピュント？」車から降りたふたりに、男は問いかけた。

「お目にかかれてよかった、ミスター・ブラキストン」

「さあ、入ってください」

男は先に立って家に入り、暗く狭い廊下の突きあたりの台所にふたりを案内した。窓からは、目の前の線路に向かって急角度の土手となっている、なかば放置されたままの庭が見える。室内は清潔ではあるが、何ひとつ目を惹きつけるものはない。そもそも、人間らしさを感じさせるものが何も見あたらないのだ。家族の写真もなければ、廊下のテーブルに置かれた手紙もない、ほかの誰かがいっしょに住んでいる様子もなかった。部屋には、陽光がほとんど射しこんでこない。そこは、サクスビー・オン・エイヴォンで見た使用人小屋によく似ていた。何もかもが、影に包まれている。

「いつかは警察が話を聞きにくるだろうと、ずっと思ってましたよ」男は口を開いた。「お茶でもどうですか？」コンロにやかんを置き、つまみを三度ひねって、ようやく点火に成功する。

「正確を期すなら、われわれは警察ではないのです」ピュントは答えた。

「ああ。だが、例の死亡事件について捜査してるんでしょう」

「あなたの奥さんと、サー・マグナス・パイの死をね。そのとおりです」

ブラキストンはうなずき、片手であごを撫でた。今朝、ちゃんとひげは剃ったものの、あまりに使い古した剃刀《かみそり》だったせいで、唇の下の窪《くぼ》みに生えたひげはひょろりと残り、あごに小さな切り傷ができている。「誰かに電話しようかとも考えたんですよ。ほら、あの男が死んだ夜、おれはあそこにいたわけですからね。だが、こんなふうに考えなおしたんだ——何を気にすることがある？　おれは何も見ちゃいない。何かを知ってるわけでもない。結局のところ、おれには関係のないことじゃないか、ってね」

「そう決めつけたものでもありませんよ、ミスター・ブラキストン。あなたの話が聞けるのを、わたしはずっと楽しみにしていたのですから」

「へえ、まあ、がっかりさせずにすむといいんですがね」

ポットにたっぷり入っていた古い茶葉とお茶を捨て、沸騰した湯で中をゆすぐと、新しい茶葉を入れる。冷蔵庫を開け、ミルクの壜を取り出したとき、ほかにほとんど何も入っていない庫内が見えた。庭先をがたごとと列車が通りすぎ、渦巻く蒸気を吐き出していく。たちまち、部屋の中にまで石炭の燃える臭いがたちこめた。ブラキストンは気にとめる様子もない。お茶をいれおえると、テーブルに運んでくる。三人は腰をおろした。

「それで？」

「われわれがここに来た理由はご存じでしょう、ミスター・ブラキストン」と、ピュント。「どうか、あなたの知っていることを話してもらえませんか？　そもそもの始めから、何も抜かさずに」

ブラキストンはうなずいた。みなにお茶を注ぐ。そして、口を開いた。

年齢は五十八歳。十三年前にサクスビー・オン・エイヴォンを離れて以来、ずっとカーディフに住んでいるという。この街には親族がいた。ここからさほど遠くないイースタン・ロードで、伯父が電器店を営んでいたのだ。伯父はすでに亡くなったが、店は自分が相続し、そこの稼ぎで生活費をまかなっている――どうにか、この程度の暮らしではあるが。ここではひとり暮らしをしている。フレイザーの最初の見立ては、どうやらまちがっていなかったらしい。

「実のところ、メアリとは離婚はしてなくてね」ブラキストンは語った。「自分でも、理由はよくわかりません。トムのことがあってから、おれたちはどうにもうまくいかなくて、いっしょには暮らしていけなくなっちまった。だが、そうはいっても、おれたちはどちらも再婚するつもりもなかったんでね。だったら、別にわざわざ手続きする必要もないでしょう？　弁護士を頼んだりだの、そういうことには女房も興味がなかったんですよ。そんなわけで、あいつが死んだいま、どうやらおれは正式に寡夫《かふ》ということになったんです」

「家を出てから、メアリとはまったく会っていないんですか？」ピュントが尋ねた。

「連絡はとっていましたよ。手紙のやりとりはあったし、こっちからときどき電話もしたし――ロバートの様子を尋ねたり、何か必要なものはないか訊いたりね。だが、何か必要だったとしても、女房はけっしておれには言ってきませんでした」

ピュントはタバコを取り出した。この探偵が仕事中にタバコを吸うなど、めったにあることではないが、そもそも最近はずっと様子がおかしいのだ。レッドウィング医師の診療所でピュントが倒れて以来、フレイザーはずっと、おそろしく気を揉んでいた。どうしたのか尋ねても、何も説明してもらえないのだ。ここへ来る車の中でも、ピュントはほとんど口を開かなかった。

「では、メアリと初めて出会ったころに話を戻しましょうか」ピュントが持ちかけた。「シェパード農場で暮らしていたときのことを話してください」

「あそこはおやじの農場でね」ブラキストンは答えた。「おやじもそのおやじから受け継いで、おれの知るかぎり、ずっとうちの家族が切りまわしてたんですよ。うちは代々みんな農業をやってるんですが、おれはどうも好きになれなくてね。おやじには、いつも一家のもてあましもの《ブラック・シープ》と呼ばれてましたよ。笑えるのは、実のところ、それがうちの家業だったわけでね――二百エーカーばかりの土地に、どっさり羊を飼うってのが。いま思いかえすと、おやじには気の毒なことをしたと思いますよ。おれはひとりっ子だったのに、家業にまったく興味がなかったなんて。学校では数学と理科が得意でね、米国へ渡ってロケット開発技術者になろうかとか、そんな夢を描いてました。滑稽《こっけい》な話ですよ、結局のところ、おれはやがて二十年にわたって整備士をやることになって、ウェールズより遠いところにゃ行ったこともないんだから。だが、まあ、子どもってのはそんなもんですよ、そうでしょう？　いろんな夢をふくらませてはみるものの、よっぽど運に恵まれないかぎり、何ひとつ実現なんてできやしないんだ。それでも、おれは文句を言うつもりはありませんがね。あの農場で、おれたちはみんな幸せに暮らしてたんだ。女房でさえ、最初のうちは満足してたんですよ」

「奥さんと出会ったきっかけは？」ピュントが尋ねた。

「あいつはトーベリーって村の出身でね、サクスビーから八キロほどのとこですよ。あいつの母親とうちのおふくろが、子どものころ同級生だったんです。ある日曜の昼食に、メアリが両親に連れられてうちにやってきて、そこでおれたちは知り合いました。メアリは二十代で、すばらしく可愛い娘でしたよ。おれはひと目で夢中になってね。それから一年も経たないうちに、おれたちは結婚したんです」

「それで、あなたのご両親はメアリをどう思っていましたか?」

「ふたりとも、メアリのことは気に入ってましたよ。実のところ、しばらくは何もかもすばらしくうまくいってたんです。息子もふたり生まれてね。最初にロバート、次にトム。ふたりとも、あの農場ですくすく育ってました。いまでも目に浮かぶな、あいつらが追いかけっこをしたり、学校から帰っておやじの手伝いをしたりしてたところが。たぶん、あそこで暮らしてたころが、おれたちはいちばん幸せだったんでしょう。だが、いいことは続かなくてね。借金で、おやじの首が回らなくなっちまったんですよ。おれも、おやじを助けようとはしなかった。そのころは、もう空港で働きはじめてたんです。村から一時間半くらいだったかな、ブリストルの近くのウィットチャーチ空港でね。三〇年代の終わりころでしたよ。おれは志願予備飛行隊の機体の通常整備をやってて、訓練を受けに集まってきた大勢の若い操縦士たちと顔を合わせてたもんです。あそこにいると、やがて戦争になるってことはひしひしと感じましたよ。サクスビー・オン・エイヴォンは、そんなことを忘れて暮らしてられる場所ですからね。女房は村のあちこちで、いろんな雑用をこなして手間賃をもらってました。考えてみると、おれたちはもう、あのころから別の道を歩きはじめてたんでしょうね。だから、あんなことになったとき、女房はおれを責めたし——たぶん、あいつの言うとおりなんだろうな」

「息子さんたちについても聞かせてください」

「あいつらを、おれは愛してました。嘘じゃない、何が起きたのか、思い出さなかった日は一日だってないんだ」ブラキストンは声を詰まらせ、しばらく口をつぐんでから、ようやく先を続けた。「どうしてあんなことになっちまったのか、おれにはわかりません、ミスター・ピュント。本当にわからないんです。シェパード農場にいたころは、完璧とまでは言えなくっても、それなりにみんな楽しくやってたんだ。そりゃ、ののしりあったり、喧嘩をしたり、取っ組みあったりはしょっちゅうでしたよ。だが、男の子なんてそんなもんでしょう、ええ？」同意を求めるように、ブラキストンはピュントを見つめたが、何も答えがないのを見て、やがてまた口を開く。「あいつらは、仲もよかったはずですよ。親友どうしみたいなもんでした。

ロバートは無口なたちでね。いつも、何かしら考えているように見えました。まだごく小さなころから、バース渓谷に沿って、ひとりで遠くまで歩いていっちまうことがしょっちゅうでね。おれたちは、さんざん心配させられたもんです。トムのほうが、もっとやんちゃでしたね。発明家の真似ごとをするのが好きらしくて、薬を混ぜあわせたり、古い機械の部品を組み合わせたりして遊んでましたよ。そんなところはおれに似た気がしてね、実のところ、おれはついトムを甘やかしてたな。ロバートは、どっちかっていうと母親っ子でしたね。もともとけっこうな難産で、もう少しで生まれる前に死んじまうところだったんですよ。生まれてからも、赤んぼうのころは身体が弱くて、よくいろんな病気にかかってね。レナード先生っていう村の医者が、うちにしょっちゅう出入りしてたもんです。おれに言わせりゃ、そのせいで女房はちっと過保護になっちまっててね。おれさえロバートの近くに寄せつけないようなときもありました。それに比べりゃ、トムは育てやすい子でね。おれもずいぶん可愛がってました。あいつとは、よく遊んだもんだ……」

ブラキストンは十本入りのタバコの箱を取り出し、セロファンを剝《は》がして一本に火を点《つ》けた。

「農場を出てから、何もかもうまくいかなくなっちまってね」ふいに、その口調が苦いものに変わる。「ある日、あの男がおれたちの生活に踏みこんできた。あれから、すべてが変わっちまったんだ。サー・マグナス・パイの野郎ですよ。いまふりかえってみれば、すべてわかりきったことだったってのに、どうしておれはあんなにも先が見えない、愚かな人間だったんだろう。だが、あのときは、あの男の申し出が、おれたちの願いをすべてかなえる答えのように思えたんです。メアリは決まった給金がもらえて、住む家もある、息子たちにゃ走りまわれる広い地所《じしょ》がある、ってね。少なくとも女房はそう考えて、おれにこの話を持ちかけたんです」

「あなたは反対したんですか？」

「おれは、女房とは言いあらそわないようにしてました。反対しても、女房は反発するだけだから。ただ、二つ三つ心配なことがある、って話だけはしましたよ。おれはどうも、女房が家政婦になるって話が気に入らなくてね。あいつには、もっといい仕事があるって思ってたんですよ。それに、あそこに移ったら、もう出ていけなくなっちまうって、そんな警告をしたのも憶えてます。いわば、一家まるごとサー・マグナスのお抱えになるようなもんですからね。だが、結局のところ、おれたちにはほかに道がなかったんです。貯えもなかったし。差し出されたものを受けとるほかに、仕方がなかったんですよ。

最初のうちは、なかなか悪くありませんでした。パイ屋敷はいいところだし、庭の管理を息子とやってたスタンレー・ブレントとも、おれはうまくいってましたしね。家賃はとられなかったし、おれのおやじやおふくろと四六時中いっしょにいる生活に比べて、自分たちだけで暮らすってのもいいもんでしたよ。ただ、あの使用人小屋は、どうもおれたちの神経を逆撫《さかな》でする家でね。年じゅう薄暗くて、気を許してくつろいだことは一度もありませんでした。おれたちはみんな、ぴりぴりして不機嫌になってね。息子たちでさえ同じでしたよ。おれと女房は、遠回しにぐさりとくる言葉を投げつけあってました。おれはどうも、女房がサー・マグナスを見る目つきが気に食わなくてね。爵位《しゃくい》を持った大金持ちってだけで、おれよりたいした人間ってわけでもないのに。あの男は生まれてこのかた、朝から晩まで働いたことなんて、ただの一日だってないんだ。親から相続したパイ屋敷を持ってるだけでね。だが、女房はそんなふうに思ってなかった。そこで働くことで、自分も何か特別な人間になれたような気がしてたんだ。女房はわかってなかったんですよ、どこのトイレを掃除しようと、トイレ掃除にゃ変わらないってことがね。たとえ、そのトイレに載るのが貴族の尻だからって、それが何だって、おれは女房に言ってやったことがあるんです。まったく、あいつの怒りようったら。だが、あいつは自分のことを、掃除屋とも家政婦とも思ってなかったんだ。すっかり、お屋敷の奥さま気どりだったんですよ。

マグナスにも息子はいたんだが――フレディって子がね――そのころはまだ赤んぼうで、かまってもおもしろくなかったんだろうな。そんなわけで、准男爵《じゅんだんしゃく》さまは代わりにうちの息子たちを相手にしはじめたんです。屋敷の地所で遊ぶようけしかけて、ちょっとした景品を――ここに三ペンス、あっちに六ペンスって具合に――ばらまいて、息子たちを甘やかして。ネヴィル・ブレントにひどい悪ふざけを仕掛けさせたりもしてました。そのころには、ネヴィルの両親はもういなくてね。交通事故で亡くなって、庭の管理はネヴィルが引き継いでたんですよ。言わせてもらえば、あのネヴィルって男には、どこか奇妙なとこがあってね。ちょっとまともじゃない気がするんです。だが、そんなネヴィルを相手に、息子たちはこそこそ監視したり、からかったり、雪玉を投げつけたり、そんなことばかりしていてね。どうにも残酷な仕打ちに思えました。あんなこと、息子たちがせずにいてくれたらよかったんだが」

「あなたには止められなかったんですか?」

「おれには何もできませんでしたよ、ミスター・ピュント。どうしたらわかってもらえるのかな。息子たちはもう、おれの言うことなんか聞こうとしなかったんです。おれはもう、あいつらの父親じゃなくなってた。あそこへ引っ越したその日から、気がつくとおれは脇に押しやられてたんですよ。マグナス、マグナスって……おれ以外、全員がそればっかりでね。息子たちが学校で成績表をもらってきても、おれの意見なんか誰も気にしない。それどころか、どうすると思います? 女房は息子たちを屋敷に連れていって、成績表をあの男に見せるんですよ。

まるで、父親のおれより、あの男の意見のほうが大切だといわんばかりに。

そんな仕打ちが、日増しにひどくなるばかりでね。おれはだんだん、あの男を憎むようになりました。あの男はいつだって、おれがどんなにちっぽけな人間か、思い知らせようとしてくるんだ。おれたちが住んでいる家も、土地も、全部あの男の持ちものだってことを、いちいち見せつけるように……そもそもの最初から、あそこに住みたがったのはおれじゃなかったってのに。あんなことになったのも、あの男のせいなんだ。本当ですよ。あの男は自分の手を下して、おれの息子を殺したも同然なんです。そして、おれの人生をめちゃくちゃにした。トムはずっと、おれの人生を明るく照らしてくれてたんだ。あの子が死んじまったら、おれにはもう何も残ってなかったんです」ブラキストンは黙りこみ、手の甲で目を拭った。「いまのおれを見てくださいよ！　この家を！　おれはよく考えるんですよ、いったい何をした罰で、自分はこんな思いをさせられてるんだろうってね。生まれてこのかた、誰も傷つけたことなんかなかったのに、いまやこんな体《てい》たらくだ。ひょっとしたら、何かすべきことをしなかった罰で、こんな目に遭っているんだろうか、そんなこともときどき考えます」

「あなたが罰を受けるいわれはないことは、わたしにはわかっていますよ」

「おれには罰を受けるいわれなんかない。まちがったことは、何もしていないんだ。あのとき起きたことに、おれは何の関係もないんです」ブラキストンは言葉を切ると、反論があるならしてみろといわんばかりに、ピュントとフレイザーを見すえた。「マグナス・パイだ。マグナス・パイの野郎のせいなんだ」

大きく息をつき、先を続ける。

「戦争が始まると、おれはボスクーム・ダウンに送りこまれ、もっぱらホーカー・ハリケーンの整備をしてました。家から離れた生活で、うちがどんな様子かはわからなかったし、週末たまに帰っても、おれはすっかりよそものあつかいでね。メアリはもう、すっかり変わっちまってました。おれが帰っても、喜んでもくれない。どうも、変によそよそしくて……まるで、何かを隠してるようにね。シェパード農場で出会って、結婚して、ずっといっしょに暮らしてきた娘がこんなふうになっちまうなんて、とうてい信じられないくらいでした。ロバートも、あまりおれとはかかわりたくないようでね。まあ、あいつはもともと母親っ子だったから。トムがいなかったら、わざわざ家に帰る意味もなかったくらいです。

本来おれがいるはずだった場所は、サー・マグナスが占領してました。さっき、息子たちの遊びの話をしましたね。あの男が子どもたちと——おれの息子たちとやってた遊びがあって。あのころ、ふたりは埋められた宝探しに夢中になってたんですよ。まあ、男の子はみんな、そういう遊びが好きなもんですが、知ってのとおり、パイ家には本当に地面から掘り出した宝物があってね——古代ローマの貨幣だの何だのが、ディングル・デルに埋まってたんだそうで。あの男は、屋敷にその宝物を飾ってるんです。そんなやつにそそのかされたら、そりゃ息子たちだって宝探しに夢中になりますよ。あの男は、チョコレート・バーをホイルに包んだものとか、ときには六ペンスや半クラウンの硬貨なんかを、地所のあちこちに隠すんです。そして、手がかりをいくつか教えてやって、息子たちに探させる。探し出すのにまる一日かかることもあるが、それでも子どもたちを外で遊ばせてるわけで、こっちは文句が言いにくいんですよ。子どもたちの身体にもいいし、何が悪い？　楽しい遊びじゃないか、ってね。

　だが、結局のところ、あの男はふたりの父親じゃない。自分が何をやってるのか、あの男にはわかってなかったんですよ。そして、ある日、ついにやりすぎちまった。あの男は金塊を持ち出してね。ほんものじゃありません。黄鉄鉱《おうてっこう》ってやつで――まるで金みたいな見た目なんで、そ〝愚者の黄金〟と呼ばれてる石です。あの男が持ってたのは、かなり大きなしろものでね、それを宝探しの賞品にしようと思いついたんですよ。もちろん、トムもロバートも、ちがいなんかわかりゃしません。すっかりほんものと思いこんで、自分が見つけようと必死になったもんです。しかも、その黄鉄鉱を、あの馬鹿はいったいどこに置いたと思います？　湖の水辺ぎりぎりに生えてたガマの草むらですよ。あの男が、息子たちを水辺に引きよせたんだ。十四歳と十二歳の子をね。ここへおいでと標識を立てたも同然のことをして、子どもたちをあそこへ行かせたんです。

　そう、それがことの顛末《てんまつ》なんですよ。ふたりは別々に動いてた。ロバートはディングル・デルで、木立《こだち》の間を探してたんです。そして、トムは水辺に下りてった。ひょっとしたら、草むらに隠した石が陽射しを受けてきらっと光ったのかもしれないし、でなきゃ、渡された手がかりのひとつをあいつががんばって解いたのかもしれない。本当なら足を濡らす必要だってなかったのに、興奮したあまり、トムは水の中を歩いて草むらに近づいたんだ。そこで、いったい何があったんだろうな。ひょっとしたら、あいつはつまずいて転んだのかもしれません。あのへんは水草がびっしり生えてて、足にまとわりついただろうから。おれが聞いた話はこうです。午後三時をすぎたころ、ブレントが芝刈り機を押して通りかかったら、息子がうつ伏せで湖に浮かんでたって」マシュー・ブラキストンの声が、ふいにひび割れた。「トムは溺れてました。ブレントは、あいつなりにできるだけのことをしてくれたんですよ。トムが浮かんでたのは、岸からほんの一メートルほどのあたりだったんで、とりあえず岸に引っぱりあげてね。そこへロバートが森から出てきて、何があったのかを目にしちまった。ロバートは水に飛びこんだそうですよ。そこで、ひどい悲鳴をあげてたって話です。それから岸辺に歩いてきて、なんとか弟を助けてやってくれって、ブレントに叫んだんだとか。ブレントはどうしたらいいかわからなかったそうですが、ロバートは学校で救急法の基礎を教わってたんで、必死で弟に人工呼吸をしてやってたと聞きました。だが、もう手遅れだった。トムは死んじまってたんです。この話は、後になって警察から聞きました。すでに警察が、関係者みんなから事情聴取した後だったんです。サー・マグナス、ブレント、メアリ、それにロバートとね。おれの気持ちがわかりますか、ミスター・ピュント？　おれはあいつらの父親だったんですよ。それなのに、そのとき、おれはその場にいなかったんだ」

マシュー・ブラキストンは頭《こうべ》を垂れた。タバコを指にはさんだまま、頭に押しつけたこぶしを固く握りしめ、じっと坐ったきり動こうとしない。タバコの先からは、煙が静かに天井へ上っていくばかりだ。この部屋のなんと狭苦しいことか、この無惨に引き裂かれてしまった人生のなんと救いのないことか、フレイザーはひしひしと感じずにはいられなかった。ブラキストンにとって、もはや帰る家はどこにもないのだ。自分自身に戻る道さえも見失い、さまよいつづける魂。

「お茶のお代わりは？」ふいに、ブラキストンが尋ねた。

「ぼくがいれますよ」フレイザーが申し出た。

誰も、とくにお茶が飲みたかったわけではない。だが、この先の話を聞くにも、ブラキストンが話を続けるにも、とにかく時間をとり、ひと息入れずにはいられなかった。フレイザーが立ちあがり、やかんに歩みよる。この場にいったん背を向けられることが、いまは嬉しかった。

「おれはまた、ボスクーム・ダウンに戻りました」新しいお茶が運ばれてくると、ブラキストンはまた口を開いた。「だが、次に家に帰ってみると、風向きがどうなってるか、まざまざと思い知らされましたよ。メアリとロバートは、もう跳ね橋を引きあげちまったかのように、おれを寄せつけようとしませんでした。あのことがあってから、女房はけっしてロバートを離そうとしなくてね、たとえ一分だって、自分の目の届かないところへは行かせないって様子でしたよ。そして、ふたりともおれのことは、まったく気にかけようともしてなかった。おれだって、自分の家族のために何かしてやりたかったですよ、ミスター・ピュント。誓ってもいい、おれにだって、何かできたはずなんだ。だが、女房も息子も、そうさせてくれなかったんです。おやじは家族を捨てて出ていったって、ロバートにはいつも言われてました。だが、そんなのは嘘だ。おれは家に帰ってきたのに、家族はもう、そこにはいなかったんですよ」

「最後に息子さんを見たのはいつですか、ミスター・ブラキストン？」

「七月二十三日の土曜日。あいつの母親の葬式ですよ」

「息子さんも、あなたに気づきましたか?」

「いや」ブラキストンは大きく息を吸いこんだ。吸いおえたタバコを、灰皿で揉み消す。「世間ではよく言いますよね、子どもを亡くすと、残された家族は絆《きずな》が強まることもあるし、引き裂かれることもあるって。トムが亡くなってから、女房の態度でおれがいちばん傷ついたのは、おれをロバートに寄せつけまいとしてたことでした。まるで、おれからロバートを守ろうとでも思ってるみたいにね! これが信じられますか? おれは息子をひとり失っただけじゃない。結局のところ、ふたりとも失っちまったんです。

だが、それでも心のどっかで、おれは女房をずっと愛してましたね。まったく情けない話ですよ。さっきも話したとおり、女房の誕生日や、クリスマスにはカードを送ってました。ときどきは電話もかけてましたよ。少なくとも、女房はそれをやめさせようとはしなかった。ただ、戻ってきてはほしくなかったようでね。そこは、きっちり釘を刺されてましたよ」

「最後に話したのは?」

「二ヵ月くらい前でしたね——だが、それとは別に、とうてい信じてもらえないようなことがあったんです。女房が死んだまさにその日、おれはあいつに電話をかけてるんですよ。どうにも、おそろしく奇妙な話でね。その朝、おれは木にとまってる鳥の声で目がさめたんですよ。カーカーと、えらくけたたましい声でね。カササギでした。〝一羽なら悲しみ〟って、古い数え唄がありますよね? 寝室の反対側の窓から、おれはのぞいてみたんですよ。白黒の、ちっこい不吉なやつが、目をぎらつかせてるのが見えてね、ふいにどうにも胃がむかついてきて。あれが虫の知らせってやつなのかな。何か悪いことが起きようとしてる、それがはっきりとわかったんです。店に出勤したものの、どうにも仕事が手につかないし、どっちにしろ、その日は客も来なくてね。おれはずっと、メアリのことを考えてました。あいつに何かあるんじゃないか、そんなふうに思えて、最後にはどうにもこらえきれなくなっちまって。それで、あいつに電話をかけてみたんです。最初は使用人小屋に、それからお屋敷のほうにも――だが、あいつは出てくれなかった。おれが遅すぎたんです。あいつはもう死んじまってたんだ」

ブラキストンはタバコの箱から剝がしたセロファンを手でもてあそび、指にはさんで引っぱっていた。

「女房が死んだことは、二、三日経って知りました。新聞に載ってたんでね……信じられますか？　誰ひとり、おれに電話をくれようともしなかったなんて。普通なら、ロバートが連絡をくれるんじゃないか、そんなふうに思いますよね。だが、あいつも音沙汰《おとさた》なしで。それでも、葬式にはどうしても行かなきゃならんと思ってました。たしかにいろいろありはしたが、そんなことは関係ない。おれとメアリには、若かったころの思い出、いっしょに暮らした年月があったんだから。さよならも言わずに行かせるなんて、そんなことができるもんか。たしかに、他人に見られたくない気持ちはありましたよ。周りに人が集まってきて、大騒ぎになったりするのはごめんだったんでね。だから、わざと遅れていったし、帽子も目深《まぶか》にかぶって、顔が見えないようにしてたんです。村にいたころに比べ、おれはずいぶん痩せたし、もう六十手前の年齢だしね。ロバートから離れてさえいりゃ、誰にも見つからないと思ってました。実際に、そのとおりになりましたよ。

おれのほうからは、ロバートが見えました。そばに寄りそっている娘が見えてね、実のところ、嬉しかったですよ。あいつには、そういう相手が必要なんだ。子どものころは、いつだってぽつんとひとりだったロバートに、あんなきれいな娘がついててくれるなんてね。ふたりは結婚する予定だって、村の連中が話してるのが聞こえました。ひょっとして、いつか子どもが生まれでもしたら、おれが訪ねていける日も来るかもしれない。時が経てば、人間ってのは変わるもんですからね、そうでしょう？　ロバートのほうは、おれが葬式にも来なかったと思ってるかもしれない。だが、もしもあいつに会うことがあったら、本当のことを伝えてやってください。

村に戻るのは、なんとも奇妙な気分でしたよ。いまだにあそこが好きかどうか、自分でもよくわからないな。知ってる顔が並んでてね――レッドウィング先生、クラリッサ、ブレント、そのほかみんなが――ぞくっと震えが走りましたよ。サー・マグナスとレディ・パイは来てなくてね、思わずにやりとしちまいました。メアリが知ったら、さぞかしがっかりしただろうな！　おれは、いつだって女房に、ありゃろくな人間じゃないぞ、って言ってたんでね。でも、まあ、来てなくてかえってよかった気もします。あの日に顔を合わせてたら、自分でも何をしてたかわからないんでね。あんなことになったのは、あの男のせいだって、おれは思ってるんですよ、ミスター・ピュント。メアリは、あの男のために下働きをさせられてる最中に、階段から転がり落ちて死んだんだ。それを言うなら、ふたりともそうですがね。メアリとトム。あの男さえいなければ、どっちもいまだに生きてたんですよ」

「あなたが五日後にサー・マグナスの屋敷を訪ねたのは、それが理由だったのですか?」

ブラキストンはうつむいた。「おれがあそこへ行ったって、どうしてわかったんですか?」

「車を目撃した人がいたのですよ」

「なるほど、まあ、否定するつもりはありませんがね。ええ、行きました。本当に馬鹿だったと思いますが、次の週もだいぶ進んだところで、おれは村に戻ったんです。なぜかって、どうにもそのことが頭を離れなかったからですよ。最初はトム、次にメアリ、ふたりともパイ屋敷で死んだんだ。こんなことを言うと、まるでおれがこれから自白するみたいですよね、あの男を殺すために村に戻ったんだって。だが、そういう話じゃないんです。おれはただ、あの男と話がしたかった。メアリのことを訊いてみたかったんですよ。あの葬式に出てた連中はみな、そういうことを話す相手がいた――だが、おれにゃいませんでしたからね。誰も、おれに気づきさえしなかった――おれの女房の葬式だってのに! だからこそ、あの男に五分でも会って、メアリのことを尋ねてみたい、そんなふうに思うのはおかしいですかね?」

ブラキストンはしばし考えこみ、やがて、決心がついたかのように口を開いた。

「それだけじゃないんです。こんなことを言ったら、さらに悪く思われるだろうが、おれが考えてたのは金のことなんだ。おれのためじゃない。息子のためにね。職場での事故で死んだら、そりゃ雇い主の責任でしょう。メアリはもう二十年以上もサー・マグナスのために働いてきたんだから、あの男にはうちの女房に対して、注意義務ってやつがあるはずだ。女房とも、何か取り決めがあってもおかしくないし——ほら、年金とかね。ロバートは、おれからはけっして経済的な援助は受けとらないでしょう。たとえ、おれがいくらか出せるとしてもね。それはわかってます。だが、もうすぐ結婚するっていうんなら、新しい出発のために、元手になるものを持たせてやりたいですよ。サー・マグナスはいつだって、ロバートのことは可愛がってましたしね。だから、ロバートのためにおれから援助を頼んでやりたい、そう思いついたんです」

言葉を切り、目をそらす。

「どうか、続けてください」

「二時間ほど車を走らせて、おれはサクスビー・オン・エイヴォンに着きました。その日は店が忙しくてね、着いたのは、ちょうど七時半でしたよ。腕時計を見たんで、憶えてます。だが、実際に着いてみるとね、また気持ちが揺らいできて。そもそも本当にあの男に会いたいかどうか、自分でもわからなくなってきちまったんです。蔑《さげす》まれたりするのはごめんでしたしね。そんなわけで、一時間近く車の中に坐ったまま考えてたんですが、結局のところ、はるばるここまで来た以上、やるだけはやってみようと心を固めたんです。車は、使用人小屋の後ろの慣れた場所に駐めました——あれは、習慣のなせるわざってやつだろうな。誰か、ほかにも同じようなことを思いついたやつがいたようでね。扉に自転車が立てかけてあったんです。後になって思い出しましたよ。あれがどういう意味なのか、あのときもっとじっくり考えるべきだったのかもしれませんがね。

とにかく、おれは私道を歩いていきました。あそこにいると、いろんな思い出が一気によみがえってきてね。左側に湖が見えはじめたときは、思わずそっちから目をそむけずにはいられませんでしたよ。あの夜は月が出てて、庭園の景色がくっきりと、まるで写真みたいによく見えて。ほかに誰かいるような気配は感じませんでした。おれも、姿を隠そうとか、そんな気は別になくてね。玄関へまっすぐ歩いていって、呼鈴《よびりん》を押しましたよ。一階の窓に明かりが見えたんで、サー・マグナスがいるのはわかってました。そのとおり、一分か二分ほどして、あの男が自分で扉を開けましたよ。

あのときの姿はけっして忘れられませんね、ミスター・ピュント。最後にあの男を見たのは、もう十年以上も前、おれが使用人小屋を出ていくときでした。記憶に比べて、ずいぶんでっぷりと太ってましたね。玄関の通り口をふさいでるみたいに見えましたよ。スーツにネクタイを締めて……明るい色のやつをね。手には、葉巻を持ってました。

おれを見て、誰だか気づくのにちょっとかかったようでしたが、やがて、にやっと笑ってね。『おまえか！』最初の言葉は、それだけでした。そのひとことを、おれに向かって吐き捨てたんです。それでも、敵意は感じなかったな。驚いてはいたし、ほかにも何か腹に一物《いちもつ》ある感じではありました。まるでおもしろがってるかのように、いつもの奇妙な笑みを浮かべてね。『何が望みだ？』と、あの男は言いました。

『あなたと話がしたかったんです、サー・マグナス』おれは答えました。『メアリのことで……』

『いまはだめだ』あの男はさえぎりましたよ。

『ほんの数分でいいんです』

『論外だ。とにかく、いまはな。そもそも、来るなら来ると前もって連絡すべきだろう。いったい、いま何時だと思っている?』

『お願いです――』

『だめだ! 明日、また来るんだな』

あの男は、いまにもおれの鼻先で扉を閉めようとしましたよ。そうしようとしたのが、はっきりとわかりました。だが、その寸前で手を止めると、あの男は最後に、おれにこう尋ねたんですよ。どうにも忘れられない言葉でした。

『おまえは本気で、わたしがあのいまいましい犬を殺したと思っているのか?』とね」

「犬というと?」ピュントはめんくらった顔をした。

「ああ、お話ししとくべきでしたね。パイ屋敷に移ったころ、うちでは犬を飼ってたんですよ」

「ベラという名の犬ですね」

「そう、そいつのことです。雑種でね、ラブラドールとコリーの血が半分ずつ混じってました。トムの十歳の誕生日に、おれからのお祝いだったんですよ。だが、あそこに移ったその日から、サー・マグナスはベラが気に入らなくてね。芝生を勝手に走りまわったり、鶏を脅かしたりするから、と言ってました。あと、花壇を掘りかえすから、ともね。だが、あの男がなぜベラを気に入らなかったのか、本当の理由は別にあるんだ。おれが息子に何か買ってやった、そのこと自体が気に入らなかったんですよ。おれが言いたいのはそこなんです。あの男は、おれとおれの家族を完全に支配したかったんだ。だが、ベラはおれが連れてきた犬だったわけですよ。おれから買ってもらった犬を、トムがあんなにも愛してたからこそ、あの男にとっては犬が目ざわりだったんです」

「それじゃ、サー・マグナスがベラを殺したってことですか?」フレイザーが尋ねた。使用人小屋の一室でピュントが見つけた、あの悲しげな小さい首輪は、いまも目に焼きついている。

「サー・マグナスのしわざかどうか、証拠は何もないんでね。ひょっとしたら、ブレントにやらせたのかもしれません。あの弱虫野郎なら、それくらいのことはやりかねない。とにかく、前の日までいた犬が、翌日にはぱったり姿が見えなくなっちまってね――そして、その一週間後、ディングル・デルで喉を切られた死骸が見つかったんです。トムは打ちのめされてましたよ。あいつにとって、ベラは生まれて初めて自分のものといえる存在だったってのに。あんな小さな子どもに、どうしてそんなひどいことができるんだか」

「しかし、それはひどく奇妙な話ですね」ピュントはつぶやいた。「サー・マグナスはもう十数年も、あなたとは会っていなかったわけです。そのあなたが、ある夜遅く、ふいに屋敷を訪ねてきた。そんなときに、いったいなぜ犬のことを尋ねようなどと思ったのでしょう?」

「さあ、見当もつきませんね」

「あなたはなんと答えたのですか?」

「おれも、どう答えたらいいのかわからずにいました。だが、迷うまでもありませんでしたよ。

あの男は、そのままぴしゃっと扉を閉めたんです——二週間前、女房を亡くしたばかりの男の鼻先でね。おれに、敷居をまたがせる気はさらさらなかった。もともと、そういう人間なんですよ」

長い沈黙があった。

「いま、あなたが再現したやりとりですが」ピュントは切り出した。「実際の会話を、どれくらい正確に思い出したものですか？　サー・マグナスは、いまあなたが言ったとおりの言葉を使いましたか？」

「思い出せるかぎりでは正確なつもりですよ、ミスター・ピュント」

「たとえばですが、あなたの顔を見て、あなたの名は口にしなかったのですね？」

「おれが誰かってことはわかってましたよ、それを訊きたいんならね。だが、そう、名前は口にしませんでした。ただ、そのひとことだけでしたよ——『おまえか！』ってね——まるで、おれがどっかの墓の下からでも這《は》い出してきたかのように」

「それで、あなたはどうしたのですか？」

「どうしたかって？　車に戻って、さっさと門を出ましたよ」

「来たときに目にとめた自転車のことですが、まだそこに立てかけてありましたか？」

「正直なところ、そいつはもう憶えてません。そっちを見なかったんです」

「では、あなたはそれで屋敷を後にした……」

「なんとも腹が立っちまってね。はるばる車を飛ばしてきたってのに、まさか門前払いを食わされるとは思ってませんでしたよ。そのまま十五キロか二十キロ、家に向かって車を走らせて――そこで、どうしたと思います？――おれはまた、思いなおしたんです。どうしても、ロバートのことが気になっちまってね。それに、どうするのが正しいかも考えずにはいられませんでした。そもそも、おれの鼻先で扉を閉めるなんて、マグナス・パイの野郎はいったい何様のつもりなんだと思いましたよ。最初に顔を合わせた日から、あの野郎はおれをさんざんな目に遭わせてきたんだ。もうこれ以上はたくさんだってね、いきなりそんな気分になったんですよ。おれは車の向きを変え、またパイ屋敷に戻りました。今度は使用人小屋に車を駐めずに、玄関前まで車を乗りつけて、あらためて呼鈴を鳴らしたんです」

「さっきから、どれくらい時間が経っていましたか？」

「二十分かな？　二十五分？　そのときは、腕時計は見ていなかったんですよ。時間なんかどうだっていい、って気分でね。とにかく、今度こそ決着をつけてやるつもりでした。ところが、今度はサー・マグナスがちっとも出てこなくてね。さらに二回、おれは呼鈴を鳴らしました。だが、やっぱりなしのつぶてだ。そんなわけで、おれは膝をつき、郵便受けの蓋を開いたんですよ。あの男をどなりつけてやろうと思ってね。この意気地なし、さっさと出てきやがれ、って叫んでやるつもりでした」ブラキストンは言葉を切った。「そのとき、あの男が見えてね。そこらじゅう血だらけで、見のがしようもありませんでした。玄関ホールの、おれの目の前に横たわってたんです。そのときは、首を刎《は》ねられてるのには気づきませんでしたがね。こっちに足を向けてたんで、やれやれ、助かりましたよ。だが、死んでるのはまちがいなかった。それは疑いようがありませんでした。

おれは仰天しましたよ。いや、それどころじゃない。それこそ、斧で切りつけられたみたいな衝撃でした。顔の真ん中を一発ぶん殴られたような。身体から力が抜けて、その場に失神するかと思いましたね。それでも、どうにか足を踏んばってこらえましたが。だって、この二十分ほど、おれがいったん出ていって、また戻ってくるまでの間に、サー・マグナスは殺されたってことでしょう。ひょっとしたら、おれが最初に呼鈴を鳴らしたときに、すでに犯人もそこにいたのかもしれない。実際、玄関ホールのどこかにいて、おれの声を聞いてたかもしれませんよね。それで、おれが行っちまうのを待って、サー・マグナスを殺したのかも」

ブラキストンは、またタバコに火を点けた。その手が震えている。

「あんたの訊きたいことはわかってます、ミスター・ピュント。どうして警察へ行かなかったか、ってね。だが、そんなのはわかりきった話でしょう、ええ？　おれはサー・マグナスの生きてる姿を見た最後の人間で、そのうえ、あの男の死を願う理由を山ほど持ってる。おれは息子を亡くし、それをサー・マグナスのせいだと思ってます。おれの女房も、あの男のために働いてて死んだんだ。おれにとっちゃ、あの男は贅沢《ぜいたく》のかぎりを尽くしてる悪魔みたいなもんでした。警察が容疑者を捜してて、おれみたいな人間に行きあたったら、もうほかに目移りする必要もないでしょう。おれは実際に殺しちゃいないが、警察の考えそうなことくらいはわかりますよ。だからこそ、とにかくその場から逃げなきゃってことしか頭になくてね。どうにかその場から立ちあがり、車に戻って、全速力で逃げ出したんです。

ちょうど門を出ようとするころ、別の車が入ってきました。おれには何も見えませんでした、ヘッドライトがふたつ光ってただけでね。だが、運転してたやつがおれの車のナンバーを見て、警察に通報したんじゃないかって、ずっと怯えてたんです。結局、そういうことだったんですかね？」

「あの車に乗っていたのは、レディ・パイです」ピュントは答えた。「ロンドンから帰ってきたところでした」

「なるほどね。あんなものをひとりで発見させちまって、あの人には悪いことをしたと思いますよ。だが、あのときはとにかくあそこから逃げたくてね。そのことしか頭になかったんです」

「ミスター・ブラキストン、あなたが最初に屋敷を訪ねていったとき、サー・マグナスは誰といっしょだったのか、何か心当たりはありませんか？」

「そんなこと、おれが知るわけがないでしょう？　誰の声も聞いてませんしね。誰の姿も見てないんだ」

「女性だった可能性は？」

「おかしな話だが、実を言うと、それをおれも考えてたんですよ。秘密の逢引《あいび》きだかなんだか知らないが、もしも誰かとそんなことをしてたんなら、おれに対するあの態度にも納得がいきますからね」

「サー・マグナス殺害の容疑者として、あなたの息子さんも候補に挙がっていることには気づいていましたか？」

「ロバートが？　いったい、何だってそんな？　そりゃ馬鹿げてますよ。あいつにサー・マグナスを殺す理由はないでしょう。実のところ——さっきも話したように——ロバートはずっと、サー・マグナスを慕ってたんですよ。あのふたりは、おそろしく近しかったんです」

「しかし、あなたとまったく同じ動機が、息子さんにもあるわけでしょう。弟の死、そして母の死について、息子さんもまたサー・マグナスに責任があると考えていてもおかしくはありません」ピュントは手を挙げ、ブラキストンが何か言おうとするのをさえぎった。「いまの話のような情報を、なぜあなたは積極的に提供しようとしなかったのか、わたしにはそれがわからないのです。サー・マグナスを殺したのは自分ではないと、あなたは言う。しかし、沈黙を守るということは、どこかに見つからぬまま隠れている真犯人を、みすみす見逃すことでもあるのですよ。たとえば、さっきの自転車の件にしても、きわめて重要な情報だというのに」

「たしかに、積極的に提供すべきだったのかもしれませんがね」ブラキストンは答えた。「だが、そんなことをしても、おれにとって裏目に出るだけなのはわかってたんだ、これまでいつもそうだったんだから。正直なところ、おれはもう二度と、あの場所に近づきたくはないんです。よく、呪われた家のことを書いた本なんかがありますよね。おれはいつだって、そんなのはくだらないたわごとだと決めこんでました。だが、パイ屋敷のことを考えると、やっぱり本当にそういうのはあるんだと思っちまいますね。あの屋敷はおれの女房と、おれの息子を殺した。いまの話をあんたが警察にぶちまけたら、おれもきっと絞首刑になって終わりですよ」ブラキストンは暗い笑みを浮かべた。「そうしたら、あの屋敷はついに、このおれまで殺してのけるってわけだ」

2

帰途についた車の中で、ピュントはほとんどひとことも口をきかなかった。考える邪魔をしてはいけないと、ジェイムズ・フレイザーも心得ている。その代わり、ボクスホールのハンドルを巧みに操り、ギアをなめらかに切りかえながら、太陽が沈み、闇が迫りつつある道の真ん中を走りつづけた。セヴァーン川をオースト・フェリーで渡り、ふたり並んで腰をおろしたまま、無言でウェールズの岸が遠ざかっていくのを眺める。フレイザーは空腹だった。朝食以来、何も食べていない。フェリーの上ではサンドウィッチも売っていたが、どれもあまりおいしそうではなかったうえ、ピュントはもともと車内でものを食べるのが嫌いなのだ。

対岸に着くと、ブラキストンがサー・マグナスに会うため走ったのと同じ道をとり、グロスターの田舎をひた走る。夕食にまにあうよう、七時までにサクスビー・オン・エイヴォンに戻れればいいのだが。

やがて、ようやくバースにたどりつき、パイ屋敷へ向かう道を走る。左側に延びる峡谷は、いまやすっかり闇に沈んでいた。「黄金だ！」ずっと口をつぐんでいたピュントの声に、フレイザーはぎょっとした。

「なんと言ったんですか？」

「サー・マグナス・パイが隠したという〝愚者の黄金〟だよ。これが、その周辺の謎をすべて解いてくれる」

「でも、〝愚者の黄金〟なんて、何の価値もないしろものですよ」

「きみにとってはね、ジェイムズ。わたしにとってもそうだ。しかしそこが、重要な点なのだよ」

「それのために、トム・ブラキストンは死んだんですよね。湖から宝を手に入れようとして」

「ああ、そうだ。湖は、この物語において暗い存在となっているね。まるで、アーサー王物語のように。子どもたちは湖のほとりで遊んでいた。そして、ひとりが湖で死んだ。そしてサー・マグナスの銀製品もまた、あの湖に隠されていたのだ」

「いいですか、ピュント、あなたの話はわけがわかりませんよ」

「アーサー王、竜、そして魔女のことを、わたしは考えていたのだよ。この物語には魔女も、竜も、けっして解けない呪いもあった……」

「誰が犯人なのか、あなたにはもうわかっているんでしょうね」

「わたしにはすべてわかっている、ジェイムズ。わたしがすべきなのは、それぞれの事実を結びつけることだけだったのだが、いまや、すべてがはっきりとした。きみも知っているとおり、事件解決のきっかけとなるのは、形のある証拠だけとはかぎらない。葬儀で牧師のした説教、あるいは暖炉の中から見つかった燃え残りの紙片――これらはあることを示唆しているように思えたが、いまやまったく別の方向を示している。そして、使用人小屋の、あの鍵のかかった部屋だ。あそこは、いったいなぜ鍵がかけられていたのだろうか？　答えは自明に思えたが、ほんの少しでも考えてみれば、それがまちがっていたことがわかる。さらに、サー・マグナス宛ての手紙。誰が書いたか、われわれはもう知っている。手紙を書いた動機も。だが、ここでも、われわれはあることを見誤っているのだ。よく考えてみなくてはならない。いまはまだ推測にすぎないが、ほかの答えはありえないことが、まもなくはっきりとわかるだろう」

「マシュー・ブラキストンの話が、謎を解く鍵になったということですか？」

「あの男は、わたしが知りたかったことをすべて教えてくれたよ。あの男こそは、この事件のきっかけを作った人物なのだからね」

「本当ですか？　いったい、何をしたんです？」

「自分の妻を殺したのだ」

訳者紹介　英米文学翻訳家。訳書にギャリコ『トマシーナ』、ディヴァイン『悪魔はすぐそこに』『三本の緑の小壜』『そして医師も死す』、ベイヤード『陸軍士官学校の死』、キップリング『ジャングル・ブック』などがある。

カササギ殺人事件　上

2018年 9月28日　初版
2021年12月 3日　22版

著　者　アンソニー・ホロヴィッツ
訳　者　山《やま》田《だ》　蘭《らん》

発行所　（株）東京創元社
代表者　渋谷健太郎

162-0814／東京都新宿区新小川町1-5
電　話　03・3268・8231-営業部
　　　　03・3268・8204-編集部
URL　http://www.tsogen.co.jp
DTP　キャップス
暁印刷・本間製本

ISBN978-4-488-26507-6　C0197